문학이란 무엇인가

옮긴이 김붕구

서울대학교 불문과와 동 대학원을 졸업하고
서울대학교 불문과 교수로 재직하면서
불어불문학회장 등을 역임했다.
주요 저서에 《불문학사》, 《불문학산고》, 《프랑스 문학사》가 있고
옮긴 책으로는 데카르트의 《방법론 서설》,
앙드레 지드의 《지상의 양식》, 스탕달의 《적과 흑》,
플로베르의 《보봐리 부인》, 카뮈의 《반항인》,
말로의 《인간 조건》, 《왕도의 길》 등이 있다.

문학이란 무엇인가

1판 1쇄 발행 1972년 10월 30일
3판 재쇄 발행 2022년 12월 10일

지은이 장 폴 사르트르 | 옮긴이 김붕구
펴낸곳 (주)문예출판사 | 펴낸이 전준배
출판등록 2004. 02. 12. 제 2013-000360호 (1966. 12. 2. 제 1-134호)
주소 04001 서울시 마포구 월드컵북로 21
전화 393-5681 | 팩스 393-5685
홈페이지 www.moonye.com | 블로그 blog.naver.com/imoonye
페이스북 www.facebook.com/moonyepublishing | 이메일 info@moonye.com

ISBN 978-89-310-1064-0 03860

문학이란 무엇인가

장 폴 사르트르 지음 / 김붕구 옮김

문예출판사

문 학 이 란 무 엇 인 가 | 차 례

무엇이 문제인가 5

::

1. 작품을 쓴다는 것은 무엇인가 9

::

2. 어째서 쓰는가 51

::

3. 누구를 위하여 쓰는가 89

::

역자의 말 207

무엇이 문제인가?

'당신이 자신을 스스로 구속하고[1] 싶다면 어째서 바로 공산당에 가입하지 않습니까?' 어떤 똑똑치 못한 젊은이가 이렇게 쓴 것을 보았다. 과거에 여러 번 자신을 구속한 일이 있고 그보다도 더 빈번히 그 속박에서 빠져나온 경험을 가진 어느 대가가 자기 일을 잊어버리고 내게 이렇게 말한 것이다. '가장 못된 예술가는 가장 많이 구속된 예술가들이오. 소련의 화가들을 보시오!'라고. 또 어떤 노(老) 비평가는 슬며시 불평을 한다. '당신은 문학을 암살하려 들고 있소. 당신네 잡지에는 문예에 대한 경멸이 안하무

---

1 engager는 본래 '저당물', '인질', '보증'이라는 명사 gage에서 온 동사. 따라서 '저당 잡히다', '서약하다', '구속(속박)하다'라는 뜻이며, 그 동사의 직접목적어가 주어 자신이 되면 결국 '자기 자신을 끌어들이다(구속, 속박하다)'의 뜻이 된다. 사르트르로 해서 유명해진 이 말은 결국 그의 철학의 근본 명제인 '인간은 자유에 의해 처단되었다'에서 출발하여, 그 '쓸모 없고 허공에 뜬 자유'에서, 현실 속에, 사회 속에, 역사 속에 '자기를 이끌어 넣고', '그 속에 옭아매는 것', 다시 말하면 '사회(현실, 상황, 역사) 속에 참획한다'는 뜻이다. 그러나 이 말에 그 본뜻 '끌어넣는다. 구속하다'가 늘 포함되기 때문에 그때그때 적당한 말로 바꾸지 않고 일부러 역어를 본래 뜻에 따라 '구속하다'로 통일하였기에 간혹 말이 어색해지는 경우가 있더라도 양해해주기 바란다.

인지경(眼下無人之境)으로 널려 있소.' 또 소견 좁은 어떤 작자는 나를 '사납고 모진 녀석'이라고 부른다. 이 말은 분명히 그 사람 딴에는 가장 지독한 욕을 한 셈이다. 지난 전쟁에서 다음 전쟁까지 겨우 지탱해 나온 어떤 작가는 그 이름이 이따금 노인들의 사라진 기억을 일깨우는 정도일 테지만, 그는 내가 영원불멸의 영광에 관심을 두지 않는다고 타박하는 것이다. 천만다행으로 그는 그 '불멸의 영광'을 으뜸가는 희망으로 삼는 수많은 양반들을 알고 있다는 것이다. 글줄이나 쓴다는 미국의 어떤 자가 보는 바로는, 베르그송이나 프로이트를 전혀 읽지 못한 것이 내 흠이라는 것이다. 자신을 구속한 일이 없는 플로베르가 회한처럼 나를 사로잡고 있다는 얘기다. 꾀보라는 평이 자자한 이들은 계속 눈을 깜박거리며 뇌까린다 ― '그래서 시는? 그림은? 음악은? 당신은 그런 것들도 구속하고 싶다는 거요?' 그리고 용감한 투사들께서는 묻는 것이다 ― '뭐, 뭐라고? 구속된 문학이라고? 그야 공격적으로 나온 민중주의[2]의 재판이 아니라면 옛날의 사회주의 리얼리즘이지.'

얼마나 어리석은 객담들인가! 제대로 읽지도, 깨닫기도 전에 조금씩 판결하려 들기 때문이다. 그러니 처음부터 다시 시작할 수밖에.

---

2 Populisme. 1930년에 앙드레 떼리브의 주창으로 그 선언서를 발표. 보다 더 현실에 육박할 것을 주장하며 일체의 소설 기교를 경멸하는 그 일파의 주도자들은 대개 문학 비평을 전문으로 삼게 되고, 주목할 만한 작가로는 『북 호텔』을 쓴 으젠 다비뿐이다.

이런 일은 여러분이나 내게도 즐거운 일이 아니다. 그러나 다시는 콩팥칠팔하지 않도록 철저히 못을 박아놓아야 한다. 그리고 비평가들이 '문학'이라는 말이 무엇을 의미하는지 전혀 밝히지도 않은 채 나를 문학의 이름으로 단죄하는 이상, 그들에게 가장 좋은 대답은 '글쓰기의 예술'을 편견 없이 검토해보는 것이다. 글을 쓴다는 것은 무엇인가? 어째서 쓰는가? 누구를 위해서? 사실 아무도 지금까지 그런 것을 본 적이 없는 모양이다.

1
작품을 쓴다는 것은 무엇인가?

아니다. 우리는 회화, 조각 그리고 음악도 '구속'하려고 하는 것은 아니다. 적어도 같은 방법으로 구속하려 들지 않는다. 어째서 우리가 그것을 원하겠는가? 몇 세기 전의 작가가 자기 직업에 관해서 어떤 의견을 표명했을 때, 곧 그것을 다른 예술에도 적용하기를 그에게 요구한 사람들이 있었던가? 그러나 오늘날에는 음악가나 문학자의 특수용어로 '회화를 이야기하고' 또 화가의 특수용어로 '문학을 이야기하는' 것이 멋진 일처럼 되어 있는 모양이다. 마치 속성의 하나하나가 어김없이 '실체'를 그대로 반영한다는 스피노자의 그 '실체' 모양으로, 근본에서는 여러 가지 말 가운데 어느 것으로서나 똑같이 두루 표현되는 하나의 예술밖에 없다는 듯이. 아마도 모든 예술적 천직의 근원에서는 아직 분화되지 않은 어떤 자유 선택의 영역을 발견할 수도 있을 것이다. 환경이나 교육이나 세상과의 접속이 그것을 각각 특수화하는 것은 훨씬 후일 것이다. 또 같은 시대의 예술은 서로 영향을 끼치면서 같은 사회적 요인들로서 조건지어지고 있다. 그러나 어떤 문학 이론이 음악에 적용될 수 없다는 것을 들어 그 이론이 허망하다는 것을 보여주려고 하는 사람들은 무엇보다도 먼저 모든 예술은 서로 평행하다는 것을 증명해야 할 것이다. 그런데 이 평행 관계는 실재하지 않는다. 다른 모든 영역에서와 마찬가지로, 여기에서도 분화하는 것은 형식만이 아니다. 소재 역시 그러하다. 색채나 음으로 말한다는 것과 말로써 표현한다는 것은 전혀 분야가 다른 일이다. 음부(音符)나 색채나 형태는 기호(signe)가 아니다. 그것들은 외부에 있는 어떤 것으로도 향하지 않는다. 물론 음부나 색채나 형태를 엄밀히 그것 자신으로 환원한다는 것은 전혀 불가능한 일이다. 가령 순수한 음이라는 관념은 하나의 추상이다. 이 점은 메를로퐁티[1]가 『지성의 현상학』에서 훌륭하게 지적했지만, 사실 '의미'가 침투할 수 없을 만큼 완전하게 알몸뚱이가 된 '특질'이나 '감각'이란 있을 수 없다. 그러나 감각 속에 깃들어 있는 어렴풋한 느낌들, 곧 가벼운 쾌감이나 속으로 스며드는 슬픔 따위는 감각에 내재하거나 감각 주변에서 아지랑이처럼 떨고 있는 것들이다. 그 느낌이 바로 색채 또는 음향이다. 어느 누가 푸른 사과와 새콤한 쾌감을 구별할 수 있을까? 그리고 '푸른 사과의 새콤한 쾌감'이라 이름 짓는 것이 이미 지나친 말이 아닌가? 초록빛이 있고, 붉은빛이 있고, 그것이 전부다. 이것들은 사물이다. 그것들은 그 자체로서 존재한다. 약속에 의해서 그런

---

1 Merleau Ponty(1908-1961), 무신론자,·실존주의 입장에 선 철학자. 주요 저작으로, 『행동의 구조』, 『의미와 무의미』 등이 있다.

것에다 기호의 가치를 부여할 수는 있다. 예컨대 사람들은 '꽃말'을 사용한다. 그러나 약속에 따라 흰 장미가 내게는 '충실성'을 의미한다면, 그것은 내가 흰 장미를 장미로 보기를 그쳤기 때문이다. 그러나 내 시선은 흰 장미를 가로질러 그 너머에 있는 '충실성'이라는 추상적인 덕을 본다. 나는 꽃을 잊어버리고 만다. 나는 거품이 일듯 부풀어오른 꽃송이에도, 그 삭은 듯한 달콤한 향기에도 주의를 기울이지 않는다. 나는 그것을 지각조차 하지 않았다. 이것은 내가 예술가로서 행동하지 않았다는 것을 의미한다. 예술가에게는 색채도 꽃다발도 커피 접시 위의 숟가락 소리도 최고도의 '사물'이다. 그의 주의는 음향이나 형태의 특질에 이르러 정지하고 집중된다. 끊임없이 거기로 되돌아오고 그것에 열중한다. 그가 캔버스 위에 옮겨놓으려 하는 것은 이 '대상으로서의 색채'이며, 그것에 가하는 유일한 수정은 오직 그것을 상상의 대상으로 변형하는 것일 뿐이다. 따라서 색채나 음향을 언어로 간주한다는 것은 당치도 않은 것이다.*

예술적 창조의 제요소로서 가치가 있는 것은 그 요소의 결합에도 가치가 있다. 화가는 캔버스 위에 기호를 그리려 하지 않고, 한 사물을 창조**하려고 하는 것이다. 가령 화가가 붉은색과 노

---

* 적어도 일반적으로는 그렇다. 클레(Klee) 씨의 위대성과 과오는, 기호인 동시에 대상인 그림을 만들기 위한 기도에 있다.

** 나는 '창조한다'고 했지 '모방한다'고는 하지 않았다. 그것은 샤를 에티엔(Charles Estienne) 씨의 모든 객설을 무(無)로 돌리기에 충분한 것이다. 그는 내 말을 한마디도 이해하지 못하고, 그저 그림자를 일도 양단하기에 열중한다.

란색과 초록색을 한데 칠할 때 그 집합체가 규정지을 수 있는 어떤 의미를 가져야 한다는 이유, 다시 말하자면 다른 대상을 꼭 지시해야 할 아무런 이유가 없다. 아마 이 집합체에도 어떤 영혼이 깃들어 있을 것이다. 그리고 이를테면 화가가 보라색보다는 노란색을 선택하는 것은, 비록 숨겨진 것일지라도 그만한 동기가 필요했기 때문에 그러한 것이므로, 그렇게 창조된 대상은 화가의 가장 깊은 경향을 반영하고 있다고 주장할 수도 있다. 다만 이러한 대상들은 언어와 얼굴 표정처럼 표현하지는 않는다. 거기에는 분노나 고뇌, 기쁨이 그대로 배어 있다. 이런 색조는 이미 그 자체가 '의미'와 다름없는 무엇을 가지고 있는데, 그 속에 감동이 흘러 들어감으로써 그 감동은 뒤섞여 흐려지고, 아무도 거기에서 원래의 감동을 알아낼 수 없게 된다. 틴토레토[2]는 컴컴한 골고다의 상공에 노랗게 찢긴 자리를, 고뇌를 '의미'하느라 선택한 것도 아니고 고뇌를 일깨워주기 위해 선택한 것도 아니다. 그것은 그 자체가 고뇌인 동시에 노란 하늘인 것이다. 고뇌의 하늘도 아니고, 고뇌에 쌓인 하늘도 아니다. 이미 그것은 사물이 되어버린 고뇌이다. 하늘의 노랗게 찢긴 자리로 전화된 고뇌이며, 드디어는 사물의 고유한 여러 특질에 의하여 가라앉고 반죽처럼 끈적끈적하게 뭉개진 고뇌이다. 그 '사물'들의 침투할 수 없는 텁텁한 바탕과 그 연장과 그 맹목적인 영속성과 그 표면성과 그것이 다

---

2 Tintoretto : 16세기 이탈리아의 화가. 특히 종교화 및 역사화로 유명하다.

른 사물과 맺고 있는 관계의 무한성에 의해서. 다시 말하면 이미 고뇌는 전혀 해독할 수 없는 것으로, 마치 그 성질상 표현할 수 없는 것을 표현하기 위해서 하늘과 땅의 중도에 항상 정지된 채로 있는 거대하고도 헛된 노력과 같은 것이다. 이처럼 하나의 선율의 의미도(여기에서 의미에 관해서 말할 수가 있다면) 여러 가지 방법으로 적절히 표현할 수 있는 관념과는 전혀 다른 것이므로 그 선율 이외에는 아무것도 존재할 수 없는 것이다. 선율이 즐겁다거나 침울하다고 말해보라. 선율은 항상 여러분이 말할 수 있는 선율에 관한 일체의 형언의 저쪽 아니면 이쪽으로 빠져 나와 있을 것이다. 그 이유가 우리가 형언할 수 있는 것보다 더 풍부하고 더 변화무쌍한 정열을 예술가가 지니고 있기 때문은 아니다. 차라리 예술가의 정열이(아마도 그 정열이 예술가가 발명한 테마의 근원일 테지만) 음부(音符)로 구현되면서 변질되고 퇴보되었기 때문이다. 고통의 부르짖음은 그것을 유발하는 고통의 '기호'이다. 그러나 고통의 노래는 고통 그 자체인 동시에 고통 이외의 다른 무엇이다. 또는 실존주의의 어휘를 적용한다면 이것은 이미 실재하지는 않지만 존재하는 고통이다. '그러나 화가가 집을 만드는 경우는?' 하고 여러분은 반문할 것이다. 그 경우에 바로 그는 집을 '만드는' 것이다. 다시 말하면 상상의 집을 캔버스 위에 창조하는 것이지 집의 기호를 창조하는 것은 아니다. 그리고 이렇게 해서 나타난 집은 실제의 집의 모든 애매모호한 점을 그대로 지니고 있다. 그러나 작가는 여러분을 안내하며, 그가 오막살이집을 묘사한다면 거기에 사회적 부정의 상징을 보이면서, 독자로 하여금 의분에 몸을 떨게 할 수가 있다. 화가는 말이 없다. 그는 여러분에게 오막살이집 한 채를 제시한다. 그저 그것뿐이다. 거기서 보고 싶은 것을 보는 것은 독자 여러분의 자유다. 그가 그리는 '고미다락'은 결코 가난의 상징은 아닐 것이다. 그것이 가난의 상징이기 위해서는 그 '고미다락'이 한 개의 기록이어야 하는데, 그저 하나의 물건이니 말이다. 미숙한 화가는 전형을 찾는다. 그는 '아라비아인'이나 '어린이'나 '여인'을 그린다. 훌륭한 화가는 '아라비아인'이라는 것도 프롤레타리아라는 것도 현실 속에 실재하지 않으며 캔버스 위에도 있을 수 없음을 알고 있다. 그는 한 노동자를, 이러이러한 어느 노동자를 제시할 뿐이다. 한 노동자에 관해서 무엇을 생각하는가? 서로 모순되는, 한없이 많은 대답이 있을 수 있다. 모든 사상과 감정은 아직 분화(分化)되지 않은 깊은 상태로 캔버스 위에 엉겨붙어 있다. 해답은 여러분이 선택해야 한다. 이따금 탁월한 영혼을 가진 예술가는 우리들을 감동시키려고 시도했다. 그들은 눈 속에서 고용되기를 기다리는 노동자의 긴 행렬과 실업자들의 초췌한 얼굴과 싸움터를 그렸다. 그러나 그뢰즈[3]의 「탕아」가 감동을 주지 않듯이 그들의 작품들도 감동을 주지는 않는다. 그리고 저 「게르니카의 학살」이라는 걸작이 과연 단 한 사람이라도 스페인의 대의(大義)를

---

3 Greuze, 18세기 프랑스의 화가. 계몽사상가 디드로의 예술관을 그대로 화면에 옮기려 하였다. 작품으로 「부친의 질책」, 「벌받은 아들」 등이 있다.

위해 나서도록 이끌었다고 믿을 수 있을까? 그러나 그것이 무엇인가를 말하고 있다는 것은 사실이다. 그것을 결코 완전히 이해할 수 없고, 아무리 길게 늘어놓아도 말로는 이루 다 형용할 수 없을 그 무엇을 말하고 있는 것이다. 가령 피카소의 '어릿광대'들의 그림을 볼 것 같으면 거기에는 그 호리호리하게 길고, 몽롱하고 영원하고, 또 판독할 수 없는 뜻이 붙어 다니는데, 그 뜻을 빼빼 말라깽이 구부정한 몰골과, 그들이 입은 잠방이의 색 바랜 마름모꼴(菱形)과는 분리해서 생각할 수 없다. 이를테면 그들은 그 자체가 육체화된 감동이고, 흡수지가 잉크를 빨아들이듯 육신 속에 흡수되어 배인 감동이며, 캔버스 공간의 네 귀퉁이로 나뉘어 알아볼 수 없고 갈피를 잃어 자신에게도 낯설지만 생생하게 현존하는 감동이다. 화가의 자비심이나 분노가 또 다른 대상들을 만들어낼 수도 있다는 것을 나는 의심치 않는다. 그러나 그 경우도 마찬가지로 그 대상들 속에 묻혀서 자비니 분노니 하는 이름을 잃은 채 남는 것이라고는 다만 어렴풋한 영혼이 끈덕지게 따라다니는 사물들뿐일 것이다.

요컨대, 의미는 화가처럼 그림으로 그릴 수도, 작곡가처럼 음악으로 꾸밀 수도 없는 것이다. 그런데 이 상황에서 누가 감히 화가나 음악가에게 스스로를 구속하라고 요구할 수 있겠는가? 이와 반대로 작가는 '의미'와 관계가 있다. 그런데 그 안에서도 또 구별이 필요하게 된다. '의미'를 가지는 '기호'가 지배적 힘을 갖는 영역, 그것이 산문이다. 그러나 시는 차라리 회화나 조각이나 음악 쪽에 가깝다. 사람들은 내가 시를 싫어한다고 비난한다. 내가 주재하는 『현대』지에 시를 거의 싣지 않는 게 그 증거라는 것이다. 하지만 이것은 우리가 시를 사랑한다는 증거이다. 내 말을 믿으려면 오늘날의 시들을 한 번 훑어보는 정도로도 충분하다. 비평가들은 의기양양해서 말한다. '적어도 당신은 시를 구속하려는 생각을 꿈에도 하지 않을 것이오'라고. 과연 그렇다. 그러나 어째서 내가 시를 구속하려 하겠는가? 시도 산문처럼 말(語)을 사용한다고 해서? 천만에. 시가 산문과 똑같은 방법으로 말을 사용하는 것은 아니다. 시는 차라리 전혀 말을 '사용'하지 않는다고 하는 편이 옳을 것이다. 오히려 시는 말에 '봉사한다'고 말하고 싶다. 시인들은 언어를 '이용'하기를 거부하는 사람들이다. 그런데 어떤 종류의 도구로 여기고 있는 언어 활동 속에서, 그리고 그 언어 활동을 통해서 진리 탐구가 진행되는 것이지만, 그렇다고 해서 시인들이 진실을 가려낸다거나 또는 그것을 진술하기를 목적으로 삼고 있다고 생각해서는 안 된다. 그들은 외부 세계를 '명명하려'고 생각하지 않으며, 또 사실상 아무것도 명명하지 않는다. 왜냐하면 이름 짓는다는 것은 필연적으로 이름 지어진 대상에게 그 '이름'을 영원의 희생으로 바치는 것을 의미하며, 헤겔의 말을 따르자면 '이름이란 본질적인 것인 사물에 대면하여 스스로 비본질적인 것으로 드러나는 것'이기 때문이다. 시인들은 말하는 것이 아니다. 그렇다고 그들이 침묵하는 것도 아니다. 그것은 문제가 다르다. 그들은 괴상한 언어의 결합으로 언어를 파괴하려 한다. 이렇게 말한 사람도 있지만 그것은 사실이 아니다.

그렇다면 그들이 만약 '버터의 말(馬)'이라는 구절을 쓸 때, 그들은 이미 이용할 수 있는 언어의 한복판에 투입되어 그 속에서 이상한 작은 어군(語群), '말(馬)'과 '버터'라는 낱말들을 끌어내려고 노력하지 않으면 안 될 것이다.* 이러한 시도가 무한히 긴 시간을 요구하리란 것은 제쳐두고라도, 언어를 도구로 생각하는 유용한 계획 면에서도 활동할 수 있고 동시에 언어에서 그 도구적 성질을 빼앗으려 궁리한다고 상상할 수도 없는 노릇이다. 사실 시인은 대뜸 '도구로서의 언어'와는 인연을 끊을 것이다. 그는 말을 기호로서가 아니라 '사물'로 간주하는 시적 태도를 단호하게 선택한 것이다. 왜냐하면 기호라는 것이 본디부터 애매한 것이어서 유리처럼 그것을 제멋대로 투시할 수도 있으며, 그 말이 의미하는 '사물'을 기호를 거쳐 추구할 수도 있고, 시선을 그 현실로 돌릴 수도 있으며, 또한 그 기호를 대상으로 여길 수도 있기 때문이다. 이 경우에, 말하는 사람은 말의 저편, 곧 대상 옆에 있다. 그러나 시인은 말의 이편에 있다. 전자에게 말은 이미 길들어 있지만 후자에게 말은 야성 그대로다. 전자에게 그것은 유용한 약속이고 차츰 소모되어 마침내 쓸모 없이 되고 결국에는 내버리고야 마는 연장이지만, 후자에게 말(語)이란 초목처럼 땅 위

---

* 이것은 『내적(內的) 경험』에서 바타유가 인용한 예문임.

에서 스스로 자라는 자연물들이다.

그러나 화가가 색채에, 음악가가 음향에 주목하듯이 시인이 말에 주목한다고 해서, 말이 시인의 눈에서 일체의 의미를 잃었음을 뜻하는 것은 아니다. 사실 말에 언어적 통일성을 줄 수 있는 것은 의미밖에 없다. 의미가 없는 말은 음(音)이나 펜의 흔적으로 산산이 흩어지고 말 것이다. 다만 시인에게는 의미까지도 자연적인 것이 된다. 그것은 이미 도달할 수 없는 목적도 아니며, 사람의 초월성이 지향하는 목적도 아니다. '의미'는 얼굴 표정이나 음(音)이나 색채의 슬픈, 또는 쾌활한 느낌과 비슷한 용어마다의 고유한 영역이다. 그것은 말에 흘러들고, 말의 음향 또는 그 눈에 보이는 외관에 흡수되며, 두터워지고 격이 떨어져 그것 역시 창조되지 않은 영원한 '사물'이 되는 것이다. 시인에게 언어는 외부 세계의 구조물 가운데 하나이다.

그런데 그저 '말하는 사람'은 언어 활동의 상황 속에 있는 것으로, 이를테면 말에 의해 포위되어 있다. 언어 활동은 그의 감각의 연장으로 핀셋이나 안테나, 안경 따위와 다름없다. 그는 그것들을 그 속에서 조종하며 자기 육체와 마찬가지로 느낀다. 그는 거의 의식하지 않는 언어라는 신체에 둘러싸이고, 그 '언어체'가 그의 행동을 외부 세계로 전개토록 한다.

반면에 시인은 언어의 밖에 있다. 자신은 마치 인간 조건에 속해 있지 않다는 듯 그는 말을 거꾸로 본다. 마치 사람들에게로 향할 때 방책(防柵)처럼 앞을 가로막는 말에 부딪치는 것처럼, 시인은 사물들을 그 이름으로 인식하지 않고, '사물' 자체와 먼저 침묵의 접촉을 갖는다. 그리고 난 다음에 '말'이라고 하는 또 다른 종류의 사물 쪽으로 향하여 그 말을 건드리고 더듬고 만지작거리며, 그 속에서 오붓하고 정결한 광휘(光輝)와 땅, 하늘, 물 등 그 모든 창조물들 사이에 있는 특수한 유연 관계(類緣關係)를 발견한다. 말을 세계의 어떤 모습의 '기호'로 사용할 줄 모르는 시인은 말에서 그러한 여러 모습 가운데 하나의 '영상'을 보는 것이다. 예를 들어, 시인이 선택한 언어상(像)이 버드나무나 물푸레나무와 닮았으므로 우리가 그런 대상을 가리키는 데 쓰는 말과 반드시 동일하지는 않다. 시인은 처음부터 기호로서의 말의 외부에 있다. 때문에 말을, 자신의 외부인 '사물'의 한복판으로 자신을 내던지는 안내자로 보지 않고, 달아나는 현실을 붙잡기 위한 덫으로 보는 것이다. 요컨대 언어 총체가 시인에게는 세계의 '거울'이다. 드디어 말의 내부 경제에 중대한 변화가 일어난다. 말의 음향, 장단, 남성 또는 여성 어미, 눈에 보이는 외관 등은 의미를 표현하기보다는 차라리 육신의 얼굴인 양 의미를 '제시'하는 '말의 얼굴'을 빚어놓는 것이다. 거꾸로, 의미가 '실현'되었을 때 말의 물리적인 외관은 의미 속에 반영되며 의미가 '언어체'의 상(像)으로 작용한다. 그 기호로서도(의미는 우위성을 잃었고, 또 말은 사물과 마찬가지로 시인에 의하여 창조되지 않고 존재하는 것이기 때문에) 시인은 말이 사물을 위해서 존재하는 것인지, 사물이 말을 위해 존재하는 것인지를 결정하지 못한다. 이리하여 말과 그 말이 뜻하는 사물 사이에는 마술적인 상이 (相異)와 의미의 이중적인 상호 관계가 성립된다. 그리고 시인은 말을 '이용하는' 것이 아니다. 그렇다고 시인이 여러 가지 어의 (語義) 중에서 적절한 하나를 선택하는 것도 아니다. 그리고 여러 가지 어의의 하나하나는 자립적인 기능으로 보이지 않고 그의 눈앞에서 다른 어의들과 섞이는 물질적인 특질로서 시인에게 주어진다. 이와 같이 함으로써 시적 '태도'의 유일한 결과에 의해 말들 하나하나에는 피카소가 꿈꾸던 은유, 그러니까 여전히 성냥갑이면서 또 박쥐를 빼닮은 성냥갑을 그리려고 했을 때의 은유가 실현된다. 이탈리아의 플로랑스(Florence)는 도시이며 꽃이며 여자이다. 그것은 동시에 '꽃-도시' '여자-도시' '꽃-여자'이다. 그리고 이렇게 나타나는 야릇한 대상은 강물(fleure)의 유동성과 황금(or)의 부드러운 황갈색의 열을 지니고 있으며, 끝으로 의젓하게 몸을 내맡기며, 끊임없이 약해지는 무성(無聲)의 'e'에 의해서 그 조심스러운 개화를 한없이 연장한다. 또한 여기에 홀연히 개인적인 체험이 끼어든다. 예컨대 나에게 플로랑스는 또한 어떤 여인, 내가 소년 시절에 본 무성영화에 출연했던 미국 배우이다. 그 여인은 무도회용 긴 장갑처럼 날씬한 몸매에 정숙하면서도 좀 나른한, 여전히 결혼한 여자이지만 남편의 이해를 못 받는 여자라는 것, 또한 내가 그 여인을 좋아했고, 그 여인의 이름이 플로랑스였다는 것 말고는 그 여인에 대해 내가 떠올릴 수 있는 것은 없다. 왜냐하면, 산문 작가에게서 산문 작가 자신을 떼어내 세상

한복판에 집어던지는 말이 시인에게는 거울 앞에서와 같이 시인 자신의 영상을 돌려주기 때문이다. 이것이 바로 레리스의 이중의 기도가 정당함을 입증하는 근거이다. 레리스는 한편으로는 그의 『언어사전』에서 어떤 말들에게 시적 정의, 다시 말하면 그 자체가 음향체와 언어혼(魂)과의 연관의 종합이 될 만한 정의를 하려고 애를 썼으며 한편으로는 미발표 작품에서, 그에게 유달리 감동적인 약간의 말을 안내자로 삼아 잃어버린 시간을 찾아 나섰던 것이다. 이처럼 시어는 그 자체가 하나의 소우주다.

금세기 초에 폭발한 언어의 위기는 무엇보다도 시의 위기였다. 어떤 사회적·역사적인 요인이 분명히 있었다 할지라도, 위기는 말과 대면하여 작자의 비인격화를 의심하게 하는 발작으로 나타났다. 작가는 이미 말을 사용할 줄 몰랐다. 베르그송의 유명한 공식에 의하면, 작가는 말을 절반밖에는 알아볼 수 없게 되었다는 것이다. 이제 작가는 경이감(실제로는 지극히 성과가 많은 경이감이었지만)을 느끼면서 말에 접근했다. 그러나 말은 이미 그의 소유가 아니었으며 작가 자신의 본질도 아니었다. 그럼에도 그 말(語)이라는 이상한 거울에는 하늘과 땅과 작가 자신의 생명이 비치고 있었다. 바야흐로 말이 '사물들' 자체가, 아니 자체라기보다는 차라리 '사물'들의 컴컴한 중추가 되고 만 것이다. 그리고 시인이 소우주를 연결할 때에, 캔버스 위에 색채를 배합할 때의 화가들의 경우와 유사한 일을 그도 하는 것이다. 남들에게는 시인이 하나의 문장을 만드는 것으로 보일 것이다. 그러나 겉

보기에 그럴 뿐이며 그는 작문이 아니라 한 대상을 창조하고 있다. '사물로서의 낱말들'은 색채나 음처럼 균형과 불균형과의 마술적인 결합에 의해 뭉치는 것이다. 그것들은 서로, 끌어당기고 반발하고 연소하며 마침내 그 결합의 '대상으로서의 구(句)'라는 진정한 시적 단위를 구성한다. 그러나 실제로 시인은 머릿속에 문장의 예정도식을 우선 떠올리며, 말은 그 뒤를 따르는 것이다. 그러나 이 도식은 사람들이 보통 언어도식이라고 부르는 것과는 아무런 공통점이 없다. 그것은 의미의 구조를 좌우하지 않는다. 오히려 그것은 피카소가 화필을 손에 쥐기도 전에, '곡예사' 또는 '어릿광대'를 캔버스 위에 그리게 될 것을, 상상의 공간에 떠올리는 그 창조적 계획과 비슷할 것이다.

달아나리, 저 멀리로 달라나리. 나는 느끼노라, 바다의 뭇 새들은 취하였음을.
그러나 오, 내 마음, 들어 보라, 저 사공들의 노래를.[4]

문장의 변두리에 입석(立石)처럼 우뚝 서 있는 '그러나'라는 낱말은 마지막 시행에 연결되고 있는 것이 아니다. 이것은 그 시행 전체에 침투하고 있는 어떤 조심스러운 뉘앙스, 'Quantà soi(저 자신은 어떤가 하면)'의 색조로, 마지막 시행을 물들이고

---

4 19세기 말 프랑스 최대의 시인 프테판 말라르메의 「해변의 미풍」이라는 시에서 인용한 것이다.

있다. 같은 방법으로 어떤 시들은 접속사 'et(그리고)'로 시작한다. 이 접속사는 이미 정신이 수행할 작업을 지시하지는 않는다. 그것은 시절(詩節) 전체로 퍼지면서 '계속'이라는 절대적인 성질을 그 시절에 부여한다. 시인에게 하나의 문장은 어떤 색조와 맛을 지닌 것이다. 시인은 반대, 보류, 분리의 자극적 풍미를 문장을 통하여, 그것도 풍미 자체를 위하여 음미하는 것이다. 그 풍미를 절대 가치에까지 이끌고 그것만으로 문장의 실제적인 고유성을 만든다. 그 문장은 어느 것에 대한 뚜렷한 반대가 아니다. 그리고 동시에 전체가 하나의 반대가 된다. 우리는 여기서 우리가 방금 시적 용어와 그 의미 사이에서 주목한 상호 관계를 다시 살핀다. 정선된 말들로 구성된 총체가 의문스러운 혹은 한정적인 뉘앙스의 '이미지'로 작용하고, 그와 반대로 그 의문은 그것이 한정하는 언어적 총체의 '이미지'가 된다.

다음의 희귀한 시구에서처럼.

오, 뭇 계절이여! 오, 성곽들이여! 상처 없는 영혼이 어디 있겠는가![5]

실은 이 시에서 대답해야 할 사람은 아무도 없으며, 질문하는 이 또한 없다. 시인은 이 자리에 없는 것이다. 그리고 이 질문은

---

[5] 아르튀르 랭보(1854-1891)의 시.

대답을 요구하지도 않는다. 차라리 질문 자체가 그 대답이다. 그렇다면 이것은 거짓 질문인가? 그러나 랭보가, 모든 영혼에게는 상처가 있다, 이런 것을 말하려 했다고 믿는다면 그건 가소로운 일이 아닐 수 없다. 브르통[6]이 생폴 루에 관해 말했듯이 '그가 그런 것을 말하고 싶었다면 그것을 말했을 것이다'. 그렇다고 랭보가 다른 어떤 것을 '말하려고' 한 것도 아니다. 이를테면 그는 절대적 질문을 던진 것이다. 그가 '영혼'이라는 아름다운 말에 의문적 존재성을 부여했을 뿐이다. 이것이야말로 틴토레토의 고뇌가 하늘의 노란 자국으로 바뀐 것처럼 '사물'로 되어버린 의문이다. 그것은 벌써 의미가 아니고 거기서 그 실체는 외부로부터 보여진 것이며, 랭보는 자기와 함께 그것을 밖에서 보도록 우리를 유인한 것이다. 그것의 신기한 점은, 그것을 유심히 바라보려면 우리는 인간 조건의 반대편에, 곧 신(神)의 편에 자리잡아야 한다는 사실이다.

사정이 그렇다면 사람들은 시의 '구속'을 요구하는 것이 어리석은 행위임을 쉽사리 이해할 수 있을 것이다. 아마 시의 원천에는 감동과 정열까지도, 그리고 물론 분노나 사회적 의분이나 정치적 증오도 있을 것이다. 그러나 그런 시에서는 그런 것들이 정치 전단이나 고백록에서와 같이는 '표명되지' 않는다. 산문 작가

---

6 André Breton(1896–1966), 초현실주의의 총수격이며 현재까지 이를 고수. 주저로는 『초현실주의자』 I, II, III, 『자장(磁場)』, 『초현실주의란 무엇인가』, 『초현실주의의 정치적 입장』 등이 있다.

는 감정을 차츰 드러냄에 따라 감정을 밝힌다. 반대로 시인은 시 속에서 정열이 흐를 때, 그것을 재인(再認)하는 것을 중지한다. 말이 정열을 붙들고 정열에 침투하고 정열을 변모시킨다. 시인 자신에게도 말은 정열을 '의미'하지는 않는다. 감동은 사물이 되고, 그리하여 사물의 불투명성을 지닌다. 감동은 자기가 그 속에 갇혀 있는 그 용어의 모호한 특성에 의해 흐려진다. 특히 하나하나의 문장, 하나하나의 시행 속에는 마치 '골고다'의 노란 하늘[7]에 단순한 고뇌 이상의 것이 있듯이, 그 감동보다 훨씬 많은 것들이 항상 들어 있다. 사물과도 같이 무궁무진한 '사물로서의 구(句)'는 그 말들을 유발케 한 감정의 한계를 넘어 곳곳에서 넘쳐흐른다. 바로 독자를 인간 조건에서 끌어내어 독자로 하여금 신의 눈으로 언어를 거꾸로 보도록 유인하는 시의 세계에서, 어떻게 독자들의 정치적인 분개나 열광의 도발을 기대할 수 있겠는가? '당신은 레지스탕스의 시인들을 잊어버리고 있구려', 내게 이렇게 대드는 사람도 있으리라. '당신은 피에르 에마뉘엘[8]을 잊고 있습니다'라고. 천만의 말씀이다! 어찌 그럴 수 있겠는가! 바로 지금부터 증거로 삼아 그들을 인용하려고 하는 참이다.*

---

7 상술한 예수의 수난을 그린 틴토레토의 그림에 나타나는 하늘 빛.
8 Pierre Emmanuel(1916-1984). 기독교적 정신과 혁명적 신념에 불타는 행동적 전후시인. 『오르페의 무덤』, 『자유는 우리들을 인도한다』 등의 시집과 에세이집 『시(詩), 불타는 이성』, 『이 사람은 누구냐』 등이 있다.
* 언어에 대한 이런 태도, 인간 조건에서 벗어나 언어를 거꾸로 보는 태도의 기원을 알고자

그러나 시인이 자신을 구속할 수 없다는, 이것이 산문 작가 또
한 구속을 피할 수 있는 이유가 될 수 있을까? 그들 사이에 어떤

하는 이를 위해 나는 여기 몇 가지를 언급하겠다.

본래 시라는 것은 인간 '신화'를 창조한다. 그런데 산문 작가는 인간의 초상을 그린다.
현실 속에서 욕구에 지배되고 효용에 끌리는 사랑의 행위는 어떤 의미에서는 하나의 '수
단'이다. 행위는 모르게 끝나고 문제가 되는 것은 결과다. 내가 펜을 잡기 '위해서' 손을
내밀 때, 나는 내 몸짓을 어렴풋하게 의식할 뿐이며 내가 보는 것은 펜이다. 이렇듯 사람
은 목적에 열중해 있다. 시는 그 관계를 역전시킨다. 세계와 사물들은 본질적이 아닌 것
으로 되고, 그 자신이 목적인 행위의 기능이 된다. 이를테면 물병은, 소녀가 물병을 채우
면서 얌전한 동작을 할 수 있도록, 거기 있는 것이나 다름없다. 헥토르와 아킬레스의 영
웅적인 싸움을 위해 트로이 전쟁은 벌어진다. 희미해지는 목적에서 분리된 행동이 용감한
행동이다. 무용이 되는 것이다. 그러나 시인은, 비록 기도가 성공하는 데 아무런 관심이
없었다 하더라도, 19세기 이전에는 그 전체로서 사회와의 조화를 유지했다. 시인은 언어
를 산문이 추구하는 목적을 위해 사용하지는 않았으나 산문 작가와 같은 신뢰를 언어에
두고 있었다.

부르주아 사회가 성립된 후에, 그 사회가 살 수 없는 것이라는 것을 선언하기 위해서,
시인은 산문 작가와 공동 전선을 폈다. 시인에게는 항상 사람의 신화를 창조하는 것이 문
제였으나, 그는 '귀신과 악마의 힘을 빌리지 않는 주술'에서 '귀신과 악마의 힘을 빌리는
주술'로 옮겨 갔다.

인간 그 자체는 전과 다름없이 절대적인 목적으로 다뤄졌지만, 그의 기도가 성공하면서
사람도 공리주의적인 집단 속에 묻히고 만다. 따라서 인간 행위의 배후에 있으면서, 신화
로 옮겨감을 허용하는 것은, 이미 성공이 아니고 좌절이다. 좌절만이 흰빛의 영사막처럼
끝없는 인간의 기도가 이어지는 것을 차단하면서, 사람을 순수한 그 자신으로 되돌린다.
세계는 여전히 비본질적인 상태이나, 그것은 지금 패배에의 구실인 양 우리 앞에 있는 것
이다. 사물의 궁극적인 목적은 인간의 길을 가로막아 인간을 그 자신에게 돌려보내는 데
있다. 그러나 문제는 실패와 폐허를 세계의 흐름 속에 임의로 도입하는 것이 아니라 오히
려 실패나 공허에만 눈을 돌리는 것이다. 인간의 기도에는 양면이 있는데, 그것은 성공인
동시에 좌절이다. 기도를 생각하기 위해서는, 변증법의 도식만으로는 불충분하며 우리는
우리 어휘와 우리 이성의 테두리를 더 부드럽게 하지 않으면 안 된다. 나는 언젠가는 객
관적이지 않은 그렇다고 주관적이지도 않은, 이상야릇한 현실 '역사'를 그리려고 시도할
것이다. 거기에서 변증법은 일종의 반변증법에 의해서 반박되고 침투당하고 침식당하지
만 그래도 아직 변증법인 것이다. 그러나 그것은 철학자의 일이다. 보통 사람들은 야누스
의 두 얼굴을 보지 않는다. 행동하는 사람이 한 면을 보고, 다른 한 면을 시인이 본다. 도

공통점이 있는가? 산문 작가는 글을 쓴다. 그것은 사실이다. 시인도 글을 쓴다. 그러나 쓴다는 두 부류의 행위 속에는 글자의 획

구가 부서지고 못 쓰게 될 때, 계획이 실패하고 노력이 헛되게 될 때, 세계는 지점도 없고 길도 없이 부질없고 무서운 신선미로 나타난다. 세계는 사람을 압도하기 때문에 최대의 현실성을 갖는다. 그리고 행동은 어떠한 경우에도 일반화하므로, 실패는 사물에게 개개의 현실성을 준다. 그러나 기대되었던 역전에 의해서, 궁극의 목적으로 여겨진 이 좌절은 동시에 우주의 부인(否認)인 동시에 승인을 의미한다. 인간은 그를 압도하는 것보다 '가치가 있기' 때문에 부인한다. 기술자나 선장처럼 그들의 그다지 현실적이 아닌 것 속에 있는 사물을, 그는 이미 부인하지 않으나, 반대로 너무나 충만한 현실 속에서 바로 패배자의 존재, 그것에 의해 부인한다. 그는 세계의 회한이다. 한편, 세계가 성공의 도구이기를 그침으로써 좌절의 도구가 되므로 승인, 곧 인간이 세계를 받아들인다. 분명치 않은 궁극 목적이 가로질러 간 세계가 거기에 있다. 그 세계에서 소용되는 것은 적대율이다. 사람에게 적대적일수록 그만큼 인간적이다. 좌절, 그것이 구원으로 전환된다. 좌절이 우리로 하여금 어느 피안에 도달하게 해서가 아니라 좌절이 저절로 동요하게 되고 변모되기 때문이다. 시는 산문의 폐허 위에 떠오른다. 말이 배반이고 전달 불가능한 것이 사실이라면 그때에 하나하나의 말은 스스로 그 개별성을 회복하고 우리의 패배의 도구가 되고, 전달 불가능한 것의 은닉자가 된다. 그것은 전달할 다른 것이 있기 때문이 아니라, 산문의 전달이 실패함으로 순수한 전달이 불가능한 것이 되는, 말의 의미 그것이다. 이처럼 전달의 좌절인 전달 불가능한 것의 시사가 된다. 그리고 말을 이용하는 계획이 실패하면 말의 무관심한 순수 직관이 뒤를 잇는다. 그래서 우리는 앞서 시도한 모사에 다시 부딪친다. 그러나 이것은 좌절의 절대적인 가치 인상의 더 한층 일반적인 전망 속에서다. 나는 이것이 현대시의 기원에 있는 태도로 생각한다. 이 선택이 집단 속에서 극히 명확한 하나의 기능을 시인에게 부여한다는 것 또한 주목할 만하다. 극도로 전체적인 또는 종교적인 사회 속에서, 좌절은 국가에 의해 가려지거나 종교에 흡수되어버린다. 우리의 민주주의 체제처럼 그다지 전체적이 아니고 세속적인 사회에서는 시가 그것을 다시 부각하는 것이다.

시란 패이승(敗而勝)하는 것, 시에 있어서는 패자가 곧 승자이다. 그리고 진정한 시인은 마침내 승리하기 위하여 죽음에 이르기까지 패배를 선택한다. 여기서 현대시를 문제삼고 있다는 것을 나는 다시 한번 말한다. 역사는 그 밖의 여러 가지 시의 양식들도 보여주고 있다. 그 양식들과 현대시의 그것과의 연관을 드러내는 것은 여기서 의도한 주제가 아니다. 그러므로 만일 사람들이 무슨 일이 있더라도 시인의 구속 참획에 관해서 말하고 싶다면 '시인'은 본래 패하도록 구속된 사람이라고 말해두자. 이것이 시인이 항상 스스로 부르짖고 늘 외부 간섭 탓으로 돌리지만, 실은 가장 심오한 자기 선택인, 그 시인의 '액

을 긋는 손의 움직임을 제외하고는 아무런 공통점이 없다. 그 밖에는 그들의 세계는 서로 통할 수 없는 채로 있고, 전자에게 값진 것이 그대로 후자에게도 값진 것은 아니다. 산문은 본질적으로 효용 위주이다. 나는 기꺼이 산문 작가를 '말을 사용하는 자'라고 정의하겠다.

주르댕 씨는 그의 실내화를 주문하기 위해 산문을 썼고, 히틀러는 폴란드에 선전포고를 하기 위해 산문을 썼다. 작가는 '말하는 사람'이다. 그는 지시하고 증명하고 명령하고 거절하고 질문하며, 애원하고 모욕하며 설득하고 암시한다. 만약 그가 공연히, 효과도 없이 그런다고 하더라도, 그가 그만큼 시인이 되는 것은 아니다. 말하면서도 결국 아무것도 말하지 않는 것은 산문 작가의 경우이다. 우리는 앞서 언어의 뒷면을 충분히 살폈는데, 이제

운'과 '저주†'의 깊은 의미. 그런데 이것은 그의 시의 결과가 아니고 바로 원천이다. 시인은 인간 기도의 총체적 좌절을 확인하고, 그 자신의 개인적인 패배로서 인간 모두의 패배를 증언하기 위하여, 그 자신의 인생에게 스스로 좌절하도록 처신하는 것이다. 나중에 보게 되듯이 시인은 산문을 부인한다. 그러나 산문의 부인은 더 큰 성공의 이름으로 행해지고 시의 부인은 모든 승리를 은폐하는 패배의 이름으로 행해지고 그의 이름으로 행해진다.

† 보들레르의 『악의 꽃』 중에 「액운(Guignon)」이라는 시가 있고, 제1부 「침울과 이상」의 첫 시의 제목이 「축복」이지만 내용은 차라리 '저주'라 함에 더 가까울 것이다. 말라르메의 시 중에도 「액운」이 있다. 그들은 부모와 처자에서부터 온 사회에 이르기까지 시인을 에워싼 환경의 몰이해와 조매(嘲罵) 그리고 시인의 근본 조건—세속적인 생활에 얽매인 채 이상을 우러러보며 살아야 하고, 인간 조건에 붙들린 채 절대의 세계에 들어가려는 갈망과 그 전달할 수 없는 것을 전달해야 하는 시인의 사명 등, 사르트르가 이 글에서 시인은 처음부터 '좌절'을 택했다고 한 그 '저주받은' 시인의 '액운'과 근본 조건을 말한다. 베를레느는 이러한 보들레르 이래의 시인군(詩人群)을 '저주받은 시인들' 또는 '절대의 시인들'이라고 불렀다.

는 그 앞면을 제대로 보는 것이 좋겠다.*

산문이란 담론(談論)을 위한 기술(技術)이다. 때문에 그 내용은 당연히 '의미'를 떠날 수 없다. 다시 말하면, 말은 무엇보다도 대상의 '지시'다. 말이 우선 그 자체로서 즐겁게 해주는가의 여부를 아는 것이 문제가 아니라, 말이 이 세상의 어떤 하나의 사물 또는 어떤 관념을 정확하게 지시하는가의 여부를 아는 것이 문제다. 이리하여 번번이 이런 일이 있을 수 있다. 곧 사람들이 말이라는 수단으로써 가르쳐준 어떤 관념은 우리가 자기 것으로 지니고 있는데, 그 관념을 우리에게 전달한 말 자체는 그 중에 단 한마디도 생각나지 않는, 그런 일이 가끔 일어난다. 산문이란 무엇보다도 정신적 태도의 하나이다. 발레리식 표현을 빌린다면 햇빛이 유리를 거쳐 통과하듯이 말이 우리의 시선을 스쳐 지나갈 때

* 두말할 것 없이 모든 시에는 산문의, 다시 말하면 성공의, 어떤 형식이 있다. 그리고 거꾸로, 가장 무미건조한 산문도 항상 약간의 시, 다시 말하면 좌절의 어떤 형식을 감추고 있다. 어떤 산문 작가도(가장 명석한 산문 작가도), 그가 말하려는 것을 완전히 말하지는 못한다. 그는 너무 지나치게 말하거나 그렇지 않으면 불충분하게 말한다. 구절마다 도박이고 떠맡은 모험이다. 더듬으면 더듬을수록 말은 이상하게 된다. 발레리가 보여준 것처럼 아무도 말 한마디를 속속들이 이해할 수는 없다. 이처럼 한마디 한마디의 말은 뚜렷한 사회적인 의미 때문에, 쓰이는 동시에 어떤 뚜렷하지 못한 음향 때문에 쓰이기도 한다―그 말의 표정 때문이라고 말할 수도 있으리라. 독자도 그것을 느낄 수 있을 것이다. 우리는 이미 예정된 전달의 면 위에 있는 것이 아니라 은총과 우연의 면 위에 있다. 산문의 침묵은 그 표면에 한계를 표시하기 때문에 시적이다. 그리고 내가 앞에서 순수한 산문과 시의 극단적인 경우를 고찰한 것은 좀더 명확하게 설명하기 위한 것이었다. 그렇다고 일련의 중개적인 형식을 통해 시에서 산문으로 넘어갈 수 있다고 결론을 지어선 안 된다. 만일 산문 작가가 말을 너무 귀여워한다면 산문의 영상은 깨어지고, 우리는 뭐가 뭔지 모르는 말에 빠지게 된다. 만약 시인이 이야기하고 설명하고 또는 가르친다면 시는 산문적이 되고, 시인은 '내기'에 지고 마는 것이다. 문제는 복잡하고 불순하지만 한계가 뚜렷한 구조이다.

에 산문이 있는 것이다. 위험 또는 곤란한 지경을 당했을 때는 사람은 아무 연장이나 닥치는 대로 움켜쥐는 법이다. 그런데 위험이 지나고 나면 그 연장이 망치였는지 장작개비였는지 생각조차 나지 않는다. 더구나 처음부터 그것이 무엇인지 알지 못하고서 움켜쥐었던 것이다. 이를테면 바로 우리 육체를 연장하는 것, 손을 나뭇가지의 맨 위까지 뻗치는 수단이 필요했을 따름이다. 말하자면 그것은 여섯째 손가락이었고, 제3의 다리로서 우리와 일심동체(一心同體)가 된 순수한 기능이었다. 언어도 이와 같다. 언어는 우리의 껍질이며 촉각이다. 언어는 남으로부터 나를 보호해주고, 남에 관한 것을 나에게 가르쳐준다. 그것은 감각의 영역이다. 우리들은 신체 속에 있듯이 언어 속에 있다. 우리는 다른 목적을 향해서 언어를 넘어 뛸 때, 마치 손과 발을 느끼듯이 언어를 저절로 '느낄 수' 있다. 남이 언어를 사용할 때, 우리는 남들의 사지를 지각하듯 그 언어를 '지각'하게 된다. 체험 과정에 살아 있는 말이 있고, 그저 얼떨결에 만나게 되는 말이 있다. 그러나 두 경우에서, 나로부터 비롯된 말이거나 다른 사람의 말이거나를 막론하고, 말이란 어떤 하나의 기도 과정에 있다. 이야기는 행위의 어떤 특수한 순간이고, 그 행위를 떠나서는 이해되지 않는다. 어떤 실어증 환자들 중에는 행동하고, 상황을 이해하고, 이성과의 정상적인 관계를 갖는 가능성을 잃어버린 사람들이 있다. 이 실어증의 경우 언어의 파괴란 인간의 여러 구조 중의 하나가, 가장 미묘하고 또 가장 뚜렷한 구조 하나가 와해된 것처럼 보인다.

그리고 산문이 어떤 기도의 탁월한 도구에 지나지 않는다고 하자. 그리고 이해와 관심을 초월한 입장에서 말을 관조하는 것이 시인만의 일이라면, 사람들은 우선 산문 작가에게 다음과 같이 물을 권리가 있다. '어떤 목적으로 당신은 글을 쓰느냐? 당신은 어떤 기도로 뛰어들었으며, 또 그 기도는 어떤 이유에서 반드시 글의 도움을 필요로 하는가?'라고. 그리고 어떤 경우에도 이 기도는 순수한 관조를 목적으로 삼을 수는 없을 것이다. 왜냐하면 직관은 침묵이고, 언어의 목적은 전달에 있기 때문이다. 물론 언어는 직관의 결과를 고착시켜놓을 수는 있으리라. 그러나 그 경우라면 종이 위에 급히 내려갈긴 몇 마디면 충분할 것이다.

그것을 적은 사람은 언제든지 그것으로 충분히 자기가 생각한 바를 확인할 수 있을 것이다. 만약 우리가 낱말의 의미들이 분명해지도록 통일된 문장으로 엮으려면, 그 직관과는, 그리고 말 자체와도 전혀 관계가 없는 어떤 결의가, 곧 획득한 결과를 다른 사람에게 털어놓으려는 결의가 개입되지 않으면 안 된다. 사람들은 그때마다 바로 이 결의에 관해서 이유를 묻지 않으면 안 된다. 그리고 우리의 석학들이 너무 제멋대로 잃어버리는 양식은 여전히 그 질문을 되풀이하지 않을 수 없게 한다. 사실 무엇을 감히 쓰려고 하는 모든 젊은이에게 늘 이런 질문을 하는 것이 습관이 되어 있지 않은가, '당신은 무슨 할말이 있소?'라고. '애써 남에게 전달할 만한 가치가 과연 있는 것인가'를 묻는 질문이다. 그러나 초월적인 가치 체계에 의거하는 것이 아니라면, 어떻게 '전달할 만한 가치가 있는'가 그 여부를 알아낼 수 있겠는가?

또 '근원적인 언어 계기'라는 기도(企圖)의 부차적 구조만을 고려하더라도, 순수한 스타일리스트(문장가)들이 저지르는 중대한 과오는, 말[言]이 마치 사물의 거죽을 살랑거리는 산들바람과도 같아서, 사물에 아무런 변화를 주지 않고 그저 스칠 뿐이라고 생각하는 데에 있다. 그리고 화자(話者)란 그의 무해한 관조를 한마디로 요약하는 순수한 '증인'이라고 생각하는 데에 있다. 말을 한다는 것은 행동하는 것이다. 사람들이 이름을 주는 모든 사물은 이미 그전의 것과 똑같은 사물은 아니다. 그것은 이름이 붙여지는 순간 순결을 잃는 것이다. 만일 여러분이 어느 개인의 행위에 뭐라고 이름을 붙인다면 여러분은 그 사람에게 그의 행위를 드러내 보이는 것이다. 즉 그는 그 자신을 보는 것이다. 그리고 여러분은 동시에 다른 모든 사람들의 면전에서 그 사람의 행위에 명명하는 것이므로, 그는 자기 '자신을 보는' 순간에 (자기가) 남에게 이러이러하게 '보이고' 있다는 것을 알게 된다. 이렇게 그는 스스로가 무의식중에 행한, 그러나 잊고 있었던 은밀한 몸짓이 그 엄청난 의미를 띠고 결국엔 만인 앞에 존재하게 된다. 그리하여 그는 객관적 정신의 대열에 합류하고 새로운 차원으로 발전하며 회복되는 것이다. 그런 다음에야, 어떻게 그가 이전과 같은 방식으로 행동하기를 바라겠는가? 혹은 고집을 부려 그 사정을 잘 이해해서 자기 행동을 끝까지 지켜 나가든가, 그 행동을 포기하든가, 둘 중 하나를 선택해야 할 것이다. 이리하여 나는 말을 함으로써, 상황을 바꾸려는 내기도 자체로 바꾸기 '위하여', 내 자신과 다른 사람에게 상황을 드러내는 것이다. 나는 상황 한복판을 명중시키고 그것을 꿰뚫고 그것을 만인의 눈앞에 고정시켜 놓는다. 그리하여 나는 내가 하는 한마디 한마디의 말로써 상황을 처리하고, 좀더 세계 속으로 나를 이끌어 구속한다. 이와 동시에 나는, 미래를 향해서 세계를 넘어뜀으로써, 그만큼 더 세계로부터 떠오르게 되는 것이다. 이와 같이 산문 작가란 이를테면 더 세계에 떠오르게 되는 것이다. 이처럼 산문 작가는 이를테면 폭로에 의한 행동이라고 부를 수 있을 어떤 이차적인 행동 양식을 선택한 사람이다. 그러므로 그에게 다음과 같은 두 번째 질문을 던지는 것은 당연하다. '세계의 어떠한 모습을 드러내려느냐? 그 드러냄(폭로함)으로써 세계에 어떤 변화를 가져오려고 하느냐?'라고.

'구속〔參劃〕'된 작가는 말이 곧 행동임을 알고 있다. 그는 드러내는(폭로하는) 것은 곧 변화이며, 오직 변화를 꾀함으로써 폭로도 가능하다는 것을 알 수 있다. 그는 이미 사회와 인간 조건을 공평무사하게 묘사한다는 불가능한 꿈을 포기한 사람이다. 인간이란 본래가 그와 마주서면 아무도, 신조차도 공평을 지킬 수 없는 그러한 존재이다. 왜냐하면 신은, 만약 존재한다고 친다면, 일군의 신비가들이 잘 본 바와 같이 사람과의 관계로 해서 어떤 '상황 속에' 들어 있을 것이기 때문이다. 그리고 사람이란, 상황을 바꾸지 않고서는 그것을 볼 수조차 없는 존재다. 왜냐하면 그의 시선은 대상을 그의 마음속에서 응결시키고 파괴하고 아로새긴 후에 '영원한 시간'이 하듯이 그것을 변화시키기 때문이다. 사람과 세계가 '참된 모습으로' 서로 자기를 드러내는 것은 늘 사랑이나 증오나 분노나 공포나 기쁨이나 분개나 찬양이나 희망이나 절망을 통해서이다. 아마도 구속된 작가가 범속한 작가일 수도 있다. 그는 자기가 범속하다는 것을 의심할 수도 있을 것이다. 그러나 완전히 성공한다는 계획 없이는 아무것도 쓸 수가 없다. 그러므로 작가는 겸손한 마음으로 자기 작품을 대한다. 하지만, 그 겸손이 그가 작품을 쓸 때 '마치' 자기 작품이 최대의 반향을 일으키기라도 할 듯한 마음으로 작품을 구성하는 것을 방해해서는 안 된다. 그는 결코 '쳇! 내 독자는 겨우 3천 명 정도이겠지' 이런 생각을 해서는 안 된다. 차라리 '만약 온 세상 사람들이 내가 쓴 것을 읽는다면 어떤 일이 일어날 것인가?'라고 생각하지 않으면 안 된다. 파브리스와 산세베리나를 싣고 가는 사륜마차 앞에서 모스카가 한 말이 생각난다. '만일 사랑이라는 말이 그들 사이에 나타나게 된다면 나는 마지막이다'. 이때 그는 아직 이름이 지어지지 않은 어떤 것, 또는 감히 그 이름이 지을 수 없는 것에 이름을 붙이는 것이 바로 인간임을 알고 있었다. 그는 인간이 '사랑'이라는 말과 '증오'라는 말을 '솟아나게' 하며, 그 말과 더불어 아직 감정을 결정하지 않았던 사람들 사이에서 정말로 '사랑'과 '증오'를 솟아나게 한다는 것을 알고 있었다. 그는 브리스 파랭이 말한, 말이란 '탄약을 잰 권총'이란 것을 알고 있었다는 것이다. 말을 한다는 것은 권총을 발사하는 것이다. 물론 작가는 침묵할 수도 있다. 그러나 그가 쓰기로 결심했다면 어른답게 과녁을 겨누고 제대로 쏘아야지, 그저 폭발 소리를 재미있어 하는 어린애처럼 눈을 감고서 되는 대로 쏘아서는 안 된다.

우리는 곧 문학의 목적이 어떤 것일 수 있겠는가를 규정하게 될 것이다. 그러나 지금이라도 우리는 다음과 같은 결론을 내릴 수 있으리라. 곧 '작가는 세계를 드러내기(폭로하기)를 택했으며, 특히 사람을 다른 사람에게 폭로하기를 ─ 이렇게 숨김없이 벗겨진 대상 앞에서 다른 사람들이 전적인 책임을 질 수 있도록 폭로하기를 선택했다'고. 법전이라는 것이 있고, 법률은 성문화되었으므로 아무도 법을 모른다고는 할 수 없다. 그 다음에 법을 어기는 것은 여러분의 자유다. 그런데 그 경우에 위법의 대가를 어떻게 치르게 될지 여러분은 잘 알고 있다. 이처럼 작가의 기능은 세계를 모르는 자가 아무도 없게 만들고, 아무도 세계에 관해서 나는 책임이 없다면서 회피할 수 없도록 행동하는 것이다. 그리고 언어 활동의 세계에 자신을 구속한 이상, 작가는 말할 줄 모르는 체할 수는 절대로 없다. 의미의 세계 속에 들어가기만 하면 어떤 것을 해도 거기에서 빠져나올 수가 없다. 설령 낱말이 저절로 자유로이 결합되게 내버려둔다 하더라도 말은 문장을 만들 것이고, 각 문장들은 언어 활동을 남김없이 내포하여 그것을 온 세계에 보내는(발언하는) 것이다. 마치 음악에 있어서 '휴지(休止)'가 그것을 둘러싸고 있는 일군의 음부에서 스스로의 음감을 받아들이는 것과 같이, 작가의 침묵도 말과의 관계에서 규정된다. 이 경우에 침묵은 언어의 한순간이다. 침묵하는 것은 벙어리라는 것이 아니다. 말하기를 거부하는 것일 뿐, 그것은 여전히 이야기하는 것이다. 그래서 만일 한 작가가 세계의 어떤 면에 관해서는 '침묵'을 선택했으며, 또는 바로 그런 의미를 잘 나타내고 있는 관용어를 빌려 '묵과해버린다'는 쪽을 선택했노라고 한다면, 우리는 그에게 다음과 같은 세 번째 질문을 던질 권리가 있다. '어째서 당신은 그것에 관해서보다 오히려 이것에 관해서 말했느냐? 그리고 당신이 무엇을 변화시키기 위해서 발언한다면 어째서 그것보다도 오히려 이것을 변화시키려고 하느냐?'라고.

이 모든 것을 고려해도 작가의 고유한 방법이 있다는 것에는 조금도 변함이 없다. 작가란 어떤 것들에 대해 말하기를 선택했기 때문에 작가인 것이 아니라, 바로 그 사물에 대해 '어떤 방법으로' 말하는 걸 선택했기 때문에 작가이다. 문체는 물론 산문의 가치를 이룬다. 그러나 그것은 눈에 띄지 않고 통과하는 것이어야 한다. 말은 투명한 것이고, 시선은 투명한 말을 뚫고 지나가는 것이므로, 말 속에 제대로 닦이지 않은 유리를 집어넣는 것은 어리석은 짓이다. 미(美)라는 것도 여기서는 가벼운 힘, 뚜렷이 지각할 수 없는 어떤 힘에 지나지 않는다. 하나의 캔버스 위에서는 아름다움이 먼저 눈에 들어온다. 그러나 책에서 아름다움은 숨고, 목소리나 얼굴의 매력처럼 어떤 은근한 힘에 의해서 작용한다. 그 아름다움은 강제하지 않고 모르는 사이에 사람의 마음을 사로잡는다. 그리고 보이지 않는 매력에 유혹되었을 때 사람들은 마치 변론에 굴복한 듯이 느끼게 된다. 미사의 의식(儀式) 자체는 신앙이 아니라 신앙을 처리하는 것이다. 말의 조화, 아름다움, 구절의 균형은 독자가 모르는 사이에 독자의 정열을 '처리'하며, 미사나 음악이나 춤처럼 그것을 정돈하고 그것에 질서를 부여하는 것이다. 만약 독자가 문장의 아름다움을 그 자체로서 받아들이려 한다면, 그는 '의미'를 잃고 그에게는 권태로운 균형만이 남을 뿐이다.

산문에서 미적 쾌락이란, 말하자면 덤으로 획득할 때에만 순수하다. 이처럼 단순한 이야기를 여기서 다시금 떠올리게 하는 것은 쑥스러운 일이지만, 오늘날에는 그처럼 소박한 원리를 잊고 있는 것 같다. 그렇지 않고서야 어째서 우리가 문학을 죽이려고 한다는 둥, 더 간단히 구속이란 것이 글쓰는 예술에 해를 끼친다는 따위의 이야기를 우리에게 늘어놓을 수 있겠는가? 만일 시에 감염된 어떤 종류의 산문이 우리 비평가들의 머리를 혼란스럽게 하지 않았던들 오직 근본 내용만을 말하는 우리들의 표현 형식에 관해서 감히 우리를 공격할 생각이 들 것인가? 형식에 관해서는 미리 말할 것이 아무것도 없고, 또 우리는 아무런 말도 하지 않았다. 저마다 자기의 형식을 창출하고, 그 뒤에야 남의 형식에 대해 이런저런 판결을 하는 것이다. 주제에 따라 그것에 어울리는 문체가 있다는 것은 사실이다. 그러나 주제가 어떤 문체를 지정하는 것은 아니다. 문학적 기술 외부에서 '선험적'으로 배열되는 문체란 있을 수 없다. 가령 예수회를 공격한 담론보다 더 구속적이고 지리한 것이 또 있겠는가? 그런데 파스칼은 그 논의를 가지고 저 유명한 『프로뱅시알』을 썼다. 요컨대 무엇을 쓰려고 하는가를 아는 것이 문제이다. 나비에 관해서인가, 유대인의 신분에 관해서인가, 아는 것이 문제이다. 그리하여 그것을 알고 나면 어떻게 쓸 것인가를 정하는 문제가 남는다. 때로는 앞에서 말한 주제와 형식이라는 두 가지 선택이 겹치는 경우가 있지만 훌륭한 저자에게는 결코 제2의 선택(형식의 결정)이 제1의 선택(주제의 결정)에 앞서는 일이란 있을 수 없다. 나는 지로두가 말한 것을 알고 있다. '유일한 문제는 문체를 발견하는 것이고, 사상은 그 뒤에 온다'고. 그러나 지로두는 잘못이었다. 결국 사상은 그 뒤에 오지 않았으니까. 만약 사람들이 주제를 항상 공개된 문제, 유혹 또는 기대라고 생각한다면, 예술은 구속에 의해서 아무것도 상실할 것이 없음을 깨달을 것이다. 사실은 그와 반대다. 물리학이 수학자들에게 새로운 문제를 제시하면, 수학자들은 새로운 상징법을 창조하지 않을 수 없게 하는 새 문제들을 제시하듯이, 사회적인 또는 형이상학적인 데서 비롯된 새로운 요구들은 예술가로 하여금 새로운 언어와 새로운 수법을 찾아내도록 하는 것이다. 이제 우리가 17세기에서와 같은 글을 쓰지 않는 것은 라신이나 생테브르몽의 언어로는 기관차나 프롤레타리아를 말하는 데 쓸모가 없어서이다. 그러나 순수파는 아마도 기관차에 관한 이야기는 쓰지 말아달라고 하고 싶을 것이다. 그러나 예술은 늘 순수파의 편에 서 있지 않았다.

만약 구속(참획)의 원리가 이상과 같은 것이라면 그것에 대해 무엇을 반대할 수 있는가? 그리고 사람들은 특히 무엇을 반대했던가? 내 반대파들은 자기들의 주장에 그다지 열의가 없는 모양이다. 나의 견해가 충격적이라고 스캔들을 다루듯 탄식하는 그들의 글은 두세 단짜리 신문 기사에 불과하다. 나는 그들이 무엇을 내세우고, 문학에 대한 어떤 개념으로 나를 단죄하는지 알고 싶었으나, 누구도 그것을 말하지 않았고 그들 자신도 알지 못하는 것이었다. 그나마 가장 설득력 있게 나의 견해에 반박하려면 그들은 '예술을 위한 예술'이라는 낡은 이론에 의지해야 앞뒤가 맞았을 것이다. 그러나 그들 중에는 그 이론을 받아들일 수 있는 이가 한 사람도 없다. 그 이론도 또 거부하라. '순수예술'이라는 것과 공허한 예술이란 같은 것이며, 미적 순수주의는 자신이 착취자로 지목되기보다는 차라리 속인이라는 지탄을 받는 편을 좋아했던 전세기의 부르주아의 근사한 방어책과 다름없다는 것을 잘 알고 있는 터이다. 그들 자신이 인정하는 바로도, 작가는 무엇인가를 말하지 않으면 안 되는 것이다. 그러나 과연 무엇을? 만일 페르낭데스가 제1차 세계대전 후에 그들을 위해서 '전언(Message)'의 개념이라도 찾아내지 않았던들 그들의 곤경은 극에 이르렀을 것이다. 그들은 이렇게 말한다. '오늘날의 작가는 어떠한 경우에도 시대적인 문제에 몰두해서는 안 된다. 그의 기능은 독자들에게 전언을 넘겨주는 것이다'라고. 도대체 전언이란 무엇인가?

　대부분의 비평가들은 그다지 복을 받지 못한 사람들이고, 절망하려는 순간 다행히도 묘지기라는 조용한 일자리를 찾아낸 그런 부류의 사람들임을 상기해야 한다. 묘지가 정말 평화로운지 어떤지는 아무도 모를 일이다. 하지만 서재보다 더 기분 좋은 곳은 없다. 서재에는 죽은 사람들이 있다. 그 죽은 사람들은 밤낮 쓰기에만 몰두했다. 그들은 오래 전부터 삶의 죄를 씻어냈으며, 그들의 인생은 오직 다른 사자들이 그들에 대해 써놓은 저서에 의해 알려질 뿐이다. 랭보는 죽었다. 파테른 베리숑[9]도, 이자벨 랭보도 죽었다. 다시 말해서 방해꾼들은 사라졌다. 이제 남아 있는 것은 납골당의 항아리처럼 벽을 따라 판자 위에 진열된 조그만 관[10]들뿐이다.

　비평가란 생계가 워낙 어려운 족속들이다. 그의 아내는 제대로 그를 평가해주지 않고, 자식들은 아비의 은혜를 헤아리지 못하며 월말이면 어김없이 궁색하다. 그러나 그는 항상 서재에 들어갈 수가 있고 책장에서 한 권의 책을 꺼내어 펼칠 수 있다. 책에서는 묘혈(墓穴)의 냄새가 살며시 새어나오는데, 그가 '독서'

---

9 Paterne Berichon, 랭보의 누이동생 이자벨의 남편이며, 랭보 전기와 작품 고증에 대한 저술이 있지만 친척의 편견으로 해서 오히려 학문적인 가치는 떨어진다.
10 서재에 안치된 사자(死者)들의 관이라는 것은 서가에 꽂힌 그들의 저서를 말한다.

라고 부르기로 결정한 이상스런 작업은 그렇게 시작된다.

어떤 면에서 그것은 귀신과의 통령(通靈)이다. 죽은 사람들이 다시 살아날 수 있도록 사자들에게 자기 육체를 빌려주는 것이니까. 그리고 다른 면에서 보면 그것은 저승과의 접촉이다. 그 책은 사실에 있어서 대상도 아니고, 사상조차도 아니다. 죽은 사람에 의해 죽은 것에 관해 쓰인 책은 이미 지상에 아무런 가치도 가지고 있지 않으며, 우리의 관심을 끄는 어떤 것도 직접 말해주지 않는다. 그대로 두면 내려앉고 무너져서, 곰팡이가 난 종이 위에 뿌려진 잉크 자국만 남길 것이다. 그 잉크 자국을 소생시켜서 비평가가 그것으로 문자를 만들고 말을 만들 때, 그것은 비평가가 느끼지도 않는 정열과 대상 없는 분노, 공포 그리고 죽은 희망 등에 관해서 말하는 것이다. 그것은 모두 비평가를 둘러싸는 '육체에서 분리된 세계'이며, 그 세계에서 인간적 애정은 이미 아무런 감동도 불러일으키지 못하므로, 모범적 애정의 세계인 가치의 차원으로 넘어간다. 그래서 비평가는 그의 일상적인 고통의 진실성과 존재의 이유처럼 되어 있는 관념상의 세계와 교섭한다고 자부하는 것이다..플라톤의 경우 감각 세계가 원형 세계를 모방하듯이, 비평가는 자연이 예술을 모방한다고 생각한다. 그리고 그가 읽고 있는 동안 그의 일상 생활은 그렇고 그런 외관에 지나지 않게 된다. 바가지를 긁는 그의 아내도, 등이 구부러진 아들도 모두 외관이다. 그리고 그 처자도 크세노폰이 크산티페를 그렸고, 셰익스피어가 리처드 3세의 모습을 그렸기에 구원을 받을 수 있었노라고 스스로를 위로한다. 만약 동시대의 저자들이 죽어주는 호의를 베푼다면, 비평가에게 이것은 하나의 경사이다. 너무나 설익고, 너무나 생생하고, 너무나 절실하던 그들의 책은 피안에 이르고, 차츰 그 감동이 줄어들수록 점점 더 (비평가들에게는) 아름다운 것으로 바뀌기 때문이다. 그러한 책들을 잠깐 연옥(煉獄)에 머무른 후에 바야흐로 예지의 천상에 올라 새로운 가치로 그곳을 가득 채우는 것이다. 베르고트, 스완, 시그프리드 벨라, 그리고 테스트 씨[11] 등등이 최근의 수확이다. 그 다음엔 나타나엘과 메날크[12]를 기다리는 판이다. 끈덕지게 살려고 노력하는 작가들에게는 너무 바둥대지 말 것과 지금부터, 그들이 변화하게 될 사자(死者)와 미리 닮도록 힘을 쓰라는 것만이 그들에게 요구된다. 25년 전부터 유작을 출판하던 발레리는 일을 그럴 듯하게 처리한 셈이었다. 그것이 발레리가, 극히 예외적인 성인들이 그러했듯이, 생전에 성인의 반열에 오르게 된 이유다. 그러나 그들에게 말로는 여전히 스캔들의 주인공이 된다. 우리 비평가들은 카타리파[13]나 다름없다. 그들은 거기서 먹고 마시는 것 외에는 현실 세계와 아무런 관계도 가지려 하지 않는다. 그리고 우리와 같은 문

---

11 최근에 죽은 작가들의 작품명 또는 작품의 주인공들.

12 전자는 『지상의 양식』에서 지드가 젊은 독자를 부른 이름이며, 후자는 지드 전반기의 작품에 자주 나타나는 그림자의 인물로 심미적 행동주의 사상을 고무한다. 그들을 '기다리는 판이다'라는 것은 비평가들이 지드가 죽기를 기다린다는 뜻.

13 Cathares, 인생의 절대 순수성을 주장하는 중세 이단의 일파. 또는 슬라브인들 사이에 기원하여 독일, 프랑스, 이탈리아에 퍼졌던 중세 철학파로서 '선', '악'의 두 원리를 영구불멸로 인정하는 관념적 이원론자들.

인 족속들과 교섭하며 사는 것이 불가피하므로, 차라리 죽은 문인들과 교섭하며 살기를 택한 것이다. 그들은 분류·정리된 사건이나 막이 내린 싸움이나 누구나 결과를 뻔히 알고 있는 이야기에 대해서만 열을 올리는 것이다. 그들은 결과가 확실치 않은 일에 대해서는 결코 모험을 걸지 않는다. 역사는 이미 그들에게 유리한 판결을 내림으로써, 그들이 읽고 있는 저자들에게 두려움이나 노여움을 준 대상들은 이미 사라졌기 때문에, 또한 피비린내나는 논쟁도 부질없음이 두 세기의 거리를 두고 보면 명백하기때문에, 그들은 여러 시대의 균형에 열중할 수가 있다. 그들이 보기에는 모든 것이, 마치 문학 전체가 거대한 동어 반복에 지나지않고, 새로운 산문 작가마다 새로운 말투를 만들어내어도 거기에는 별다른 의미도 없는 모양이다. 원형과 '인간성'을 운운하는것이 '아무것도 말하지 않기 위해서' 말한다는 것인가? 우리 비평가들의 모든 개념은 한쪽 관념에서 다른 한쪽 관념으로 왔다갔다 동요한다. 물론 양쪽이 다 잘못이다. 대작가들은 뭔가를 파괴하고 건립하고 증명하려고 했다. 그러나 우리는 그들이 추진한증명을 이미 간직하고 있지 않다. 왜냐하면 그들이 증명하려고한 것에 대해 우리는 이미 일고의 관심도 없기 때문이다. 이미 그들이 고발한 폐단은 우리 시대의 것이 아니다. 그들이 꿈에도 생각지 못했던 또 다른 폐단이 오늘날 우리를 분노하게 만드는 것이다. 역사는 그들이 예견한 것들 가운데 어떤 것들을 부인했다. 그리고 그 가운데 그들의 예견대로 된 것이 있다고 해도 그것은 너무나 오래 전부터 진리로 알게 된 것이므로, 우리는 그 예견이 당초에는 천재적인 지력에 의한 것이었음을 잊어버렸다. 그들의 사상 가운데 어떤 것은 완전히 죽어버렸으며, 또 어떤 것은 인류 전체가 다시 받아들였지만 지금에 와서 우리는 그것을 한갓 판에 박힌 사상으로 여기고 있다. 결국 이런 저자들의 가장 훌륭한 논의는 이미 그 효력을 상실했다. 우리들은 다만 논의의 논리정연함과 엄격성만을 찬탄할 뿐이다. 우리 눈에는 그 가장 치밀한 짜임새마저 오직 하나의 장식물이나 우아한 구조물일 뿐이다. 바흐의 둔주곡이라든가 알람브라[14]의 아라베스크 무늬와 같은 다른 구조물과 마찬가지로 실용성이 없는 장식, 이를테면 전람회에 출품된 것에 지나지 않는 것이다.

이들 열정적인 기하학[15]은, 기하학 자체가 우리를 설득할 수 없게 된 때에도 그 정열만큼은 아직 우리를 감동시킨다. 그보다는 차라리 정열의 표상이 아직도 우리를 감동시킨다고 해야 하리라. 몇 세기가 지나는 동안에 사상은 이미 김이 빠져버렸으나, 그 사상의 저변에는 한때 살과 뼈를 지녔던 한 인간의 개인적이면서 독특한 고집이 깔려 있기 때문이다. 질식해가는 이성의 조리(條理) 배후에서 우리들은 심정의 조리를, 미덕과 악덕을, 그리고 사람들이 살며 겪게 되는 큰 고통을 살피고자 할 뿐이다. 사드는

---

14 스페인 안달루시아 지방에 있는 고대 아리바아 왕의 궁전.
15 전기(前記) 구조물(構造物)들, 여기서는 (옛 작가들의) '논의의 논리적연합과 그 엄격성'을 말한다.

한사코 우리를 붙들려고 애를 썼다. 그러니 그가 비평가님들의 스캔들이 되는 건 아주 당연한 노릇이다. 사드는 이미 진주조개만큼이나 아름다운 악(惡)에 물어 뜯긴 한 영혼에 지나지 않는다. 현대에 이르러 『연극에 관한 편지』를 읽고도 극장에 가지 않겠다고 반응하는 이는 없겠지만, 루소가 연극을 증오한 것을 통렬하다고 생각을 하기는 할 것이다. 이러한 배경을 조금이나마 알고 있다면 우리의 즐거움은 완전한 것이 된다. 루소의 『사회계약론』을 오이디푸스 콤플렉스로, 몽테스키외의 『법의 정신』을 인피어리오러티 콤플렉스로 설명하는 동안에 말이다. 다시 말하면 우리는 그럭저럭 살아 있는 개가 죽은 사자에 대해 가지는 공인된 우월성을 충분히 즐기려는 것이다. 이와 같이 어떤 저자가 저작에 독자를 홀리는 사상을 담고, 겉보기에는 이성의 산물로 보이던 것이 우리 눈앞에서 녹아버리고 가슴만 두근거리게 하는 한갓 흥분에 지나지 않게 될 때(머물게 될 때), 또는 책에서 끌어낼 수 있는 교훈이 그 책이 의도한 것과는 근본적으로 다를 때, 사람들은 그 책을 '전언(사명)'이라 부른다. 그리하여 프랑스 혁명의 아버지인 루소도, 인종차별주의의 아버지인 고비노도 우리에게 각각 '전언'을 보냈다는 것이다. 그래서 비평가는 똑같은 공감을 가지고 양자를 고찰하는 것이다. 만약 그들이 살아 있는 인물이라면 둘 가운데 한 사람을 반대하고 다른 한 사람을 선택해야 하며, 하나를 좋아하면 또 하나는 미워하지 않을 수 없게 될 것이다. 그러나 이러한 두 사람을 접근시킬 수 있는 것은 무엇보다도 그들 모두가 저지른 심오하고도 절묘한 하나의 똑같은 과오 때문이다. 곧 그들은 죽었다는 잘못을 저질렀다. 이리하여 사람들은 현대의 저자들에게는 '전언'을 내놓을 것을, 다시 말하면 그들의 저서를 고의로 한정해서 그들의 영혼의 본의 아닌 표현으로 하기를 권고해야만 하는 것이다. 나는 '본의 아닌'이라고 말했다. 왜냐하면 그것은 몽테뉴에서 랭보에 이르기까지 고인들은 자신을 완전히 그려냈으나 그럴 의도는 가지고 있지 않았고, 덤으로 그런 결과를 나타냈으니까. 또 그들이 의도하지 않았지만 결국 우리에게 준 덤은 생존한 작가의 제1의, 그리고 공인된 목적이 되지 않으면 안 된다. (우리는) 그들에게 가식이라고는 없는 고백을 해달라 요구하지 않고, 낭만주의 작가들에게서 흔한 속내를 너무도 드러내는 과도한 서정을 요구하지도 않는다. 그러나 우리는, 사토브리앙이나 루소가 구사한 기교의 이면을 밝히는 데서 즐거움을 발견한다. 공적(公的)인 인간으로서 구실을 하는 바로 그 현장에서 그들이 가진 사적(私的)인 인간의 모습을 간파하며, 그들의 가장 보편적인 주장에서 특수한 동기를 캐내는 일이 대표적인 즐거움의 목록들이다. 사정이 이러하기에 사람들은 신진 작가들에게도 이런 즐거움을 베풀도록 요구한다. 심사숙고 끝에, 서서히 얻게 되는 즐거움이 계속되기를.

그러므로 그들이 추리하고 긍정하고 반박하고 증명하도록 하자. 그러나 그들이 옹호하는 대의는 그들의 논설의 표면적인 목적이어야만 할 것이고, 깊은 목적은 그렇지 않은 척하고 자기를 털어놓은 것이다. 마치 장구한 시간이 고전 작가들의 이론을 위해서 한 것과 마찬가지로 신진들은 우선 이론을 무장해제하지 않으면 안 되며, 또 그들이 이론을, 누구의 관심도 끌지 못하는 주제나 독자가 미리 그것을 잘 납득하고 있을 만큼 일반적인 진리로 이끌지 않으면 안 된다는 것이다. 그들의 사상으로 말하면, 그들은 그 사상에 심각한 모습을 (그러나 공허하게) 주지 않으면 안 되며, 또 불행한 소년 시대나 계급적 증오나 근친상간의 사랑에 의해 명백히 설명되도록 사상을 형성하지 않으면 안 된다는 말이다. 그들은 인간을 감추는데, 우리에게 흥미를 주는 것은 오직 인간뿐이기 때문이다. 노골적인 흐느낌은 아름답지 않다. 그것은 기분을 잡치니까. 훌륭한 추론 또한 스탕달이 잘 보았듯이 불쾌한 것이다. 그러나 흐느낌을 덮고 감추는 논리, 바로 이것이 우리의 일이다. 논리는 눈물이 가진 추잡한 것을 제거한다.

눈물은 그의 정열의 근원을 드러냄으로써 추론에서 그 공격적인 점을 제거한다. 그리하여 우리는 너무 감동하지 않고, 전혀 설득당하지도 않을 것이다. 그리고 우리는 누구나 알고 있듯이 예술품의 관조에서 얻을 수 있는, 적절하게 조절된 쾌락에 안전하게 몸을 맡길 수 있게 된다. 그들의 이른바 '참된', '순수한' 문학이란 바로 이런 것이다. 즉 여러 종류의 객관적인 것 아래에 드러나는 주관성, 침묵과 같은 가치를 가질 만큼 기묘하게 배열된 논설, 그 스스로를 논박하는 사상, 광증의 가면에 불과한 '이성', 오직 역사적 순간에 불과하다는 것을 깨닫게 해주는 그 '영원',

그것이 드러내 보이는 이면을 통해서 홀연 영원한 인간에게 영구한 교훈을 보내는 역사적 순간, 그러나 그 교훈을 주는 사람들의 뚜렷한 의사에 반해서 이루어진 교훈 등등, 이런 따위다.

'전언'이란 결국은 대상화된 영혼이다. 하나의 영혼, 대체 그것을 어떻게 하자는 거냐? 멀찍이 떨어져서 경건하게 바라본다는 것이다. 사람들은 긴급한 동기 없이는 자기 넋을 사회에 드러내 보이지 않는다. 그러나 관례에 따라, 그리고 어떤 제도하의 어떤 종류의 사람들에게는 그들 넋의 교류가 허용되고 모든 성인은 그 넋을 얻을 수가 있다. 오늘날 많은 사람들에게 있어서 정신의 저작이란 이처럼 허술한 값으로 사람들이 살 수 있는 방황하는 작은 영혼들이다. 몽테뉴 영감의 넋이 있고, 친애하는 라 퐁텐의 넋, 장 자크의 넋, 장 폴의 그 절묘한 제라르의 넋이 있다. 그런 넋에 해가 되지 않도록 취급하는 것을 통틀어 문학예술이라고 부른다.

그 넋들은 부드러워지고 세련되고 화학적으로 처리되어 있어 그것을 구입한 사람들에게 온통 외부로 향해 생애의 몇몇 시기를 주체성의 교양에 바칠 수 있는 기회를 준다. 그 사용은 아무 위험도 없는 것으로 보증되어 있다. 『수상록』의 저자가 페스트가 보르도 지방을 휩쓸었을 때 겁을 집어먹고 회피한 이상, 도대체 누가 몽테뉴의 회의주의를 진지하게 대하겠는가? 루소는 자기 자식들을 고아원에 처넣었는데 누가 그의 휴머니즘을 진지하게 받아들이겠는가? 그리고 제랄드 네르발은 광인이었으니 저 『실비』

의 기이한 계시를 믿을 사람이 누가 있겠는가? 기껏해야 직업적 비평가가 죽은 작가들 사이에 대화 공간을 마련할 것이며, 프랑스 사상은 파스칼과 몽테뉴 사이의 영원한 대담이라는 것을 우리에게 가르쳐줄 것이다. 그렇게 함으로써 그는 파스칼과 몽테뉴를 더 현대에 살게 하려는 것이 아니라, 차라리 말로와 지드를 더 죽게 하려는 것이다. 그리하여 인생과 작품 사이의 내적 모순이 양편 모두를 쓸모없게 만들었을 때, 또 그 '전언'이 판독할 수 없이 깊은 속에서 '사람은 선하지도 악하지도 않으니라', '인생에는 많은 고통이 있느니라' 또는 '천재란 긴 인내에 불과하니라', 이런 따위의 중차대한 진리를 우리에게 가르쳐주게 될 때, 이 음침한 요리의 종국의 목적이 달성될 것이고, 그러면 독자는 책을 놓으면서 태평한 마음으로 이렇게 외칠 수 있으리. '이런 것은 모두 한갓 '문학'에 불과해'라고.

그러나 우리에게 글쓰기란 하나의 기도(企圖)이며, 작가는 죽기 전에는 살아 있는 인간이다. 우리는 저서에서 옳은 말을 하려고 해야 하며, 몇 세기 후엔 우리가 과오를 저질렀다는 사후 판결이 내려진다고 해도 과오를 미리 두려워해서는 안 된다고 생각한다. 또 작가는 그의 작품 속에서, 자기 악덕과 불행과 약점을 앞세움으로써 비루하게 수동적으로 하는 것이 아니라 단호한 의지와 선택과 우리 한 사람 한 사람이 살아간다는 전체적인 '기도'의 인간으로서 자기를 송두리째 구속해야 한다고 믿고 있다. 때문에 우리는 여기서 시초부터 이 문제를 다시 들고 나서서 이번

에는 우리가 다음과 같이 자신에게 물어야 마땅할 것이다. 글을
'어째서 쓰는가?'라고.

2
어째서 쓰는가?

사람마다 이유가 있다. 어떤 사람에게 예술은 현실 도피이고, 어떤 사람에게는 정복의 수단이 되기도 한다. 그러나 은신처나 광증이나 죽음 속으로 도피할 수도 있고, 정복은 무기로도 할 수 있다. 그러면 어째서 다름 아닌 작품을 쓰는 것인가? 어째서 글로써 도피나 정복을 이루려 하는가? 작가의 여러 가지 목적 뒤에는 보다 깊고 보다 직접적이고, 모든 작가에게 공통된 하나의 선택이 있다. 우리는 그 선택을 명백히 하려고 했다. 그리하여 작가의 구속(참획)이 요구되는 것은, 바로 '글을 쓴다는 것'을 선택했다는 그 선택의 이름으로인가 아닌가를 알게 될 것이다.

우리들의 모든 지각에는 인간 현실이 무엇인가를 '드러내 보인다'는 의식이 수반되어 있다. 즉 인간 현실을 통해서, 존재가 '거기에 있다'는 의식, 혹은 인간은 사물들이 자기를 표명하는 수단인 의식을 갖게 된다. 가지가지의 '관계'를 자꾸만 더 많이 맺어놓는 것은, 바로 이 세계에 있는 우리들의 현존인 것이다. 이 나무와 이 하늘의 한모퉁이 사이에, 관계를 맺어놓은 것은 바로 우리들이다. 우리들 덕택으로 수천 년 이래로 죽어 있던 별과 달의 일부분과, 컴컴한 강 등이 하나의 풍경의 통일 속에 나타난다. 드넓은 대지를 묶는 것은 우리의 자동차나 비행기의 속도다. 우리의 행위 하나하나에 대해서 세계는 우리들에게 새로운 얼굴을 드러내 보인다. 그러나 우리가 존재의 발견자인 것을 알고 있다면, 그 제작자가 아니라는 것 또한 우리는 알고 있다. 우리가 눈을 돌려 이를 보지 않게 되면, 그것은 증인도 없이 어두운 영원 속에 잠길 것이다 ― 다만 잠길 뿐이다. 그것이 없어질 것이라고 믿는 사람이 있다면, 그는 둘도 없는 천치가 아니겠는가. 꺼져 없어질 것은 도리어 우리들이고, 대지는 또 다른 의식이 와서 그것을 깨울 때까지 계속 잠을 잘 것이다. 이리하여 우리가 '드러내 보이는' 존재라고 하는 내적 확신에는, 그 '드러난' 물건에 대비해서 우리는 본질적인 존재가 아니라는 신념이 부가된다.

예술적 창조의 주된 동기의 하나는, 확실히 세계에 대해서 우리가 본질적인 존재라고 느끼고 싶다는 욕망이다. 내가 드러낸 들이나 바다의 이 모습, 또 이 얼굴 표정 등 내가 그런 것들을 캔버스 위에 혹은 글에 고정시키고, 관계를 포착하고 거기에 없던 질서를 도입해서, 사물의 다양성에 정신의 통일성을 집어넣는다면 나는 그런 것을 만들어낸다는 의식을 가질 수 있을 것이다. 다시 말하면 나 자신을, 내 창조와의 관련에 있어, 본질적인 것으로 느낄 수도 있다는 것이다. 그러나 이번에는 창조된 대상이 나를 빠져나간다. 나는 동시에 드러내 보이고 또 제작할 수는 없다. 창조는 창조적 활동에 대해서 비본질적인 것이 되어버린다. 우선 첫째로 다른 사람의 눈에는 결정적인 것으로 보일지라도, 창조된 대상은 우리에게는 항상 유예의 상태로 보인다. 우리는 늘 어떤 선이나 색 또는 어떤 말을 고칠 수가 있다. 창조된 대상은 결코 자기를 억압하지 않는다. 제자인 화공(畵工)이 그 스승에게 물었다. '언제 나는 내 그림이 끝났다고 생각해야겠습니까?' 스승은 대답했다. '네가 놀라서 그림을 바라보고, 〈이런 그림을 내가 그렸다니〉 이렇게 말할 수 있는 때다'라고. 그것은 그렇게 될 때는 결코 오지 않는다는 말과 다름없다. 왜냐하면 그것은 결국 자기 작품을 다른 사람의 눈으로 보고 어떤 사람이 창조한 것을 '드러내 보이는' 것과 다름없는 일이기 때문이다.

그러나 제작 활동을 더욱 의식하면 할수록 그만큼 제작된 사물에 대해 덜 의식하게 된다는 것은 말할 것도 없다. 도기나 건축 구조물을 세우는 일처럼 사용법이 규정된 연장을 쓰고, 관례적인 기준에 따라 만드는 경우에는, 이렇게 우리의 손을 움직여 일하는 것은 하이데거가 말한 유명한 '사람'[1]이다. 이 경우 그 제작 결과는 우리 눈에도 제법 '낯설어' 보여 한동안 우리에게 객관적으로 보일 수도 있다. 그러나 우리 스스로가 제작의 규준과 치수

---

[1] 영어에서 one에 해당하는 on을 사용하고 있다. 여기서 의미하는 바도, 그 비인칭의 중성 대명사로서 일반적으로 '사람이란……' 또는 '세상 사람들이……' 하는 경우처럼, 주격으로 사람을 가리키되, 제한 없이 막연히 또는 일반 사람들을 총칭하는 경우의 '사람'이다.

와 표준을 손수 만드는 경우, 그리고 우리의 창조적 충동이 우리의 가슴 가장 깊은 속에서 솟아오르는 그 순간에 우리 작품 속에서 우리가 발견할 수 있는 것은 오직 우리 자신뿐이다. 작품을 판단하는 기준을 만들어낸 것은 바로 우리 자신이며 우리가 그 작품에서 볼 수 있는 것은 우리 자신의 이야기이며, 우리 자신의 사랑이며 기쁨이다. 설령 그 이상 작품에 손대지(수정하지) 않고 그것을 바라본다 하더라도 우리가 그 작품에서 그러한 기쁨이나 사랑을 '받아들이는' 것은 결코 가능하지 않다. 우리가 그 작품에 그런 것들을 집어넣은 것이다. 우리가 캔버스나 종이 위에서 얻은 결과는 우리에게는 결코 객관적으로 보이지는 않는다. 우리는 그 작품이 결과로서 나타난, 그 제작 과정을 너무나 잘 알고 있다. 그 과정은 여전히 주관적인 발견 그대로이다. 그것은 우리 자신이고, 우리 영감이고, 우리의 계략이다. 또 우리의 지각이 그 작품을 뚫고 포착하려고 노력할 때에는 우리는 그것을 다시 한 번 창조하며, 그것을 만들어낸 조작을 마음속에 되풀이한다. 그 작품의 여러 면이 하나하나 그 조작의 결과로 나타나는 것이다. 이리하여 지각에서는 대상이 본질적인 것으로, 주체가 비본질적인 것으로 주어진다. 이때 주체는 창조 속에서 본질성을 찾아 그것을 얻는다. 그러나 그렇게 되면 이번에는 대상이 비본질적인 것으로 되어버린다.

이런 변증법적 관계가 두드러지게 드러나는 것은 무엇보다도 '글쓰는 예술(문학)'에서이다. 왜냐하면 문학적 대상이란 이상한 팽이와도 같은 것이어서 오직 움직이고 있는 것으로만 존재하기 때문이다. 그것을 나타내기 위해서는 독서라고 부르는 구체적인 행위가 필요하고, 그것은 독서가 계속되는 동안에만 계속된다. 그 밖의 시간에는 다만 종이 위의 검은 자국일 뿐이다. 그런데 작가는 그 자신이 쓰는 것을 제대로 읽을 수가 없다. 그러나 제화공은 치수가 맞기만 하면 자기가 만든 구두를 만든 자리에서 바로 신을 수가 있고, 건축가는 스스로 지은 집에서 살 수가 있다. 문학작품을 읽을 때는 읽으면서 앞질러 발견하고 기대한다. 문장의 끝이나 다음 문장, 또는 그 뒤의 페이지까지도 짐작한다. 다음에 온 문장이나 다음 페이지의 내용이 자기의 짐작과 드러맞거나 어긋나기를 기대한다. 독서는 많은 가설과 꿈, 꿈 뒤에 오는 각성과 희망과 실망으로 이루어져 있다. 독자들은 항상 미래 속에서 그들이 지금 읽고 있는 문장에 앞서 있고, 미래에 있으나 그 미래는 단지 그럴지도 모른다는 것일 뿐이며, 그들이 읽어 나아감에 따라 일부는 무너지고 일부는 확실해지고 페이지에서 페이지로 물러가며, 문학적 대상이 움직이는 지평선을 형성한다. 기대도 없고 미래도 없고 무지도 없고 객관성도 없다. 그런데 글을 쓴다는 조작은 암암리에 거의 독서와 같은 행위를 포함하고, 그것이 진정한 독서를 불가능하게 하는 것이다. 말이 펜으로 빚어질 때, 저자는 아마 그 말을 볼 것이지만, 쓰기 전부터 그것을 알고 있기 때문에 독자가 보는 것처럼 보지는 않는다. 작가의 시선의 기능은, 남이 읽어주는 것을 기다리며 잠들어 있는 말들을 건드려 그것을 깨우는 데 있지 않고, 표정의 설계도를 통제하는 데 있다.

요컨대 그 기능은 순수하게 조절의 사명을 띠고 있고 그의 시선은 손의 사소한 과오 이외에 아무것도 알지 못한다. 작가는 발견하지도 않고 추측하지도 않는다. 작가는 그저 계획을 실행할 뿐이다. 작가도 이따금 기대할 수 있고, 이른바 영감이 떠오르기만을 기다리는 일도 있다. 그러나 다른 사람을 기다리는 것처럼 자기 자신을 기다리지는 않는 법이다. 작가는 주저한다 해도 미래가 아직 만들어져 있지 않다는 것을 알고 있고, 그것을 만들려는 것이 그 자신이라는 것 또한 잘 알고 있다. 주인공에게 무슨 일이 일어날지 작가가 모른다고 하더라도 그것은 단지 아직 그것을 생각하고 있지 않다는 것, 아무것도 아직 결정하고 있지 않다는 것을 의미하는 데 지나지 않는다. 그럴 때 미래는 공백의 페이지이지만 독자의 미래는 예컨대 결말이 어떻게 될지 모르는 말(語)들이 가득 담긴 200페이지인 반면에, 작가의 미래는 백지일 뿐이다. 이처럼 작가는 자기 작품 곳곳에서 자기 지식, 자기 의지, 요컨대 자기 자신과 부딪칠 뿐이다. 작가는 다만 자기 자신의 주관성에만 접촉하는 것이고, 그가 만들어내는 대상은 그의 손이 닿지 않는 곳에 있다. 더구나 그는 그것을 자신을 위해서 만들어내는 것 또한 아니다. 자신이 쓴 것을 다시 읽는다고 해도 그것은 때가 너무 늦은 것이다. 자신의 문장이 자기 눈에 '사물'로 비치는 일은 결코 없을 것이다. 주관성의 한계까지 들어가는 일이 있더라도 그 한계를 넘어설 수는 없다. 작가는 어느 한 필치나 잠언이나, 제자리에 놓은 형용사의 효과는 평가하겠지만, 그것은 다른 사람에게 미칠 효과일 뿐이다. 그는 그 효과를 평가하지만 느낄 수는 없다. 프루스트는 결코 샤르뢰스의 동성애를 발견하지는 않았다. 그는 책을 쓰기 전부터 샤르뢰스는 동성애자라고 정해놓았던 것이다. 만일 작품이 작가에게도 객체로 보이는 날이 온다면, 그것은 세월이 지나 작가가 그 작품을 잊어버리고, 작품 속에 들어갈 수 없을 뿐만 아니라 이미 작품을 쓸 수조차 없게 되었기 때문이리라. 만년에 『사회계약론』을 다시 읽은 루소의 경우가 그렇다.

따라서 자기 자신을 위해 쓴다는 것은 진실이 아니다. 만일 그렇다면 최악의 실패를 맛보게 될 것이다. 종이 위에 자기 소감을 내던지면서, 겨우 그것을 지루하게 연장하는 것에 불과하리라. 창조한다는 행위는 작품을 제작하기 위한 불완전하고 추상적인 하나의 기회에 지나지 않는다. 작가만이 존재한다면 작가는 하고 싶은 대로 쓸 수 있다. 그러나 '대상'으로서의 작품은 결코 나오지 않을 것이고, 작가는 결국 펜을 놓거나 절망할 수밖에 없을 것이다. 그러나 글을 쓰는 작업은 당연히 그 변증법적 상관자로서의 읽는 작업을 포함한다. 그리고 두 가지 관련된 행위는 서로 다른 두 사람의 행위자를 필요로 한다. 정신의 작품이라는 구체적인 그리고 상상적인 대상을 떠오르게 하는 것은 작가와 독자의 결합된 노력이다. 오직 예술에는, 타인을 위한 그리고 타인에 의한 예술이 있을 뿐이다.

읽기는 과연 지각과 창조와의 종합처럼 보인다.[*] 그것은 주체의 본질성과 대상의 본질성을 동시에 제기한다. '대상'이 본질적이라 함은, 그것이 엄격하게 초월적이며 그의 고유한 구조를 독자에게 강요하며, 독자는 그것을 기다리고 그것을 관찰해야만 하기 때문이다. 주체 또한 본질적이라 함은, 그것이 대상을 드러내 보이기 위해서(즉 대상이 거기 있게 하기 위해서) 필요할 뿐만 아니라, 또 그 대상이 절대적으로 존재하기 위해서도(즉 그것을 만들어 내기 위해서) 주체가 필요하기 때문이다. 한마디로 말하면, 독자는 동시에 드러내고(발견하고) 창조하고, 창조하면서 드러내며, 드러내면서 창조한다는 의식을 가지고 있는 것이다. 사실 독서가 기계적인 작업이며, 또 독자가 빛을 받는 사진의 필름처럼 받은 인상을 기호화하는 것이라고 믿어서는 안 된다. 만일 독자가 정신이 팔리고, 피로하고 얼빠져 제 정신이 아닌 경우라면, 그는 작품 속의 대부분의 관계를 보지 못할 것이고 (불이 '옮겨 붙는다'든가 또는 '붙지 않는다'든가 하는 의미로) 대상에 옮겨 붙게 할 수는 없을 것이다. 그때는, 어둠 속에서 아무렇게나 끌어낸 몇몇 구절이 제멋대로 떠오를 뿐이다. 그러나 만일 독자가 최상의 독서 상태에 있다면 그는 부딪치는 어구를 넘어 종합적인 하나의 형태를(곧 주제 또는 의미를) 구성하는데, 그런 경우 문장 하나하나는 종합적인 형태의 부분적인 기능으로 존재할

---

[*] 다른 예술작품(회화, 교향악, 조각 등)을 대하는 관객의 태도에 관해서도 정도는 다를지 언정 이같은 말을 할 수 있다.

것이다. 처음부터 전체의 뜻이 말 속에 포함되어 있는 것은 아니다. 반대로 취지(전체의 의미)가 하나하나의 말의 뜻을 깨닫게 해주는 것이다. 문학이라는 대상은 언어적 활동을 '통해서' 실현되는 것이지만, 결코 언어 속에 주어지는 것은 아니다. 그와 반대로 대상은 본래 침묵이고, 말의 대립물이다. 따라서 한 권의 책에 나열된 수십 만 개의 단어 하나하나를 읽어도 거기서 작품의 의미(취지)가 반드시 솟아오른다는 보장은 없다. 의미(취지)는 낱말들의 총계가 아니고 말이 만드는 그것들의 유기적인 총체이다. 독자가 단번에, 거의 아무 안내자도 없이 '침묵'의 높이에 올라서지 못한다면 아무것도 이루어지지 않는다. 요컨대 독자가 침묵을 '발명'하고, 그가 하나하나 깨어나게 하는 낱말이나 구절들이 침묵 속에 자리를 잡아, 침묵 속에서 이어가게 해주지 못한다면, 아무것도 이루어지지 않는다. 이와 같은 작업은 오히려 발명이 아니고 '재발명' 혹은 '발견'이라고 부르는 편이 타당하지 않느냐고 묻는 사람이 있다면, 나는 '우선 이와 같은 〈재발명〉이란 최초의 발명과 마찬가지로 새롭고 독창적인 행위'라고 대답하리라. 특히 대상이 결코 전에는 존재하지 않았던 것이므로 그것을 재발명한다거나 발견한다는 것은 전혀 문제가 되지 않는다. 왜냐하면 내가 말하는 '침묵'은 과연 작가가 의도한 목적일는지는 몰라도 적어도 작가가 미리 알고 있던 것은 아니기 때문이다. 작가의 침묵은 주체적인 침묵이고, 말보다 앞서는 것이다. 그것은 말의 '부재'이며, 영감이 깃들었으나 식별되지 않았던 침묵이며,

특수한 뜻을 갖기 이전의 언어이다. 그런데 독자가 만드는 침묵은 하나의 대상이다. 그리고 그 대상의 내부에도 또 여러 가지 침묵, 즉 작가가 말하지 않은 것이 있다. 문제는 그것이 특이한 작가의 의도인데 독자가 읽음으로써 표현 가능한 대상 밖에서는 의미를 간직할 수 없게 된다. 그러나 대상의 밀도를 짙게 하고 대상에 특이한 모습을 주는 것은 바로 작가의 의도이다. 그것은 표현되지 않은 것이라기보다 차라리 표현할 수 없는 것이다. 따라서 그와 같은 의도는 독서의 어떤 특정 시기에 (나타나지 않으며) 찾아볼 수 없는 것이다. 그것은 곳곳에 있으면서도 아무 데도 없는 것이나 다름없다. 『대장 몬』[2]의 놀랄 만한 성질, 『아르망스』[3]의 웅장함, 카프카의 신화적 리얼리즘과 진실의 정도 등, 이 모든 것은 결코 미리 주어진 것이 아니라 독자가 씌어진 글을 줄곧 뛰어넘으면서 그 모든 것을 '발명'하며 나아가야 하는 것이다. 물론 저자는 독자를 인도할 것이다. 그러나 그것은 인도하는 것일 뿐이고, 저자가 세운 푯말은 허공 중에 서로 격리되어 있으므로 독자는 그것을 연결해야 하며, 그것을 넘어가가야 한다. 한마디로, 독서란 방향이 주어진 창조하고 할 수 있다.

한편 문학이란 대상에는 독자의 주체성 이외의 어떤 실체도 없다. 이를테면 라스콜니코프의 기대는, 내가 그에게 빌려준, 나

---

2 알랭 푸르니에가 1914년 전사하기 직전인 1913년에 발표한 작품으로, 그는 이 한 작품으로 문명을 떨쳤다.
3 스탕달의 소설.

의 기대이다. 독자의 이런 초조가 없으면 거기에는 권태로운 표상밖에는 없을 것이다. 그를 심문하는 예심판사에 대한 라스콜니코프의 증오는 표상에 의해 유발되고 촉구된 나의 증오다. 예심판사 자신도 라스콜니코프를 통해서 내가 그에게 보내는 증오가 없다면 존재하지 않을 것이다. 그에게 생명을 불어넣은 것은 바로 나의 증오며, 나의 증오는 곧 그의 육체인 것이다. 그러나 말〔語〕은 우리의 감정을 불러일으키고, 그것을 우리 자신에게 반영시키기 위한 함정으로서 거기에 깔려 있다. 하나하나의 말은 초월의 길이며 우리의 가지가지 인상을 형성하고, 그것을 이름짓고, 그것을 어떤 가상의 인물에 결부시킨다. 그러면 그 인물은 우리를 대신하여 작품 속에서 우리가 느끼는 인상으로 사는 역할을 맡는데, 그 인물의 실체는 우리에게서 빌린 정열 그대로인 것이다. 말은 그와 같은 정열에게 대상과 전망과 하나의 지평선을 준다. 따라서 독자에게는 모든 것이 지금부터 해야 할 일이며, 또한 이미 한 일이다. 작품은 바로 독자가 가진 능력의 정확한 수준에 따라 오직 그 한도 안에서 존재할 뿐이다. 항상 읽고 창조하는 동안 독자는 자기 독서에서 더 멀리 갈 수 있음을, 더 깊이 창조할 수 있으리란 것을 알고 있다. 그러므로 그에게는 작품이란 다 펴낼 수 없을 만큼 무궁무진하게 보이고, 사물들과 같이 불투명하게도 보인다. 작품 곧 이와 같은 절대적인 특성의 산물은, 우리의 주체성에서 떠오름에 따라 차츰 우리 눈앞에서 응결하여 침투할 수 없는 객관성으로 변한다. 우리는 이런 것을 칸트가 '신성한 이성'에게만 귀속시킨 '이성적 직관'에 기꺼이 결부시킬 것이다.

창작은 오직 독서를 통해서만 완성될 수 있다. 때문에 예술가는 자기가 시작한 것을 완성하는 수고를 다른 사람에게 일임하지 않으면 안 되며, 오로지 독자의 의식을 통해서 자신을 작품의 본질적인 것으로 파악하는 일이 가능해진다. 따라서 문학작품은 하나의 호소이다. 작품을 쓴다는 것은 언어라는 수단을 통해 내가 계획한 '발현(드러내는 것)을 객관적인 존재로 만들어주도록 독자에게 '호소'하는 것이다.

그리고 '독자의 무엇에 대해서 저자가 〈호소〉했는가'라고 묻는다면 대답은 간단하다. 책에는 미적 대상이 나타날 만한 충분한 이유는 책에도 없고, 책에는 다만 그것을 만들어내도록 하는 시사가 있을 뿐이다. 또한 작가의 정신 속에도 별로 없다. 작가는 그 주체성에서 벗어날 수가 없으므로, 그 주체성이 객관성으로 이행한다고 설명할 수가 없다. 그러므로 예술작품의 출현은 그 이전의 여건에 의해 '설명될' 수 없는, 전혀 새로운 사건이다. 그리고 방향이 정해진 이 창조는 절대적인 출발점이므로 가장 순수한 상태에 있는 독자의 자유에 의해 이루어진다. 그리하여 작가는 독자의 자유에 호소하여 그 자유가 자기 작품의 완성에 협력하기를 희망하는 것이다.

'모든 도구가 가능한 행위의 수단이므로, 그것은 우리의 자유의사에 맡겨져 있다는 의미로는 어떤 예술작품도 특수한 것이 아니다' 이렇게 말하는 사람이 있을지도 모른다. 또 도구라는 것이

따지고 보면 어떤 작업의 응결된 도식(圖式, Esquisse)⁴이라는 것
도 사실이다. 그러나 그것은 어디까지나 가언명령, 곧 어떤 목적
을 달성하기 위한 수단으로서 주어지는 명령, 이상의 것이 아니
다. 그러므로 나는 망치를 써서 궤짝에 못을 박을 수도 있고, 이
웃 사람을 때려 죽일 수도 있다. 내가 망치를 그것 자체로 생각하
는 한, 그것은 내 자유에의 '호소'는 아니며, 그것은 나를 나 자
신의 자유와 대면시키지도 않는다. 망치는 오히려 수단의 자유로
운 발명이 아닌 일련의 전통적이고 규정된 작업으로서 나의 자유
에 봉사하려는 것이다. 반면에 책은 내 자유에 봉사하는 것이 아
니라 내 자유를 요구한다. 사실 우리는 강요나 매력이나 애원으
로 남의 자유에 도달할 수 없다. 자유에 도달하는 길은 오직 하나
뿐이다. 우선 자유를 인식하고, 다음에 그것을 신뢰하고, 끝으로
자유 자체의 이름으로(즉 자유에 대한 신뢰로써) 자유로부터 어
떤 행위를 요구하는 길이다. 따라서 책은 도구처럼 어떤 한 가지
목적을 위한 수단이 아니라, 독자의 자유에 대하여 그 자신을 목
적으로 삼으라고 내놓는 것이다. 그렇기 때문에 '목적 없는 합목
적성'이라는 칸트의 표현은, 예술작품을 가리키는 데는 전혀 부
적당하다고 나는 생각한다. 그것은 사실 미적 대상은 단순히 합

---

4 미술 용어로는 그대로 '에스키스' '스케치' 등 약도, 초안의 뜻이다. 매우 사르트르적인
교묘한 분석으로서, 가령 낫이라는 도구 자체가 그것으로 초목을 벤다는 작업의 근원적
몸짓(도식)을 그 형태로 결정해 놓았을 뿐만 아니라 그 연장을 보는 사람의 머리에 우선
그 몸짓을 떠오르게 한다는 것이다.

목적성의 외관을 나타낼 뿐이며, 상상력의 자유롭고도 조절된 활동을 촉진시키는 데 지나지 않는다는 것이다. 그러나 이런 이야기가 가능한 것은, 관찰자인 독자의 상상력이 조절적인 기능뿐 아니라 구성적 기능도 가지고 있다는 것을 잊고 있어서이다. 상상력은 제멋대로 발휘되는 것이 아니라 예술가가 남긴 흔적을 넘어 아름다운 대상을 다시 구성하도록 '호소'를 받고 있는 것이다. 정신의 다른 기능과 마찬가지로 상상력도 스스로 즐길 수는 없다. 그것은 늘 외부로 향하고, 항상 어떤 기도에 이끌리고 있다. 만일 어떤 대상이 극히 규칙적인 질서를 보이고, 그 때문에 가령 어떤 목적을 부여할 수 없는 때에도 그 대상에는 어떤 목적이 이미 있다고 생각하게 할 만큼 정리되어 있다면, 목적 없는 합목적성도 성립할 수 있으리라. 이런 식으로 미를 정의한다면—이것이 바로 칸트의 '목적'이지만—예술의 미를 자연의 미와 동일시할 수도 있을 것이다. 가령 균형이 잘 잡혀 있고, 잘 조화되어 있는 색채며, 규칙적인 곡선을 가진 꽃 한 송이가 있다고 해보자. 우리는 이런 모든 특질에서 곧장 목적론적인 설명을 찾으려 하고, 이런 특질들을 어떤 미지의 목적을 위해 준비된 수단으로 생각하기가 쉽다. 그러나 그것이 바로 그릇된 생각이다. 자연의 아름다움은 어떤 점에서도 예술의 아름다움과 비교될 수 있는 것이 아니기 때문이다. 예술작품이 목적을 갖고 있지 않다는 점에서 나는 칸트에 동의한다. 그러나 그것은 예술작품이 그대로 목적이기 때문이다. 칸트의 명제는 모든 그림, 모든 조상(彫像), 모든 작품의 밑바닥에서 울려오는 호소를 고려하고 있지 않다. 칸트는 작품이 우선 사실로서 존재하고 그런 다음에 사람에게 보여지는 것으로 생각한다. 그러나 작품은 사람이 그것을 바라보는 때에만 존재하며, 무엇보다도 먼저 순수한 '호소'이며 순수한 존재의 요구인 것이다. 작품은, 존재가 명백하고 목적이 미결정된 하나의 도구와 같은 것이다. 그것은 완수해야 할 과업으로 나타나며 처음부터 지상 명령의 차원에 위치한다. 여러분에게는 책을 책상 위에 내버려 둘 자유가 있다. 그러나 일단 책을 펼쳤다면 여러분은 그 책임을 져야 한다. 왜냐하면 자유는 주관적인, 자유스러운 기능의 향유에서 느껴지는 것이 아니고, 명령에 의해서 요구되는 창조적 행위 속에 느껴지는 것이기 때문이다. 이 절대적인 목적, 초월적이긴 하지만 우리가 동의했고, 자유 자체가 자신의 것으로 채택한 명령이, 사람들이 가치라고 부르는 것이다. 예술작품이 '호소'이기 때문에 또한 가치이다.

만일 내가 독자에게 호소하여 내가 시작한 계획이 좋은 결실을 맺도록 마무리해 주기를 요청한다면, 내가 독자를 순수한 자유, 순수한 창조력, 무조건의 활동의 주체로 생각하고 있다는 것은 당연하다. 그러므로 나는 어떠한 경우에도 독자의 수동성에 호소할 수는 없다. 다시 말하면 독자를 감동시켜서 단번에 공포나 욕망이나 분노의 감동을 전하려고 시도할 수는 없다. 아마 그와 같은 감동을 일으키는 것에만 전념하는 저자들도 없지 않을 것이다. 왜냐하면 그와 같은 감동은 예견하고 지배할 수 있는 것이며, 작가는 그러한 감동을 틀림없이 불러일으키는 이미 체험했던 여러 수단을 마음대로 쓸 수 있기 때문이다. 그러나, 고대에 유리피드가 무대에 어린애들을 등장시켰기 때문에 비난을 받았듯이, 그들의 그러한 수법이 비난의 대상이 되는 것 또한 사실이다. 정열 속에서 자유는 소외되고 만다. 부분적인 기도 속에 갑작스레 끌려들어가, 자유는 그만 절대적인 목적을 만들어 낸다는 자기 과업을 잃어버리고 마는 것이다. 그때에 책은 이미 증오나 욕망이 자라게 하는 수단에 지나지 않게 된다. 작가는 독자의 가슴을 뒤집으려고 애써서는 안 된다. 그렇지 않으면 그는 자기 모순에 빠진다. 무엇인가를 '요구'하려면, 독자가 완수할 과업만을 제시하는 데에서 그쳐야 한다.

바로 거기서 예술작품에 있어 본질적인 것이라고 생각되는 '순수한 제시'라는 성격이 드러난다. 미를 감상하기 위해서 독자는 작품으로부터 어느 정도의 심미적 거리를 확보하지 않으면 안 된다. 이것이 바로 고티에[5]가 어리석게도 예술을 위한 예술과 혼동한 것이다. 고답파는 이것을 예술가의 무감동성과 혼동했다. 그러나 이것은 일종의 조심성이 문제일 뿐이다. 주네[6]는 그것을 독자에 대한 작가의 예절이라고 적절히 지적했다. 그러나 이것은

---

5 Gautier. 19세기 중엽의 시인으로 처음에는 빅톨 위고하의 낭만파 맹장으로, 다음에는 '예술을 위한 예술'이라는 기치를 내건 소위 예술지상주의의 주도자. 보들레르가 유일한 스승이며 완벽한 시인이라고 극찬했다.

6 Jean Jenet. 전후에 나온 색다른 작가로 불량배들의 사회에서 살던 자기 체험기인 『도둑 일기』라는 작품을 발표하여 일약 실존파 작가로 등장. 희곡으로 『하녀들』이 있다.

작가가 어떤 추상적이고 개념적인 자유에 호소한다는 의미는 아니다. 물론 독자가 미적 대상을 재창조하는 데는 여러 정서가 따른다. 그것이 감동적인 것이라면 그것은 오직 우리들의 눈물을 통해서만 나타난다. 그것이 희극적인 것이라면 우리들의 웃음으로 인정될 것이다. 다만 그 정서들은 매우 특수한 종류의 것이며 그 근원에 자유가 있다. 그 정서란 빌려온 것이다. 내가 책의 이야기를 믿는 것도 자유로운 동의에 의한 것이기 때문이다.

그리고 그것을 믿는 것은 '기독교적인 의미'로 정열(수난)이다. 다시 말하면 이 희생에 의해서, 어떠한 초월적인 효과를 획득하기 위하여, 단호히 수동적인 입장에 설 수 있는 자유다. 독자는 곧 그대로 믿게 되고 믿기 쉬운 상태 속으로 내려간다. 그 상태는 결국에는 꿈에서처럼 독자를 현실 속으로 내보내고 다시 닫히고 마는 세계이지만 자유라는 의식은 항상 따라다닌다. 어떤 사람들은 때때로 작가를 다음과 같은 딜레마에 몰아넣으려고 했다. '당신의 얘기를 믿는다면 그건 참기 어려운 얘기다. 그렇지 않고 당신 얘기를 전혀 믿지 않는다면 그건 가소로운 일이다'라고. 그러나 이런 논의는 대단히 어리석은 얘기다. 미적 의식의 고유한 성질은 구속에 의해서 혹은 맹세에 의해서 믿는다는 점에 있기 때문이다. 또한 독자 자신 및 각자에 대해서 충실하기 때문에 계속하여 믿는다는 점에 있으며, 또 독자 스스로가 끊임없이 믿는 것을 선택한다는 점에 있다. 나는 어느 순간에나 내 의식을 깨울 수 있으며, 또 그렇게 할 수 있음을 나는 알고 있다. 그러나 나는 그렇게 하기를 원치 않는다. 독서란 자유스러운 꿈이다. 그리하여 상상에 의해서 믿는다는 것의 근저에는 정서가 움직이고 있는데, 그 모든 정서는 내 자유의 특수한 억양과도 같다. 그 온갖 정서는 자유를 흡수하거나 은폐하기는커녕 자유가 자신에게 자기를 계시하기 위해서 선택한 그 숫자만큼이나 많은 양상을 띤다. 앞서도 말했지만 라스콜니코프라는 인물은 내가 그에 대해서 느끼는, 독자로서의 반발과 우정이 뒤섞인 감정이 없다면, 그는 한갓 그림자에 지나지 않을 것이며, 그를 살아 있는 인물로 만드는 것도 바로 그러한 나의 감정에 의해서이다.

그러나 인물의 행위가 나의 분노나 존경을 환기시키는 것이 아니다. 거꾸로 나의 분노와 존경이 그의 행위에 내실과 객관성을 부여하는 것이다. 이것이 바로 문학적 상상이 갖는 특성인 역작용이다. 대상에 의해 지배되지 않는다. 그리고 어떠한 외적 현실도 독자의 감정을 제약하지 못하므로 독자의 감정은 자유 속에 무궁무진한 근원을 가지고 있다. 다시 말하면 그것은 매우 너그러운 감정이다. 왜냐하면 나는 자유를 원천으로 하고 자유를 목적으로 하는 감정을 '너그럽다'고 부르기 때문이다. 이렇듯 독서는 너그러운 마음의 훈련이다. 그리고 작가가 독자에게 요구하는 것은 추상적인 자유의 적용이 아니라, 정열, 편견, 공감, 성적 기질, 가치 서열을 비롯한 그의 전체 인격이 가지는 자질이다. 다만 그 인격은 너그럽게 자기를 내주는 마음에서 나오므로, 자유는 그 인격의 곳곳에 스며들며, 그 감성의 가장 희미한 덩어리까지도 변형시키게 된다. 독자의 적극성은 대상을 더 잘 만들기 위해 수동적이게 되지만, 이제는 수동성이 거꾸로 행위가 된다. 그리하여 독서를 하는 사람은 최고의 경지까지 자기를 높일 수 있다. 그렇게 함으로써 냉혹하기로 소문난 사람들이 가상의 불행한 이야기를 읽고 눈물을 흘리는, 그런 일을 우리는 종종 볼 수 있는 것이다. 그들은 적어도 눈물을 흘리는 동안은 그들 자신의 자유를 가려버리지 않고 살았더라면 그렇게 되었을 인간, 곧 감정이 풍부한 인간으로 잠시 변모하는 것이다.

이처럼 작가는 독자들의 자유와 교섭하기 위하여 작품을 쓰고, 자신의 작품이 존재의 이유를 획득하도록 독자의 자유를 요청한다. 그러나 그뿐이 아니다. 그 밖에도 작가는 독자에게 자기가 준 신뢰를 독자가 자기에게도 돌려줄 것을 요구하고, 독자 편에서도 작가의 창조적 자유를 인정해줄 것을 요구한다. 이번에는 독자측에서도 작가와 호응하는 호소를 하며, 거꾸로 작가에게 자유를 환기시켜 달라고 요구하는 것이다. 과연 여기서 독서에 관한 또 하나의 변증법적 역설이 나타나게 된다. 곧 우리가 우리 자신의 자유를 느끼면 느낄수록 우리는 더욱 남의 자유를 인정하며, 남이 우리에게 요구하면 할수록 우리는 더욱 남에게 요구한다는 것이다.

가령 어떤 풍경에 매혹될 때, 그것을 창조한 것이 내가 아니라는 것을 잘 알고 있다. 그러나 한편 내가 없다면 내 눈앞에 나무들과 잎과 땅이며 풀 사이에 확립된 관계가 전혀 존재하지 않게 되리라는 것도 알고 있다. 색조의 배합이나 바람이 일으키는 움직임과, 형체의 조화 속에 내가 발견하는 빈틈없는 궁극적인 외관을 조리있게 설명할 수 없다는 것을 나는 안다. 그러나 그것은 존재하며 바로 내 눈앞에 있는 것이다. 요컨대 오직 존재가 이미 있는 경우에만 나는 그 존재가 거기에 존재하도록 할 수가 있다는 것이다. 그러나 가령 내가 신을 믿는다고 하더라도, 신의 우주적인 배려와 내가 바라보고 있는 어느 특수한 광경 사이에, 순수한 언어적인 통로가 아닌, 어떠한 통로도 확립할 수가 없다. 나를 매혹하기 위해서 신이 그 풍경을 만들었다든가, 신이 나로 하여금 그 풍경을 즐길 수 있도록 만들어 주셨다든가, 이렇게 말해 보았자 그것은 하나의 질문을 해답으로 여기는 것에 불과하다. 파랑과 초록빛의 배합은 과연 신의 의사였던가? 그것을 내가 어떻게 알 수 있는가? 우주적 섭리라는 관념은 어떤 특수한 의도도 보장할 수 없다. 특히 위에서 본 바와 같은 경우, 그 풀의 초록빛은 생물학적 법칙이나 특수한 항구성이나 지리학적인 결정론으로 설명되며, 물의 푸른빛은 강의 깊이와 지형의 특질과 흐름의 속도에서 그러한 이유를 찾을 수 있는 것이다. 비록 색조의 배합이 신의 뜻이라 하더라도 다만 그것은 '덤으로' 그럴 뿐이고, 두 계열의 인과론이 만난 결과이고, 이것은 얼핏 보아 우연의 사실이다. 합목적성이란 기껏해야 겨우 논의할 수 있다는 정도의 것이다. 우리가 맺어 놓는 모든 관계는 여전히 한갓 가설이며, 어떠한 궁극 목적도 명령의 형식으로 우리에게 제시되지는 않는다,

어떤 목적도 명백히 창조자가 원한 바로서 자기를 드러내고 있지 않으니까. 자연미가 우리의 자유에 호소하는 일은 절대로 없다. 나뭇잎이나 여러 형태의 움직임 등의 총체 속에는 일견 질서와 같은 것이 있고, 따라서 호소와 같은 것이 있고, 또한 호소와도 같은 환각을 준다. 그 환각은 우리의 자유를 유발하는 것처럼 보이기도 하지만, 우리 눈앞에서 갑자기 사라져버리는 것이다. 불현듯 우리 눈으로 질서 정연한 그 풍경을 둘러보기 시작하자마자 그 풍경이 우리에게 주는 듯하던 호소는 간데없이 사라지고, 뒤에 남는 것은 오직 우리 자신뿐이다. 이 색을 제2의 색과 결부시키느냐 제3의 색과 함께 결부시키느냐 하는 것은, 뒤에 남은 우리의 자유이고 나무와 물 혹은 나무와 하늘과 어떤 연결을 짓든지 우리의 자유다. 이때 내 자유는 변덕이 되어버린다. 풍경 속에 새로운 관계를 수립함에 따라서, 처음에 나를 유혹하던 풍경의 객관적이라는 착각에서 나는 더욱 멀어진다. 나는 여러 사물 위에 희미하게 나타난 어떤 모티브를 꿈꾸는 것이다. 자연의 현실은 이미 우리의 몽상의 한갓 기능에 지나지 않게 된다. 혹은 한때 포착했던 자연의 질서는 누구에 의해서 또 진정한 의미의 질서도 아니기에, 나는 그것이 아쉬운 나머지 내 꿈을 교착시키고 그것을 캔버스나 문장으로 옮기는 수가 있다. 이리하여 나는 자연의 풍경 속에 나타난 목적 없는 합목적성과 남들의 시선과의 사이에 나 자신을 개입시키는 것이다. 나는 그 목적 없는 합목적성을 남에게 전한다. 전달로 인해 그 합목적성은 인간적인 것으로 되는 것이다. 이 경우 예술이란 '증여'의 한 의식이며, '증여'만이 변형을 이룬다. 여기서 우리는 모계가족제에 있어서의 칭호와 권력의 이양에 흡사한 무엇을 볼 수 있다. 모계가족제에서 모친은 이름을 갖지 않지만, 숙부와 조카 사이에 없어서는 안 될 중개자이다. 얼핏 지나가는 이 환영을 내가 포착하여 그것을 다른 사람들에게 내주었거나 내가 그들을 대신하여 그것을 분리하여 재고했으므로, 그들은 그것을 신뢰하고 볼 수 있는 것이다. 그리하여 환경은 고의적인 것이 된다. 이때 나 자신으로 말하면, 물론 나는 주관성과 객관성과의 접경에 있으므로, 내가 다른 사람들에게 전하는 객관적 질서를 나 자신은 결코 관망할 수 없다.

그와 반대로 독자는 확실하게 전진한다. 독자가 아무리 멀리 나가더라도 저자는 항상 독자보다 더 멀리 앞으로 나가 있다. 저자가 책의 여러 가지 다른 부분 사이에, 여러 개의 장(章)이나 말〔語〕 사이에, 수립하는 관계가 어떠한 것이라 하더라도, 저자에게는 그러한 관계가 명백히 미리 의도된 것이라는 보장이 있다—데카르트도 말한 것처럼 결코 서로 관계가 없어 보이는 각 부분 사이에, 마치 은밀한 질서가 있는 듯 가장할 수도 있으니까. 그 길에 있어서는 창작자가 언제나 독자를 앞지르고 있는 것이며, 가장 아름다운 무질서가 예술적 효과, 곧 그것 역시 하나의 질서라는 것이다. 독자는 연역이며 내삽법이며 외삽법이다. 그 활동은 마치 과학적 영역이 신의 의지에 근거를 두고 있다고 오랫 동안 믿어온 것처럼 저자의 의지에 근거를 두고 있다. 부드러운 힘이 우리를 동반하며, 첫 페이지부터 마지막 페이지까지 우리를 부축해준다. 그러나 그것은 예술가의 의도를 해독하는 것이 쉽다는 뜻은 아니다. 앞에서도 말했듯이 예술가의 의도는 추측의 대상을 만드는 것이다. 여기에 독자의 '경험'이 발휘될 마당이 있는 것이다. 그러나 그 추측은 책 속에 나타나는 미가 결코 우연의 결과일 수는 없다는 확신에 의지하고 있다. 자연 속에서 나무와 하늘은 다만 우연에 의해서 조화를 이룰 뿐이다. 반대로 소설 속에서는, 가령 주인공들이 바로 '이' 탑이나 '저' 감옥 속에 있고 '이' 정원을 거니는 것은, 서로 독립된 여러 인과론적 계열의 원상 회복이다(인물은 심리적 및 사회적인 여러 사건의 계기로 말미암아 이러이러한 심리 상태에 놓여 있다든가, 한편 인물은 특정한 장소에 가고 있었는데 도시의 지형 때문에 이러이러한 공원을 가로지르지 않을 수 없었다든지……따위). 또 그것은 동시에 보다 깊은 합목적성의 표현이기도 하다. 왜냐하면 그 공원은 오직 그것이 인물의 어떤 정신 상태와 조화되고, 그 정신 상태를 사물에 의해서 표현하며, 그 강렬한 콘트라스트(對照)로써 그 정신 상태를 선명하게 부조(浮彫)해 보이기 '위해서'만 존재하게 되었기 때문이다. 그 심리 상태 자체는 그 풍경과의 관계를 배태하고 있었다. 여기에 외관상의 인과 관계, 곧 인과 없는 인과율이라고 부를 만한 것이 있다. 여기서 목적의 질서를 인과의 질서하에 둘 수 있다는 것은 책을 펼 때, 거기에 있는 대상이 근원적으로 인간의 자유에서 발원한다는 것을 확신하기 때문이다.

만약 예술가가 정열에 의하여, 정열 속에서 작품을 썼다고 의심하지 않을 수 없는 경우에 이와 같은 나의 신뢰는 즉석에서 사라지고 말 것이다. 왜냐하면 그 경우에 원인의 질서를 목적의 질서에 의해 지지한 것이 쓸모없이 될 테니까. 목적의 질서가 이번에는 심리적 인과론에 의해 지지된다면 결국 예술작품은 결정론의 쇠사슬에 묶인 채 끌려가게 될 것이다. 물론 나도 책을 읽으면서 작가가 정열에 의해 움직였을지도 모른다고 생각하는 때가 있고, 작품의 계획을 정열의 지배하에서 구상했을지도 모른다는 것을 부정하려는 것은 아니다. 그러나 작품을 쓰겠다는 결심은 저자로 하여금 자기 감정에서 한발 물러선 거리를 갖게 만들 것이다. 간단히 말하자면 내가 읽으면서 저자의 감동을 내 감동으로 만들 듯이, 저자는 자기 감동을 자유로운 감동으로 변형시켰을 것이다. 다시 말하면, 작가는 너그러운 태도에 머물렀으리라. 따라서 저자와 독자 사이에 맺어진 '관용'의 계약이다. 그 양자가 상대방을 서로 믿고 신뢰하며, 상대에 기대하며, 상대가 그 자신에게 요구하는 만큼 상대에게 요구하는 것이다. 그와 같은 신뢰, 그것이 바로 '너그러움'이니까. 아무도 저자로 하여금 독자가 독자 스스로의 자유를 행사하리라고 믿게 할 수는 없으며, 또 아무도 독자로 하여금 저자가 자기 자유를 행사했다는 것을 믿게 할 수는 없다. 그들은 자유로운 결정을 한다. 여기에서 저자와 독자 사이에 오가는 변증법이 성립한다. 읽고 있는 것은 나를 재촉해서 작가에게 더 많은 것을 요구하게 된다. 다시 말하면 작가가 독자인 내게 더 많은 것을 요구하기를, 작가에게 요구하는 것을 의미한다. 이 관계는 거꾸로도 성립하여, 내가 내 요구를 더욱 높게 할 수도 있다. 이리하여 내 자유는 자기를 표명함으로써 남의 자유를 밝혀내는 것이다.

미적 대상이 '현실적'(또는 흔히 '현실적'이라고 부르는) 예술작품인가, '형식적' 예술작품인가는 그다지 큰 문제가 안 된다. 어쨌거나 예술작품에 있어 자연적 관계는 전도(顚倒)된 것이다. 예컨대 세잔의 그림의 전경에 있는 나무는 무엇보다도 먼저 인과론적 연쇄의 산물로서 나타난다. 그러나 인과 관계는 하나의 환각이다. 우리가 그림을 보고 있는 한, 인과 관계는 명제로서 남아 있을 것이지만, 그러나 그것은 깊은 합목적성에 의해 지지되어 있다. 나무가 그렇게 자리잡고 있다는 것은 화면의 다른 부분이, 전경에 그 형태와 색채가 놓일 것을, 요구했기 때문이다. 이와 같이 현상적인 인과 관계를 통하여 우리 시선은 그 대상의 깊은 구조로서의 합목적성을 넘어서, 그 근원이며 원초적 기초로서 인간적 자유에 도달한다. 페르메르의 리얼리즘은 처음에는 그것이 사진이라고 믿을 만큼 철저한 것이었다. 그러나 그 소재의 광채와, 작은 벽돌 벽의 빌로드와 같은 장미빛의 광휘와 담쟁이덩굴의 짙은 푸른빛이며, 번들번들 윤나는 현관의 어둠이며, 성수반(聖水盤)의 돌처럼 알뜰하게 닦인 얼굴의 오렌지빛 살결 등을 본다면, 우리는 우리 자신이 느끼는 쾌감을 통해서 그 합목적성이 형태나 색채 속에보다도 오히려 소재에 대한 상상력에 있다는 것을 문득 느낄 것이다. 그것은 물질 자체다. 그리고 화면의 여러 형태의 존재 이유인 사물의 엉긴 반죽이다. 이 리얼리스트의 예술에서 아마 우리는 절대적 창조에 가장 가까운 곳에까지 육박할 수 있으리라. 왜냐하면 우리는 바로 소재의 수동성 자체 속에서 인간의 측량할 수 없이 깊은 자유와 만나기 때문이다.

그런데 작품이란 그려진 대상, 또는 조각되거나 얘기된 대상에 한정되는 것이 아니다. 마치 사물을 오직 세계의 배경 위에서만 파악할 수 있듯이, 예술로서 표현된 대상 역시 세계를 배경으로 나타나는 법이다. 파브리스[7]의 연애 사건의 배경에는 1820년의 이탈리아가 있고, 오스트리아와 프랑스가 있다. 또 하늘과 블라네스 신부가 점치는 별, 끝으로 대지 전체가 있다. 그림은 우리에게 밭이나 꽃병을 보여주지만 그 화면은 말하자면 전 세계를 향해 열린 창이다. 우리는 밀밭 속으로 접어들어가는 빨간 길을, 반 고흐가 그린 것보다도 더 멀리 따라간다. 다른 밀밭 사이로, 다른 구름 아래로, 바다로 흘러드는 강의 끝까지 그 길을 따라간다. 그리하여 우리는 무한으로 세계의 다른 쪽 끝에 그 밀밭들과 더불어 궁극 목적의 존재를 떠받드는 깊은 대지를 연장한다. 그러므로 창조적 행위가 목적하는 바는 그것이 만들어내는 것(혹은 다시 만들어내는 것)을 통해서 세계의 총체적인 재파악을 꾀하는 것이다. 하나하나의 그림 또는 하나하나의 책은 존재의 총

---

7 스탕달의 『파름의 승원』의 주인공.

체성의 회복이며, 그들 하나하나가 관람자(독자)의 자유에게 그 총체를 보여주는 것이다. 왜냐하면 예술의 궁극 목적이란 있는 그대로 이 세계를 보여줌으로써 이 세계를 회복하는 것이기 때문이다. 그러나 저자가 창조하는 것은 오직 관람자의 눈을 통해서만 객관적 현실이 될 수 있기 때문에 이처럼 세계 회복이 성축(聖祝)을 받는 것은 관람이라는, 특히 독서라는 의식에 의해서다. 여기까지 오면 앞서 우리가 제기한 문제에도 더 훌륭하게 대답할 수 있으리라. 즉, '작가는 다른 사람(독자)의 자유에 호소하기를 택하는데, 그것은 다른 사람들(독자)과 작가와의 요구의 상호적 연계에 의하여, 존재의 총체를 다시 인간에게 귀속시킴과 아울러, 인간을 우주 속에 가두기 위함이다'.

그러나 이야기를 앞으로 진행시키려면 작가는 다른 모든 예술가들과 같이 독자들에게 어떤 종류의 감정을 주기를 꾀하고 있다는 사실을 상기해야 한다. 그 감정을 보통 '미적 쾌감'이라고 부르는데, 나로서는 오히려 그것을 '미적 희열'이라고 부르고 싶다. 그것이 나타나는 것은 작품이 완성되고 있다는 표시이다. 우리는 그것을 앞서 말한 고찰에 비추어 검토함이 적당하다. 실제로 창조자는 그가 창조하는 한, 그 '희열'을 맛볼 수 없는 것인데, 구경하는 사람(다시 말하자면 우리의 경우에는 독자)의 미의식과 일체를 이룬다. 그것은 하나의 복합 감정이지만 그 구성 요소가 서로 남을 조건 짓고 있으며, 서로 분리할 수 없는 것이다. 초월적이고 절대적인 목적은 '목적-수단'이라는 폭포처럼 내닫는 실용의 격류를 잠시 동안 중단시키지만 미적 희열은 또 그와 같은 목적의 인식과도 일치한다.* 따라서 '호소' 또는 가치의 인식과도 일치한다. 그 가치에 관해서 내가 갖는 입장적 의식은 필연적으로 내 자유의 비입장적 의식을 수반한다. 그 까닭은 자유가 그 자신을 나타내는 것은 하나의 초월적인 요구에 의해서이기 때문이다. 그 자신에 의한 자유의 인식이 바로 희열이다. 그러나 그와 같이 비명제적인 의식의 구조는 의식의 또 하나의 구조를 포함하고 있다. 실제로 독서가 창조인 이상 내 자유는 다만 순수한 자율성으로 나타날 뿐 아니라 창조적인 활동으로서도 나타난다는 것이다. 다시 말하면, 고유한 법칙을 자기에게 주는 데 머무를 뿐만 아니라 대상을 구성하는 것으로서 자기를 파악한다는 것이다. 거기서 본래의 미적 현상, 곧 창조된 대상이 '대상으로서' 그 창조자에게 주어지는 그러한 창조가 실현된다. 이것이 창조자가 창조하는 대상을 향수할 수 있는 유일한 경우이다. 향수라는 말은 읽히는 작품의 입장적 의식⁸에 적용되지만, 우리가 미적 희열의 본질적 구조를 대면하고 있다는 뜻을 충분히 내포하는 말이다. 입장적 향수에는 비입장적 의식이 따르는데, 이 비입장적 의식은 본질적인 것으로 파악된 대상과의 관계에서 본질적인 것이

---

* '실생활'에서는 하나하나의 수단을 구하게 되면 이미 그것은 목적으로 채택된다. 그리고 하나하나의 '목적'은 다른 '목적'에 도달하기 위한 '수단'으로 나타난다.

8 본질적 또는 절대적과 대립되는 어떤 입장(어떤 상황 속의 위치나 방위)에 서서, 어떤 관점과 각도를 취하는 의식을 뜻하는 듯하다.

다. 나는 미적 의식의 이와 같은 일면을 '안정감'이라고 부르고 싶다. 가장 강렬한 미적 감동에게 숭고한 고요의 느낌을 주는 것도 바로 그 '안정감'이다. 이것의 근원은 주관성과 객관성 사이에 엄격한 조화를 검증하는 데에 있다. 한편 미적 대상은 가상적(架想的)인 것을 통하여 기도되는 것에서 다름 아닌 '세계'이므로, 미적인 희열에는 세계가 가치라는 입장의 의식, 다시 말하면 인간의 자유에 부과된 과업이라는 입장의 의식이 따른다. 나는 그것을 '인간적 기도의 미적 변형'이라고 부르겠다. 무릇 세계란 우리들의 투입된 상황의 지평선으로서, 또는 우리를 우리 자신과 분리시키는 무한의 거리로서 나타나기 때문이다. 또한 그것은 여건의 종합적 전체로서 장해와 도구의 미분화의 총체로서 나타나는 것이지만, 결코 우리의 자유에 대한 요구로서는 나타나지 않을 것이다.

이처럼 미적 희열은 가장 높은 의미에서 그 '비아(非我)'적인 것을 회복하고 내면화하려는 의식의 수준에서 생성된다. 나는 내게 주어진 것을 명령으로 전화(轉化)하여 사실을 '가치'로 바꾸어 놓기 때문이다. 곧 세계는 내 과업이며, 그것은 다시 말하면 본질적이며 아무 외부적 강요 없이 자유 의사로 동의한 내 자유의 기능이란 바로 그 무조건적 운동 속에 우주라는 단 하나의 절대적인 대상이 존재하게 한다는 것이다. 그리고 세째로, 앞서 말한 구조는 여러 인간 자유 사이의 하나의 협정을 포함하고 있다. 왜냐하면 독서는 한편으로 작가의 자유를 신뢰하고 작가의 자유에 요구하는 인식이기 때문이요, 또 한편으로 미적 쾌감은 그 자신이 '가치'라는 면에서 느껴지는 것이므로 타자(他者)에 대한 절대적인 요구를 내포하기 때문이다. 여기서 절대적 요구라 함은 모든 인간이 자유로운 인간으로서 같은 작품을 읽을 때, 같은 쾌감을 느껴야 한다는 요구다. 이리하여 전체 인류가 가장 높은 자유 속에 현존하며, 그 인류는 '나의' 세계이면서 동시에 '외부' 세계이기도 한 그런 세계라는 존재를 떠받들고 있는 것이다. 미적 희열 속에서는 '입장적 의식'이란 존재하는 것인 동시에 존재해야 하는 것으로 상상하는 의식이다. 완전히 우리에게 속하고 동시에 우리와는 완전히 낯선 것으로, 더구나 우리에게 속하면 속할수록 우리에게 낯선 것으로 상상하는 의식이다. '비입장적 의식'은 그것이 보편적인 신뢰와 요구와의 대상을 이루는 한, '현실적으로' 온갖 인간적 자유의 조화로운 전일성을 포괄하는 것이다.

따라서 글을 쓴다는 것은 세계를 드러냄(현시함)과 더불어 그것을 독자의 너그러운 마음의 과업으로 제시하는 일이다. 또 자기가 존재의 전일성에 본질적인 것으로 인식되기 위하여 남의 의식에 의지하는 일이다. 또한 독자와 작가 사이에 놓인 인물을 통해 그 본질성을 몸소 살아보려는 것이다. 그러나 한편으로 현실 세계란 오직 행동에서만 드러나는 것이며, 오직 세계를 변화시키기 위하여 세계를 초월함으로써만 자기가 그 세계 속에 들어 있음을 느낄 수 있는 것이므로, 소설가가 세계를 초월하기 위한 행동 속에서 세계를 발견하지 않는다면 그 소설가의 세계란 한갓 종잇장처럼 부피를 잃고 말 것이다. 여러 번 지적한 일이지만 이야기 속에서 작가가 취급한 어떤 대상이 그 존재의 밀도를 끌어내는 것은 그 대상을 그리기 위한 묘사의 수나 길이에서가 아니라 바로 그 대상과 다른 여러 인물과의 사이에 있는 '관련'의 복잡성에서 끌어내는 것이다. 그 대상이 자주 취급되고 언급되고 활기를 회복하면 할수록(요컨대 여러 작중 인물이 그들의 목적을 향해서 그 대상을 지나치면 지나칠수록) 그만큼 그 대상은 현실적으로 드러나는 것이다.

소설 세계, 곧 사물과 사람과의 전일성에 관해서도 마찬가지이다. 그 세계가 가장 강렬한 밀도를 보이기 위해서는 작품의 '현시(顯示)-창작'이(독자는 그것을 통해 세계를 발견하는 것인데) 또한 행동에의 가상적 구속(참획)으로 되어야만 한다. 달리 말하면 독자가 그 세계를 변경하려는 경향을 가지면 가질수록 그 세계는 생기를 띠게 된다. 리얼리즘의 과오는 현실적인 것을 관조에 의해 드러낼 수 있다고 믿고, 따라서 불편 부당의 공평한 현실의 그림(묘사)을 그릴 수 있다고 믿었던 점이다. 지각 자체가 벌써 불공평한 것이고, 사물을 명명하는 것만으로도 벌써 그 대상을 변경시킨 것이고 보면, 대체 어떻게 불편부당의 공정한 묘사라는 것이 가능하겠는가? 세계에 있어서 그 자신이 본질적이기를 바라는 작가가 어떻게 그 세계가 내포하고 있는 부정에 대해서도 그 자신이 본질적이기를 바랄 수 있단 말인가? 하지만 사

실은 부정에 대해서도 본질적이어야 하는 것이다. 그러나 그가
부정의 창조자가 되기를 받아들인다면, 그것은 바로 부정을 초월
해서 그것을 멸망시키려는 방향 속에서이다. 독자인 나로서도 내
가 부정의 세계를 만들고 그것을 받들어 존속케 한다 할지라도
나는 그 책임을 지지 않도록 할 수는 없다. 저자의 모든 기술은
나로 하여금 그가 '드러내 보이는' 것을 내가 '창조'하도록 강요
한다. 그러므로 어차피 사건의 와중에 끌려들어가도록 하는 것이
다. 작가와 독자, 둘 다―이제 단둘이 세계의 책임을 걸머지는
것이다. 그리고 바로 세계는 우리 두 사람의 자유가 결합된 노력
으로써 지탱되며, 저자는 독자인 나를 중개로 해서 그 우주를 인
간적인 것으로 만들려고 시도한 이상, 그 세계는 인간의 자유를
목적으로 하는 작가의 자유에 의해서 모든 부분이 그 골수에 이
르기까지 침투를 받고 지탱된 것으로서, 그 참모습을 나타내지
않으면 안 된다. 그 세계가 그러해야 할 진정한 '목적의 도시'[9]는
아니라고 하더라도, 적어도 거기에 이르는 단계라야만 되고, 한
마디로 '되어가는 것'이라야 한다.

　　그리고 그것은 우리를 짓누르는 억압적인 덩어리로서가 아니

---

9 칸트의 '목적의 지배(왕국)'란 용어를 빌림. 칸트가 말하는 목적의 지배란 같은 입법하에
이성적 존재들의 여러 '목적'을 포함하는 조직이며, 이성적 존재란 이성에 의하여 스스로
'목적'을 인정할 수 있는 존재이며, 여기서 '목적'이란 상대적 · 개인적 · 주관적 목적이
아니라, 객관적 · 절대적 목적이며, 이른바 '그 자체로서의 목적'이다. 요컨대 칸트의 '목
적의 지배(Reich der Zwecke)'는 '자연의 지배'와 대립되는 개념이라 하겠다(프랑스 철
학회 편, 『철학용어사전』, 1956년판).

라 항상 '목적의 도시'로 지향하는 그의 초월의 관점에서 보고, 또 제시하지 않으면 안 된다. 작품이 그리는 인간성이 아무리 모질고 절망적이라 하더라도 작품 전체는 너그럽게 보이지 않으면 안 된다. 물론 너그러움이란 교훈적인 말이나 후덕한 인물로 표현되어야 한다는 것은 아니다. 이미 구상해놓은 너그러움이어도 안 된다. 좋은 감정이 좋은 책을 만들지 않는다는 것도 사실이다. 그러나 그 '너그러움'이 작품의 바탕이며 천이 되어야 하며, 그 천에는 작중 인물이나 사물이 재단되어야 한다는 것이다. 주제가 어떤 것일지라도 일종의 본질적 경쾌감이 도처에 나타나지 않으면 안 된다. 작품이 결코 자연스럽게 주어진 것이 아니고 '요구'이며 '증여'라는 것을 상기시키지 않으면 안 된다. 그 부정과 더불어 이 세계가 드러난다면, 그것은 내가 그 부정을 담담하게 바라보기 위해서가 아니다. 내 분노로서 그 세계와 부정에 피가 뒤끓게 하며, 부정의 본성, 곧 '소탕전의 악폐'를 폭로하고 창조하기 위해서이다. 이처럼 작가의 세계는 오직 독자의 검토, 감탄과 분개에 있어서만 가장 깊이 드러나는 것이다. 너그러운 사랑은 지지하겠다는 맹세이다. 너그러운 분개는 변혁하겠다는 맹세이다. 감탄은 본받겠다는 맹세이다. 문학과 논리는 전혀 다른 것이지만 심미적 요구의 밑바탕에는 윤리적 요구가 있음을 우리는 알 수 있다.

왜냐하면 작품을 쓰는 사람은 쓰는 수고를 하고 있다는 그 사실 자체로서 독자의 자유를 인식하기 때문이요, 읽는 사람은 책을 펼친다는 사실만으로서도 작가의 자유를 인식하기 때문이다. 예술작품은 어떤 면에서 보더라도 인간의 자유를 신뢰하려 드는 행위다. 그리고 저자와 마찬가지로 독자가 자유를 인식하는 것은 오직 자유가 표현되기를 요구하기 위해서이므로, 작품이란 '세계가 인간의 자유를 요구한다는 점에 있어 세계의 가상적 표현이다'. 이렇게 정의를 내릴 수 있다. 거기에 우선 '암흑의 문학'이라는 것은 있을 수 없다는 결론이 나온다. 왜냐하면 아무리 어두운 빛으로 세계를 그린다 할지라도, 그것은 자유로운 인간이 그 세계 앞에서 그들의 자유를 느낄 수 있도록 그리는 것이기 때문이다. 따라서 다만 좋은 소설과 나쁜 소설이 있을 뿐이다. 나쁜 소설이란 독자에게 아첨하여 마음에 들기를 꾀하는 소설이지만, 좋은 소설이란 독자의 요구이며 자기 신조의 표시이다. 특히 예술가가 작품 속에 여러 가지 자유와의 협화(協和)를 실현하고자 하는 그 자유에 대하여 세계를 제시할 수 있는 면이란 항상 더 많은 자유를 침투시켜야 할 일면이다. 작가가 깨우쳐주는 너그러움의 개방이 부정을 축복하기 위해 이용된다는 것은 생각할 수 없는 일이다. 또 독자가 '사람에 의한 사람의 노예화'를 시인하고 받아들이며, 혹은 그저 그것을 규탄하지 않고 방임하는 따위, 작품을 읽으면서 독자가 자기 자유를 누린다는 것 또한 생각할 수 없으리라. 백인에 대한 증오가 작품 속에 퍼져 있다 하더라도 미국의 흑인이 쓰는 소설이 훌륭한 작품이 될 수도 있다는 것을 충분히 생각할 수 있다. 그 증오를 통해서 흑인이 요구하는 것은 자기

종족의 자유이기 때문이다. 그가 내게 너그러운 태도를 취하도록 하므로, 나 자신은 순수한 자유 자체로 느끼는 순간에도 내가 그 압박하는 종족의 일원이라고 자각하는 것은 참을 수 없는 일이리라. 백인종에게 반대하고 그 가운데 한 사람인 나 자신에게도 반대하며, 나는 모든 자유에 호소하여 마땅히 유색 인종의 해방을 요구하는 것이다. 그러나 아무도 반유태주의를 찬양한 따위가 좋은 소설이 될 수도 있으리라고는 생각할 수 없다.* 왜냐하면, 내 자유가 다른 모든 사람의 자유와 불가분의 연관을 맺고 있다고 느끼는 마당에, 그들 중 몇몇의 노예화를 승인하기 위해서 내 자유를 행사하라고 그 누구도 내게 요구할 수 없기 때문이다. 수필가, 팜플릿 작가, 풍자 시인, 소설가 등등. 그가 어떠한 사람일지라도, 다만 개인적 정열을 이야기하든가, 사회 제도를 공격한다 하더라도, 자유인들에게 호소하는 '자유인 작가'에게는 오직 하나의 주제가 있을 뿐인데, 그것은 '자유이다'.

따라서 독자를 굴복시키려는 모든 시도는 작가를, 예술 자체에 있어, 위협하는 것이다. 가령 파시즘이 어느 대장장이를 공격

---

* 이 마지막 논의에 놀라는 사람도 있었다. 그렇다면 그 명백한 의도가 탄압에 봉사하는 데 있는 그러한 소설, 즉 반유태인, 반흑인, 반노동자, 반식민지 원주민적 정신으로 쓰인 훌륭한 것이 있다면, 예를 들어 주기를 바란다. '아직은 그런 작품이 없지만 그렇다고 그것이 그런 훌륭한 작품이 앞으로 쓰이지 않으리라는 이유는 될 수 없다.' 이런 말을 할지도 모르겠다. 그렇다면 여러분은 자기가 추상적 이론가임을 스스로 고백하고 있는 것이다. 여기서 추상적 이론가는 바로 여러분이고 내가 아니다. 왜냐하면 이때 여러분은 아직 만들어지지도 않은 사실의 가능성을 예술의 추상적 개념의 이름으로 확언하고 있고, 나는 이미 알려져 있는 사실을 위해서 하나의 설명을 제시하는 데 불과하기 때문이다.

한다면 그것은 그 개인으로서의 생활을 공격하는 것이지, 그의 직업을 공격하는 것은 아니다. 작가의 경우에는 그 쌍방이며, 그 생활에 있어서보다도 직업에 있어서 더 타격을 받는다. 전쟁 전에는 전력을 기울여 파시즘을 주장했으나 막상 나치가 그들에게 온갖 명예를 안겨준 바로 그 순간이 되자 작품을 전혀 쓰지 못하게 된 작가들을 나는 보았다. 특히 드리외 라 로셸이 생각난다. 그는 잘못 생각했다. 그러나 성실했고 또 그것을 증명한 것이다. 그는 나찌 사상이 주입된 어용 잡지의 편집을 맡았다. 처음 몇 달 동안은 사람들을 훈계하고 질책하고 회유했다. 대답하는 이가 아무도 없었다. 그때에는 이미 자유롭게 대답할 수가 없었기 때문이다. 그는 기분이 상했음을 드러냈다. 이미 자기 독자를 느낄 수 없게 된 그는 점점 성급히 굴었다. 그러나 자기가 이해되고 있다는 것을 증명할 징조는 아무것도 나타나지 않았다. 증오의 징조도 분노의 징조도 없이, 그저 잠잠했다. 그는 방향을 잃고 점점 커지는 불안에 사로잡혀 독일 사람들에게 쓰라린 불만을 토로했다. 그의 논설은 훌륭했고, 차츰 신랄해졌다. 그 자신도 경멸하고 있던 변절한 저널리스트들이 맞장구를 치는 것 말고는 아무런 반향도 없었다. 사표를 냈다가 다시 철회하고, 또 펜을 들었으나 여전히 쥐 죽은 듯 고요했다. 드디어 남들의 침묵에 제 입이 틀어막힌 격으로 그도 그만 침묵하고 말았다. 그는 남들의 굴종을 요구했으나, 그 미친 머리로는 굴종도 일종의 자발적인 행위이며, 그래도 자유로운 것이라고 생각했음이 틀림없다. 사실 굴종의 시기가 왔다. 인간으로서의 그는 그것을 크게 기뻐했지만 작가로서의 그는 그것을 견딜 수가 없었다. 같은 시기에 다른 사람들은 (다행히도 그것이 대부분이었지만) 문필의 자유가 필연적으로 시민의 자유와 연결되어 있음을 깨닫고 있었다. 사람은 노예를 위해 글을 쓸 수는 없다. 산문예술은 산문이 그 속에서 의미를 가질 수 있는 유일한 제도, 곧 민주주의와 뗄 수 없는 관계에 있는 것이다. 한 쪽이 위협을 받을 때는 다른 쪽도 위협을 받는 법이다. 일단 위협을 받게 되면 그것을 펜으로 막는 것만으로는 불충분하다. 어느 날, 펜을 놓지 않을 수 없게 되는 때가 오고야 만다. 그때는 작가도 무기를 들지 않으면 안 된다. 여러분이 어떻게 해서 작가가 되건, 여러분이 가르친 의견이 어떠하건 간에 문학은 여러분을 싸움에 투입시키고야 만다. 쓴다는 것은 자유를 요구하는 어떤 수단이다. 여러분이 시작한 이상 좋아서이건 마지못해서이건 여러분은 그 속에 구속되어 있는 것이다.

'무엇에 구속되어 있다는 거냐?' 이렇게 묻는 사람이 있을지 모른다. '자유를 지키기 위해서'라고 말하는 것은 쉬운 일이다. 문제는 배반에 직면한 방다의 '성직자'[10]와 같이 이상적 가치의

---

10 방다(Julien Benda, 1867-1956)는 20세기 전반의 가장 고고하고 강직한 철인으로서 그는 어떤 유파에도 속하지 않고 오직 규탄만을 던지고 있다. 주저는 『성직자의 배반』(1927년), 『비잔틴식의 프랑스』(1945년), 『생매장된 인간의 수련』(1946년) 등.
  여기서 '방다의 성직자'라 함은 물론 『성직자의 배반』의 중심 사상을 가리킨 것으로, 방다에 의하면 지식인(예술가, 학자, 교육자 등을 총칭)은 현실적인 이익을 목표로 한 어떠한 정치적 조직체에도 가담해서는 안 된다는 것이며, 따라서 '성직자'라는 것이다. 참고로 역자 소견을 말하자면, 그렇다고 방다가 현실적인 어떠한 부정 사건에 대하여

수호자가 되겠다는 것인가, 그렇지 않으면 지켜야 하는 것은 구체적·일상적인 자유이며, 작가는 정치적·사회적 싸움에 가담해야 하는가? 그 문제는 지극히 간단하게 보이지만 아무도 스스로 묻지 않는 또 하나의 문제와 결부되어 있다. 곧 '누구를 위하여 쓰는가?'라는 문제다.

침묵을 지키라고 한 것은 물론 아니다. 오히려 그와 반대로 '성직자'이기 때문에 가장 공정하고 따라서 가장 유력한 증언을 할 수 있으며, 마땅히 그러해야 한다는 것이다. 방다는 그 예로 '드레퓌스 사건' 때의 졸라의 투쟁을 들어, 그것이 결코 '성직자의 배반'이 아님을 강조하고 있다. 다만 진실과 지적 활동을 일당 일파에 종속시켜 그들에게 봉사함을 배반이라 부른 것이다. 따라서 사르트르는 여기서 고의적인 곡해를 하고 있는 것으로 느껴진다(제3장 참조).

3
누구를 위하여 쓰는가?

  얼핏 보기에는 의심할 여지가 없다. '작가들은 보편적인 독자를 위해서 쓴다'고 하니까. 사실 우리는 작가의 요구가 원칙적으로 '모든' 인간에게 향해 있음을 보았다. 그러나 내가 앞서 서술한 것은 극히 관념적인 것이다. 실제로 작가는 매몰되고 가려진, 임의로 행사할 수 없는 그러한 자유를 갈구하는 온갖 사람들을 위해 자신이 발언하고 있음을 잘 알고 있다. 그리고 작가의 자유, 그 자체도 그리 순수하지는 않으므로 그것을 순화할 필요가 있다. 그는 그 자신의 자유를 순화하기 위해서도 작품을 쓴다. 너무 일찍 영원의 가치를 운운하는 것은 안일하고도 위험한 일이 아닐 수 없다. 원래 '영원의 가치'란 뼈만 앙상한 것이다. '자유' 자체도 만일 그것을 '영원의 상(相)에서' '관조한다면' 시들은 잔가지로 보일 뿐이다. 실제로 자유란 바다처럼 항상 다시 시작되는 것이기 때문이다. 자유란 사람들이 그로부터 끊임없이 자기를 끌어내고 자기를 해방시키는 운동 이외의 다른 것이 아니다. 이미 주어진 자유란 있을 수 없다. 우리는 정열, 인종, 계급, 민족

등과 싸워 자신의 승리를 전취(戰取)해야 하며, 또 자신과 더불어 남들의 승리까지도 전취해야 한다. 그러나 이 경우 제거해야할 장애와 극복해야 할 저항의 특수한 모습이 문제가 된다. 그것이 각각의 구체적인 상황에서 자유에게 자기 모습을 정해주기 때문이다.

방다 씨가 원하듯이 만일 작가가 헛소리하기를 택한 것이라면이 좋은 시대에 국가사회주의나 스탈린식의 공산주의나 자본주의나 자본주의적 민주주의 등에서 동시에 부르짖는 그 '영원의자유'에 관해 이야기할 수도 있으리라. 그런 작가는 누구에게도해를 끼치지 않을 것이다. 그리고 누구에게 뭔가를 호소하는 일도 없다. 그가 원하는 것은 모두 사전에 주어져 있으니까. 그러나그것은 다만 추상적인 꿈에 지나지 않는다. 그가 원하건 원치 않건 간에, 그리고 그가 영원의 월계관을 노리는 경우라도 작가는자기 동시대인에게, 자기 동포들에게, 민족에게 혹은 같은 계급의 형제들에게 이야기하는 것이다. 많은 사람들이 아직 충분히주목하지 않고 있는 사실이지만, 정신의 작품이란 그 성질상 본래가 '암시적'이다. 설령 작가의 의도가 대상의 가장 완전한 재현을 하는 데 있다고 하더라도 그는 모든 것을 말하지 못한다. 작가란 늘 자신이 말하는 것보다도 더 많은 것을 알고 있는 법이다.본래 언어가 '생략적'이기 때문이다. 가령 '벌(蜂)이 창으로 들어왔다'는 것을 옆사람에게 알리려고 한다면, 이야기를 늘어놓을필요가 없다. '조심해!'라거나 '저 봐!', 한마디로도 충분하다. 혹은 단 하나의 몸짓으로도, 상대가 그 벌을 보기만 하면, 만사는 해결이다. 거꾸로 우리가 프로뱅 또는 앙굴렘 지방에 사는 어느 가정의 일상 대화를 아무 주석 없이 음반으로 듣는 경우를 가정하면, 우리는 그 내용을 전혀 새겨들을 수 없으리라. 거기에는 전후 맥락이 없다. 곧 공통의 회상과 지각과 그 부부가 처한 상황이나 그들의 기도 등, 요컨대 얘기하는 사람들 저마다가 상대방에게 어떻게 보일까를 알고 있는, 그러한 낯익은 세계가, 우리에게는 떠오르지 않는 것이다.

독자도 이와 마찬가지다. 같은 사건을 경험하고, 같은 문제에 대결하거나 회피하는, 같은 시대와 집단에 속한 사람들은 같은 입맛을 가지고 있다. 때문에 그다지 많은 것을 쓸 필요가 없다. 그들 사이에는 '열쇠가 되는 말'이 있기 때문이다. 만일 내가 미국의 독자를 상대로 독일 군정에 관해 이야기한다면 많은 분석이나 주의가 필요할 것이다.

그들의 선입견이나 편견, 전설 따위를 없애기 위해 나는 상당한 페이지를 소비해야 할 것이다. 그런 다음에도 나는 한 발씩 움직일 때마다 내 위치를 확인하며, 우리 역사를 이해시켜줄 수 있는 여러 사상과 상징을 미국의 역사 속에서 찾아내야 하며, 우리들의 노인 같은 염세주의와 미국인들의 어린애 같은 낙천주의의 차이를 늘 떠올리고 있어야 할 것이다. 그러나 내가 같은 제목으로 프랑스 사람을 위해 쓴다고 하면, 그때는 우리끼리의 이야기가 된다. 예를 들어 '어느 공원 음악당에서의 독일 군악대의 연주회', 이

몇 마디 말이면 충분하며 모든 것이 눈에 선하다…… 이른 봄의 날씨, 시골 공원, 관악기를 불고 있는 머리를 박박 깎은 사내들, 그저 걸음을 재촉하는 벙어리나 귀머거리 같은 행인들, 나무 밑에서 인상을 찌푸리고 있는 두서너 명의 청중, 프랑스에게는 쓸모없는 허공으로 사라지고 있는 그 아침의 주악, 우리의 치욕과 불안, 우리의 분노와 우리의 자존심…… 그 모든 것이.

이렇듯 내가 상대하는 독자는 볼테르의 미크로메가스도 앙제뉘도 아니고, 더구나 '하느님 아버지'도 아니다. 사람 좋은 야만인에게는 기본 원리부터 설명하지 않으면 안 되지만 내 독자는 그토록 무지하지는 않고, 또 요정이나 백치도 아니다. 그렇다고 천사나 '하느님 아버지'와 같이 모든 것을 알고 있는 것도 아니다. 나는 그에게 세계의 어떤 모습을 드러내 보이고, 그가 모르는 것을 알려주기 위해서 그가 알고 있는 것을 이용하는 것이다. 완전한 무지와 전지(全知) 사이에 있는 독자는 한정된 지식을 밑천으로 하여 시시각각 변하며, 자기 '역사성'을 뚜렷이 드러내기에 충분하게 되는 것이다. 그것은 사실상 시간과 관계없는 순수한 자유의 보증도 아니며, 자유의 순간적 의식도 아니다. 독자는 역사 위를 날아갈 수는 없으며, 항상 역사에 구속되어 있다. 저자들 또한 역사적이다. 그러므로 어떤 저자들은 역사를 벗어나 단번에 영원 속으로 뛰어들기를 원하는 것이다. 같은 역사 속에 투입되어 있고, 그 역사를 함께 만드는 데 이바지하는 사람들, 곧 저자와 독자 사이에는 작품을 중개로 하여 역사적 접촉이 성립된다.

쓰기와 읽기는 역사적 행위의 양면이며, 작가가 우리를 구속하는 그 자유는 자유롭다는 것의 추상적인 순수 의식은 아니다. 적절하게 말하자면 '자유'는 본래 '있는 것이 아니다.' 역사적 상황 속에서 전취되는 것이다.

　작품들은 저마다 특수한 소외에서 시작하여 구체적인 해방을 제안한다. 그래서 저마다 암암리에 제도나 풍속 또는 탄압과 항쟁의 어떠한 형식에 의존하며, 나날의 지혜나 덧없는 광증이나 오래 계속되는 정열과 고집 또는 미신 등에 의존하며, 최근에 양식(良識)이 전취한 것과, 명증과 무지와 과학이 유행시키고 모든 영역에 응용되고 있는 추리의 특수한 방법, 희망, 공포, 감수성, 상상, 지각 등의 습관, 풍속과 공인된 가치, 요컨대 작가와 독자가 공유하는 세계 전체가 바탕에 갈려 있지 않은 작품이란 없다. 작가가 자기 자신의 자유로서 침투하고 생기를 주는 이것이 바로 그 잘 알려진 세계이며, 독자 역시 그 세계에서 출발해 자신의 구체적인 해방을 시도하지 않으면 안 되는 것이다. 그 세계는 소외이고 상황이고 역사다. 나는 바로 그것은 넘겨받아 떠맡아야 한다. 나 자신을 위해서 그리고 남들을 위해서도 그것을 변혁하거나 보존하지 않으면 안 된다. 왜냐하면 자유의 직접적인 면은 '부정성(否定性)'이지만, 그저 '아니다'라고 말하는 추상적인 힘으로의 부정성 자체에 그가 부정하는 것을 간직하고, 그것으로 전체를 물들이는 구체적인 부정성이기 때문이다. 그리고 작가와 독자의 자유는 세계를 통해서 서로 요구하고 서로 영향을 받는 것이므로, 작가가 어떤 세계관을 선택하느냐에 따라 그 독자가 결정이 되고, 거꾸로 어떤 독자를 선택하느냐에 따라 그 작가의 주제가 결정된다고 할 수 있다.

따라서 정신의 산물인 모든 작품은 그 자체에 자기가 목표로 삼는 독자의 모습을 간직하고 있다. 나는 『지상의 양식』에 따라 나타나엘의 초상을 만들 수도 있다. 이 책에서 나타나엘이 벗어나려고 하고 팽개치려는 그 소외는 그의 가족이며, 소유하고 있거나 상속에 의해 소유하게 될 부동산, 실용적인 계획, 주입된 모럴리즘, 편협한 유신론 등임을 알 수 있다. 그에게는 교양과 여가가 있다. 왜냐하면 견습공이나 실업자나 미국의 흑인에게 메날크를 모범으로 내보이는 것은 가소로운 일이기 때문이다. 나타나엘은 외부의 어떠한 위험, 곧 기아나 전쟁, 계급적 또는 인종적 압박에도 위협을 받지 않고 있다. 다만 그가 무릅써야 하는 유일한 위험은 자신의 환경의 희생자가 되는 것이다. 요컨대 그는 백인이며 아리안족이며 부자이다. 비교적 안정되고 안이한 시대에 소유 계급의 이데올로기가 겨우 기울어지기 시작하던 시대에 살고 있는 부르주아 대가족의 상속자다. 이것이야말로 나중에 로제 마르탱 뒤 가르가 앙드레 지드의 열렬한 숭배자로서 우리에게 보여준 다니엘 드 퐁타냉이라는 인물이다.

더 가까운 예로, 『바다의 침묵』은 초기의 항독(抗獨) 투사에 의해 쓰어진 작품이며, 그 목적이 우리들 눈에는 뚜렷한 것인데 뉴욕이나 런던, 때로는 알제에서까지도 망명자들로부터는 증오만 받을 뿐이었고, 작가가 대독부역자(對獨附逆者)라고 비난받기까지 했으니 참으로 놀라운 일이다. 그것은 작가 베르코르가 그들을 독자층으로 삼지 않았기 때문이다. 반대로 독일군 점령 지역에서는 누구도 작가의 의도와 그 작품의 효과를 의심하지 않았다. 그는 '우리'를 위하여 썼기 때문이다. 사실 베르코르가 거기서 그린 독일 장교와 프랑스 노인과 소녀가 진실하다고 말함으로써 그를 변호할 생각이 내겐 없다. 쾨스틀러가 이 점에 관해 매우 훌륭한 설명을 하고 있다. 곧 이 작품에서 두 사람의 프랑스인의 침묵은 심리적으로는 근사하지 않다는 것이다.

거기에서는 가벼운 시대 착오적인 경향까지 엿보인다. 그들의 침묵은 또 하나의 점령 기간[1]에 모파상이 그린 애국적 농민들의 고집스런 침묵을 방불케 한다는 것이다. 그때는 다른 희망과 다른 고뇌와 다른 풍속을 가진 또 하나의 점령 기간이었다. 독일군 장교에 관해 말하자면, 그 인물은 충분히 살아 있다. 그러나 당연한 일이지만 점령군과의 접촉을 일체 거부하고 있던 당시의 베르코르는 '모델 없이' 성격의 가능한 모든 요소를 결합함으로써, 인물을 만들어냈던 것이다. 그러므로 영국인들이 선전으로 날마다 꾸며대던 독일 장교의 모습보다도 베르코르가 그린 독일 장교의 모습이 더 적절하다고 선택할 이유가 없다. 어느 쪽이 더 진실한가를 기준으로 할 때 말이다.

---

1 1870년 보불 전쟁 때의 일.

그러나 프랑스에 있던 프랑스인에게 1941년의 베르코르의 소설은 가장 '효과적'인 것이었다. 적이 포화의 장벽으로 우리와 격리되어 있을 때, 우리가 상대를 통틀어 '악의 화신'으로 보는 것은 당연하다. 모든 전쟁은 선과 악의 대결이곤 하니까. 그러므로 영국의 신문들이 독일군의 독보리〔毒麥〕 속에서 좋은 보리알을 골라내는 데 시간을 허비하지 않았다는 것도 이해할 수 있다. 그러나 이와 반대로 정복되어 정복자와 한데 섞여 사는 사람들은 그 상황에 익숙해지거나 정복자의 교묘한 선전에 현혹되어 적군을 차츰 인간으로 보게 되는 것이다. 좋은 사람도 있고, 나쁜 사람도 있다. 동시에 좋기도 하고 나쁘기도 한 사람도 있다. 1941년 점령 지역의 독자들에게 독일의 병정들을 모조리 식인귀로 그려 보였더라면 그 작품은 그들에게는 가소로운 것이 되고, 그 목적에도 어긋났을 것이다.

그러나 1942년 말부터 『바다의 침묵』은 그 효과를 잃었다. 프랑스 본토 안에서 전투가 다시 시작되었기 때문이다. 한편에는 비밀 선동과 태업, 철도 탈선과 음모가 있었고, 또 한편에는 등화관제와 강제 이동과 투옥, 고문, 불모 등의 악형이 있었다. 보이지 않는 포화의 장벽이 또다시 독일 사람과 프랑스 사람을 격리시키고 있었다. 우리는 이미, 우리 친구들의 눈알을 빼고 손톱을 뽑은 독일인들이 나치즘의 공범자냐 희생자냐를 따져보려고 하지는 않았다. 그들과 대할 때도 이미 고고한 침묵을 지키는 것으로는 성에 차지 않았고, 더구나 그들 편에서도 그것을 용납하지 않았을 것이다. 이러한 전쟁의 와중에서는, 그들의 편을 들거나 그들과 항쟁하거나, 둘 중 하나를 선택하지 않으면 안 되었다.

폭력과 살육, 불에 타는 마을, 강제 수용소로 송치되는 한복판에서 베르코르의 소설은 목가적인 것으로 보였다. 그리하여 그 작품은 독자를 잃었다. 한때 베르코르의 독자는, 패전에 의해 압도되고, 그러나 점령자의 훈련된 예절에 놀라며 충심으로 평화를 바라며, 볼셰비즘이라는 유령에 벌벌 떨면서 페탱 원수의 연설에 갈팡질팡하던, 1941년의 사람들이었다. 그와 같은 사람들에게 독일 군인을 피에 굶주린 야수로 소개하는 것은 헛된 일이었다. 그와 반대로 그들이 예의바르고 호감까지도 가질 수 있다는 사실을 인정하지 않을 수 없었다. 독일군의 대부분도 '우리와 다름없는 사람'이라는 것을 알고 놀라움을 가지게 된 프랑스인들에게 알려주어야 했다. 그와 같은 경우조차도 그들과 우정을 나눈다는 것은 어림없는 일이며, 외국 군인은 호감이 가는 인간일수록 더욱 불행하고 무력한 존재라는 것을, 보이지 않으면 안 되었다. 또 흉악한 제도와 이데올로기에 한해서는 비록 그것을 우리에게 가져다 준 사람들이 우리 눈에 인간적으로는 나쁘게 보이지 않는 경우라도, 그것과 싸우지 않으면 안 된다는 것을 보일 필요가 있었던 것이다.

요컨대 수동적 대중인 독자를 상대로 이야기를 하는 것이므로, 또 중요한 조직체가 거의 없었고 또 있다고 하더라도 그 조직원의 결집에도 매우 세심한 주의가 필요했으므로, 민중에게 요구할 수 있는 반항의 유일한 형식은 '침묵'이고 경멸이며 강제된 것임을 뚜렷이 나타내는 그러한 '강제된' 복종이었다. 이렇듯 베르코르의 소설은 자기 독자를 한정한 것이었다. 독자를 한정함으로써 자신까지도 한정했다. 그는 1941년의 프랑스 부르주아지의 정신 속에서 몽투아르의 회견²의 결과와 싸우려는 것이었다. 패전 후 1년 반이 지난 당시에 그것은 아직 생생하고 유독하고 유효한 작품이었다. 그러나 그로부터 반세기만 지나면 이미 누구의 마음도 감동시키지 못할 것이다. 사정에 어두운 독자들이 그때에도 그 소설을 읽는다면 1939년의 전쟁에 대한 약간 따분하고 재미있는 이야기쯤으로 여길 것이다. 바나나는 막 땄을 때 가장 맛이 좋다고 한다. 마찬가지로 정신의 작품이라는 것도 당장 그 자리에서 소비되어야 하는 것이다.

상대로 삼고 있는 독자에 따라, 정신의 작품이 가진 성격을 설명하려고 하는 모든 시도에 대하여, 쓸데없이 절묘한 논법이며 부차적인 문제라며 비난하고 싶어질지도 모르겠다. 작가의 조건 자체를 결정적 요인으로 삼는 편이 더 간단하고 직접적이고 보다 엄밀하지 않을까? 차라리 텐의 '환경'이라는 개념을 고수하는 편이 타당하지 않을까? 사실 환경에 의한 설명이 결정적이라고 나는 대답하고 싶다. 아닌게아니라 환경이 작가를 만들어내는 것이다. 내가 텐의 환경설을 믿지 않는 것도 바로 그 때문이다. 독자

---

2 페탱 원수와 히틀러의 회견.

는 그것을 반대로 부르고 있다. 다시 말하면 자기 자유에 대하여
문제를 제기한다. 환경은 '배후의 힘'이다. 반대로 독자란 하나
의 기대이며 채워야 할 공백이며 비유적으로 그리고 고유한 뜻으
로도 아스피라시옹(渴望)이다. 한마디로 말하면 그것은 남이다.
그리고 나는 인간의 상황에 의하여 작품을 설명하는 것을 거부하
기는커녕 항상 작품을 쓴다는 기도를 인간적이며 총체적인 어떤
조건의 자유로운 초월로 보았다. 그 점에서 글을 쓴다는 기도는
그 밖의 다른 기도와 다를 것 없다. 에티앵블 씨는 매우 재치 있
지만 약간 피상적인 어느 기사*에서 이런 말을 하고 있었다.

장 폴 사르트르의 다음과 같은 구절에 우연히 부딪치자 나는 나의
조그마한 사전을 수정하고 싶을 지경이었다. 즉 "사실 우리에게 작가
는 베스탈도 아리엘도 아니다. 작가는 무엇을 할지라도 늘 그 속에 들
어 있는 것이며, 아무리 멀리 피신한다 해도 표적이 되고 연루되어 있
다"라는 구절이다. 여기서 사르트르가 '그 속에 들어 있다'[3]라고 한
것은 '관련되어 있다'는 뜻이다. 나는 거의 '우리는 같은 배를 타고
있다'라는 표현을 쓴 파스칼의 말투를 엿볼 수 있었다. 그러나 그 말

---

* 에티앵블, 「무엇인가를 위해서 죽는 작가는 행복하다」, 『콩바』지, 1947년 1월 24일.
3 여기서 에티앵블 씨(소르본느대학 비교문학 교수)가 지적한 것은 사르트르의 표현에서
부당한 용어에 부딪쳐 졸지에 사르트르의 구호처럼 되어 있는 '앙가쥬망'이라는 개념 자
체에 매력을 잃었다는 것이다. 즉 '그 속에 들어 있다' Être dans le coup(공격 안에 들어
있다, 사건의 와중에 있다는 뜻)라는 말은 결국 속어로 쓰는 '관련되어 있다, 연루되어
있다' Être dans le bain과 마찬가지 뜻으로 쓴 모양인데 옳지 못한 표현이라는 것이다.

에 부딪치자 졸지에 소위 '구속'이라는 말이 가치를 잃고, 별안간 가장 평범한 사실로, 왕에게도 노예에게도 해당되는 사실로, 인간 조건으로 환원되는 것을 나는 보았다.

내가 말하려는 것도 다른 뜻이 아니다. 다만 에티앙블 씨가 경솔했을 뿐이다. 모든 사람이 배에 실려 있다고 하더라도, 그것은 모든 사람이 그것을 완전히 의식하고 있다는 의미가 되는 것은 결코 아니다. 대부분은 그저 자기가 구속되어 있는 것을 자신에게까지 숨기고 명백한 인식을 회피하며 시간을 보내고 있다. 그렇다고 그들이 거짓이거나 인공 낙원이거나 공상의 생활 속에 도피하려 하고 있다는 것을 의미하는 것은 아니다. 그들은 자기네 등불을 어둡게 하고 첫머리만 보고 끝을 안 본다거나, 반대로 끝만 보고 첫머리를 못 보는 식으로 충분하다고 생각한다. 또 목적은 떠맡으면서 그 수단을 묵과하거나, 그들의 동류와의 연대를 거부하거나, 자기의 엄숙한 정신 속으로 도피하며, 또는 인생을 죽음의 견지에서 봄으로써 인생에서 모든 가치를 빼앗거나 그와 동시에 일상 생활의 평범 속에 도피하여 죽음의 공포를 피하며, 압박하는 계급을 탈출할 수 있느니라고 믿으려 들며, 만일 그들 자신이 압박을 받는 계급에 속하는 사람은 '사람이란 내면적 생활에 취미를 가지고 있으면 사슬 속에서도 여전히 자유로울 수 있느니라'고 우김으로써 압박자와의 공범을 은폐하는 따위, 자기 기만의 처세로 충분한 것이다. 작가 역시 다른 사람들과 다름없이 그러한 모든 것에 의지할 수도 있다. 사실 작가들 중에도(대부분이 그렇지만) 조용히 잠들기를 원하는 독자를 위해 온갖 잔꾀를 제공하는 자가 있다. 작가가 이미 자기는 '배에 실려 있다'는 것을 가장 명철하게, 온전하게 인식하려고 노력할 때, 다시 말하면 그가 그 자신과 남을 위해서 '구속'을 직접적인 자발성에서 반성적인 것으로 전환하게 되는 경우, 나는 그 작가는 구속(參劃)되어 있다고 말하리라. 작가란 본래 무엇보다도 매개자이며 '그의 구속'이 바로 매개 행위이다. 다만 작가의 조건에서 비롯하여 작품이 설명되지 않으면 안 된다는 것은 사실이지만, 그 조건이라는 것이 비단 일반적인 한 사람의 조건일 뿐만 아니라 바로 한 '작가'의 조건인 것을 상기하지 않으면 안 된다. 그는 아마 유대인일 수도 있고, 체코인 또는 농사꾼 집안의 사람일 수도 있다. 그러나 무엇보다도 유대인 작가이고 체코의 작가이며, 시골 토박이 혈통의 작가인 것이다. 내가 다른 논문에서 유대인의 상황을 규정하려고 하였지만, 그때 내가 발견할 수 있었던 것은 오직 다음과 같은 점이었다. 곧 '유대인이란 다른 사람들이 '유대인'이라고 보는 사람이며, 그에게 이미 만들어진 상황을 출발점으로 삼고, 그 자신을 선택하지 않을 수 없는 사람이다'라고. 왜냐하면 세상에는 오로지 남의 판단에 의해서 그것이 그만 그의 성격이 되어버리는 그러한 성격도 있는 법이니까. 작가의 경우에는 사정이 더 복잡하다. 어느 작가도 스스로 작가가 되도록 선택하기를 남에게 강요받는 것은 아니니까 말이다. 그러므로 작가에게 있어서는 그 근원부터가 자유에서 비롯된 것이다. 곧, 나는 우선 글을 쓴다는 나의 자유로운 기도로 해서 바로 작가인 것이다. 그러나 곧 다음과 같은 사실이 뒤따른다. 나는 '남들이 작가라고 여기는 한 인간', 다시 말하면 어떤 요구에 응답하지 않으면 안 되는 사람이며, 좋건 싫건 어떤 사회적 기능이 부여된 사람이 된다는 것이다.

그가 하려는 역할이 어떤 것이건 작가는 남이 그를 어떻게 생각하는가 하는 것에 발판을 두고 자기 역할을 하지 않을 수 없다. 그는 기성 사회가 문인에게 떠맡긴 인물[役]을 변경하려고 시도할 수 있다. 그러나 그것을 변경하려면 우선 자기가 그 사회에 들어가지 않으면 안 된다. 그리하여 여기에 풍습과 세계관이나 사회관, 그 사회 내의 문학에 대한 개념 등을 지닌 독자라는 것이 개입하게 되는 것이다. 독자 대중은 작가를 포위하고 공격한다. 그 위압하는 혹은 음흉한 요구나 그 거부, 그 도피 등이 그가 발판으로 삼고 작품을 구성하지 않으면 안 되는 현실적인 여건이다.

위대한 흑인 작가 리처드 라이트의 경우를 예로 들어보자. 단순히 그의 인간적 조건, 곧 미국의 북부로 옮겨진 남부 출신 '흑인'이라는 조건만을 생각해도 우리는 곧 그가 흑인의 눈으로 본 흑인이나 백인을 그릴 수밖에 없으리란 것을 상상할 수 있다. 남부 흑인의 90퍼센트가 사실상 선거권을 빼앗기고 있는 이 마당에서 그가 조용히 영원의 '진'이며 '선'이며 '미' 따위를 관조하며 세월을 보내리라고 생각할 수 있겠는가? 또 여기서 성직자의 배반을 운운하는 자[4]가 있다면, 나는 대답하리라. '탄압을 받는 사람들에게는 성직자란 있을 수 없다'고. 성직자란 필연적으로 탄압하는 계급 또는 일종의 기생충들이다. 미국의 흑인이 작가로서의 자기 천직을 발견한다면 동시에 그는 자기가 써야 할 주제도 찾아낼 것이다. 그는 백인을 권외(圈外)에서 엿보고, 백인의 문화를 권외에서 엿보고, 권외에서 섭취하는 사람이다. 따라서 그의 모든 저작은 미국 사회의 한가운데 격리된 흑인의 인권을 그것도 리얼리스트처럼 객관적으로가 아니라, 독자들을 작품에 끌어넣고야 마는 태도로 정열적으로 그릴 것이다. 그러나 이러한 고찰만으로 그의 작품의 성격은 결정되지 않는다. 그는 단순히 투쟁을 위한 전단을 쓰는 작자일 수 있으며, 남부 흑인의 예레미아일 수도 있다. 우리는 좀더 깊이 파고들어가려면 그의 독자를 고려하지 않으면 안 된다. 리처드 라이트는 누구를 상대로 쓰느냐? 물론 보편적 인간을 상대로 하는 것은 아니다. 보편적 인간이라는 개념 속에는 그가 어떠한 특수한 시대에도 구속되지 않는다는 성격과, 루이지애나의 흑인의 운명에 대해서나 스파르타쿠스 시대의 로마 노예들의 운명에 관해서, 더하고 덜할 것 없는 정도로밖에는 감동하지 않는다는 근본적인 성격이 포함되어 있다.

---

4 줄리앙 방다의 경우.

보편적인 사람은 보편적 가치 이외의 것을 생각할 수가 없다. 그는 이를테면 시효 없는 인간 권리의 순수하고도 추상적인 긍정이다. 그러나 라이트는 버지니아나 캐롤라이나의 백인 인종차별주의자들을 상대로 작품을 쓰려는 것도 아니었다. 그들의 태도는 이미 정해져 있어서 책을 펼쳐보지도 않을 것임에 틀림없다. 또 그의 독자는 글을 읽을 줄 모르는 남부 늪지대의 흑인 농부들도 아니다. 그의 작품에 대한 유럽의 높은 평가를 라이트가 좋아한다고 해서, 유럽의 독자를 미리 생각하며 작품을 쓰지 않을 것도 확실하다. 유럽은 멀다. 유럽의 의분은 별로 효력이 없고 위선적이다. 인도와 인도지나와 흑인 아프리카 등을 노예로 만든 나라의 사람들, 곧 유럽 국민들에게서 많은 것을 기대할 수 없는 노릇이다. 이제 우리는 그의 독자를 다음과 같이 규정할 수 있다. 그는 북부의 교양 있는 흑인 및 선의의 미국 백인들(지식인, 좌익, 민주주의자, C.I.O. 가맹 노동자 등)을 상대로 쓰는 것이다.

그렇다고 라이트가 이들 독자를 통해서 모든 인간을 독자로 상정하는 것을 목표로 하지 않았다는 뜻이 아니다. 다만 그는 '그들을 통해서' 모든 사람들을 목표로 삼는 것이다. 영원의 자유라는 것이 실은 라이트가 추구하는 주체적이고 역사적인 해방의 지평선에서만 비로소 엿보이는 것과 마찬가지로, 인류의 보편성도 그의 독자라는 구체적이고 역사적인 집단의 전망 위에 있다는 것이다. 문맹인 흑인 농부와 남부의 농장주들은 현실적인 독자의 주위에 있는 한갓 추상적인 가능성으로서의 독자이다. 요컨대 문맹은 글읽기를 배우게 될 것이고, 흑인 소년은 흑인을 싫어하는 가장 완고한 사람의 손에 떨어져 그 까만 눈을 뜨게 될지도 모른다. 그런 것은 다만 사람의 모든 기도가 그 사람의 한계를 넘어서 차츰 무한을 향해 확대된다는 것을 의미하는 것에 불과하다. 그런데 '사실상의 독자'들 가운데에 확실한 단절이 있다는 것을 주의하지 않으면 안 된다. 라이트에게 흑인 독자는 주체성을 대표하는 것이다. 같은 유년 시절에 비슷하게 경험한 곤란과 같은 콤플렉스를 가진 그들은 말끝만 비쳐도 이심전심으로 알아듣는 것이다. 작가는 개인적인 자기 상황에서 자기를 밝히려고 모색함으로써, 동시에 그들 자신에 관하여 그들을 깨우쳐주는 것이다. 그들이 그날그날 먹고 사는 그 직접적인 삶을, 고통을 겪되 자기네 고통을 표현할 말을 모르는 그들의 삶을 간접적인 삶으로 분리하고, 그 인생을 명명하여 그들에게 보여주는 것이다. 요컨대 라이트는 흑인들의 의식이며, 그가 직접적(원초적)인 삶에서 몸을 일으켜 그 자신의 조건을 반성적으로 제기하려는 움직임은 바로 그의 동족 전체의 움직임이다. 그러나 백인 독자들은, 제아무리 선의를 가진 독자일지라도 흑인 작가에게는 여전히 남(타인)이다. 백인 독자들은 그가 겪은 것을 겪지 못했으므로 대단한 노력 끝에 간신히 흑인의 조건을 이해할 수 있다. 더구나 그것을 이해하기 위하여 그들이 의존하지 않으면 안 되는 유추(類推)는 그들을 그릇된 이해로 이끌어갈 위험을 안고 있다. 한편 흑인 작가 라이트도 백인 독자에 관해서는 속속들이 알 수는 없다. '세계는 백인의 것이고 우리는 그 소유자'라는 모든 백색 아리안 족이 공통으로 가진 저 거만한 안심과 태평스러운 확신을 라이트는 오직 권외에서 상상할 수 있을 뿐이다. 백인들에게는 그가 종이 위에 적어놓은 말들이 흑인들에게 있어서와 같은 문맥으로 보이는 것이 아니다. 그는 자기가 쓰는 말들이 낯선 백인들의 의식 속에 드러낼 반향을 모르므로 그저 짐작으로만 말을 선택하지 않을 수 없다. 그래서 백인들에게 얘기할 때에는 그의 목적 자체까지 바꾸고 만다. 문제는 그들을 와중에 끌어넣고 그들의 책임을 헤아리게 하는 것이며, 그들에게 의분과 부끄러움을 느끼게 하는 것이다. 이리하여 라이트의 모든 작품은 보들레르라면 '공존하는 이중의 희원'이라고 불렀을, 그러한 이중성을 지니고 있다. 모든 말에는 두 갈래의 문맥이 결부되고, 모든 글귀에는 두 개의 힘이 동시에 작용해서 그의 이야기의 비길 데 없는 긴장을 조성한다. 만일 그의 작품이 백인들만을 상대로 했다면 아마 더 산만하고 교훈적이며 더 모욕적인 것이 되었을 것이다. 반대로 흑인 독자만을 상대로 했다면 더 간략하고 더 공감을 자극하고 더욱 애절했으리라. 앞의 경우에 그의 작품은 풍자소설에 가까워지고, 뒤의 경우에는 예언적인 비탄에 가까워졌을 것이다. 예레미야는 다만 유대인을 상대로 말했을 뿐이다. 그러나 라이트는 분열된 독자를 위해서 썼고, 그 흑·백인 사이의 분열을 보전하면서 동시에 그것을 넘어설 수 있었던 것이다. 이를테면 그는 분열을 예술작품의 구실로 삼은 것이다.

글을 써서 공동체의 이익에 봉사하겠다, 이런 결심을 했다고 하더라도 작가는 여전히 소비자일 뿐 생산자는 아니다. 그 작품은 무상적이며 평가할 수가 없다. 따라서 작품의 상품 가치는 제멋대로 정해진다. 어떤 시대에는 연금을 받고, 또 어떤 시대에는 책의 매출에 따른 인세를 받는다. 그러나 구(舊)제도하에서의 한 편의 시(詩)와 왕실에서 주는 연금 사이에 등가적(等價的) 관련이 없었던 것처럼 오늘날의 사회에서도 정신적 작품과 일정한 비율로 받는 금전 사이에 그러한 관련은 없다. 따지고 보면 작가는 보수를 받고 있는 것이 아니다. 시대에 따라, 넉넉하게 혹은 박하게 부양을 받는 것이다. 그 활동은 본래 '무용한' 것이니까, 달리 어쩔 도리가 없다. 사회가 그 자신을 의식한다는 것은 조금도 '유익하지' 않을 뿐더러 때로는 '유해하기'까지 하다. 왜냐하면 유익한 것이란 이미 수립된 사회의 테두리 안에서, 이미 정해진 제도나 가치, 목적과의 관계에서 규정되는 것이니까. 만일 사회가 저 자신을 보고 특히 자기가 이와 같이 보여진다는 것을 본다면, 그 사실로 인해 벌써 거기에는 기존 가치나 제도에 대한 이의가 있음을 깨닫게 된다. 작가는, 사회가 자기 모습을 스스로 볼 수 있게 해주며, 그것을 떠맡든가 그것을 변혁하든가 하기를 재촉하는 것이다. 그리고 어쨌든 사회란 변천하는 것이다. 사회는 무지로 말미암아 균형을 잃고, 수치나 시니시즘 사이에서 동요하며 불성실을 실행에 옮긴다. 이처럼 작가란 사회에 불행한 의식을 주며, 또 이런 사실로 인해 작가는 그가 깨뜨리려는 균형을 한

사코 유지하려는 보수적인 세력들과 끊임없는 대립 관계에 있다. 왜냐하면 간접적인 것으로의 이행은 오직 직접적인 것의 부정에 의해서만 이루어지는 것이며, 그것은 항구적인 혁명이기 때문이다. 그리고 문학이라는, 이렇듯 비생산적이고 위험한 활동에 보수를 주는 일은 지배 계급만이 부릴 수 있는 일종의 사치다. 지배 계급이 실제로 그렇게 한다면 그것은 계략인 동시에 오해이다. 그렇다. 대부분의 경우는 오해이다. 물질적 근심에서 벗어난 지배층의 엘리트들은 충분히 자유롭기 때문에, 그들 자신이 반성적인 지식을 갖기를 바랄 정도가 되어 있다. 그들은 자기를 되찾기 위해 그들 자신의 모습을 보여달라고 작가에게 요청하지만, 결국엔 그 작가가 보여준 자기 모습을 떠맡아 걸머져야 한다는 것을 모르고 있다. 또 어떤 지배 계급에게는 작가를 대우한다는 것이 일종의 계략일 수가 있다. 그들은 위험을 알고 그 파괴적인 힘을 조절하기 위해서 예술가에게 연금을 주는 것이다. 이리하여 작가는 지도적 '선량'의 기생충이 된다. 그러나 작가는 그 본래의 기능으로 해서 자기를 먹여 살리는 사람들의 이익과 대립해서 행동하지 않을 수 없다.* 작가의 근본 조건을 규정하는 근원적인 싸움이란 바로 이러한 것이다. 때때로 이 싸움은 뚜렷하게 드러난다.

---

* 오늘날에는 그의 독자층은 광범위하다. 때로는 10만 부를 발행할 때도 있다. 10만 부가 팔리면 실은 40만의 독자가 있고, 따라서 프랑스에서는 인구 100명 가운데 1명의 독자가 있는 셈이다.

『피가로의 결혼』은 구제도의 조종(弔鐘)을 울린 작품이었지만, 그것을 대성공으로 이끈 이들이 궁정인(宮廷人)들이었다는 것은 지금도 하는 이야기다. 때로는 그 싸움은 가려져 있지만, 싸움은 여전히 존속하고 있다. 왜냐하면 명명한다는 것은 드러내 보이는 것이고, 보인다는 것은 변화시키는 것이기 때문이다. 그리고 그와 같은 대립적 활동은 기존 이익에 해로운 것이며, 가장 온건한 경우라도 제도의 변혁에 협력한다는 위험이 있다. 그럼에도 정작 탄압을 받는 계층은 책을 읽을 여가도 없거니와 읽을 취미도 없으므로 싸움의 객관적인 면은 보수적 세력 또는 잠재적인 독자층과의 대립 관계로 나타나는 일이 있다. 계급이 없는 사회에서는 사회적·내적 구조가 항구적 혁명이므로 작가는 '만인을 위한' 중개자가 될 수도 있는 것이며, 작가와 사회의 원칙적 대립에는 사실의 변화가 앞서거나 뒤따라 일어나게 될 것이다. 내 생각으로는 그것이 이른바 '자기 비판'이라는 개념이 가져야 할 깊은 의미다. 현실의 독자를 잠재적인 독자의 한계까지 확대하는 것은 작가의 의식 안에서 대립되는 여러 가지 경향을 조성할 것이다. 전적으로 해방된 문학은 건설에 필요한 계기가 되는 한에서 '부정성'을 대표할 것이다. 그러나 그와 같은 유형의 사회는 내가 아는 한 지금은 존재하지 않으며, 앞으로도 존재할 수 있을지 의심스럽다. 그리하여 싸움은 여전히 남고, 그것은 내가 '작가와 그의 꺼림칙한 의식의 파란곡절'이라고 부르는 것의 근원에 있다.

잠재적인 독자가 사실상 전혀 없고, 작가가 특권 계급의 주변에 머물러 있지 않고, 그 계급에 흡수되고 말 때에 싸움은 더 간단한 형태로 나타난다. 그 경우에 문학은 지배층의 이데올로기와 일치하며, 사색은 그 계급의 내부에서 이루어진다. 이의 제기는 세부 사항에만 미치고 건드릴 수 없는 '원리'의 이름으로 수행된다. 가령 유럽에서 12세기 무렵에 일어난 일이 바로 그것이다. 성직자는 오로지 성직자를 위해서만 글을 썼다. 그러나 정신적인 것과 세속적인 것이 또렷하게 분리되어 있었으므로, 그래도 그들의 마음은 편할 수 있었다.

기독교적 혁명은 마침내 정신적인 것의 군림을 가져왔다. 즉 부정성과 대립으로서 초월로서의 정신 자체를 초래했으며, 자연의 지배를 넘어서 자유인들의 '반자연적' 도시를 끊임없이 건설하려고 했다. 그러나 대상을 초월하는 그 보편적 힘은 우선 그 자체가 대상으로 부딪치지 않으면 안 된다. 자연의 끊임없는 부정이 처음엔 자연 자체로 나타나고, 이데올로기를 끊임없이 창조하며, 그것을 자기 길 위에 남기고 가는 능력이 우선 특수한 하나의 이데올로기 속에서 시작되어야 했다. 정신적인 것은 처음 수세기 동안 기독교에 사로잡힌 채 지내야 했다. 혹은 기독교가 다름 아닌 정신적인 것 자체였다고 해도 좋다. 그러나 그 정신적인 것은 '격리'된 것이었고 대상이 된 것 또한 정신이었다. 그때부터 정신은 모두 인간이 끊임없이 새로 시작하는 공통적 기도로서가 아니라, 몇몇 사람들의 전문 분야로서 먼저 나타났다. 중세 사회는 가지가지 정신적인 것을 필요로 했고, 그것을 관리하기 위해 호선(互選)으로 뽑히는 전문가 단체들을 만들었다. 우리는 오늘날 읽고 쓰는 것을 인간의 권리라고 생각하고, 동시에 입으로 하는 말과 거의 같이 자연스럽고 자발적인 의사 소통의 수단이라고 생각하고 있다. 가장 교양 없는 농부마저 잠재 독자로 생각되는 것은 그 때문이다. 그러나 성직자의 시대에는 읽고 쓴다는 것은 전문가들에게만 엄격하게 허용된 전문 기술이었다. 그 기술을 정신의 훈련으로 삼아 그 기술 자체를 위하여 적용한 일은 없었다. 또 그 기술은 후세 사람들이 '인문'이라고 부르게 될 넓고 막연한 휴머니즘에 도달하는 것을 목적으로 삼지도 않았다. 그 기술은 다만 기독교적 이데올로기를 보존하고 전달하는 수단에 지나지 않았다. 읽을 수 있다는 것은 성서 원문과 수많은 주석에 관한 지식을 얻는 데 필요한 도구를 가지는 것이었다. 글을 쓸 줄 안다는 것은 주석을 달 수 있다는 것이었다. 오늘날 우리가 어떤 직업에 종사하고 있다면 목사나 고전학자로서의 특기를 가지기를 바라지 않는 것처럼, 당시 사람들도 그러한 읽고 쓰는 직업적인 기술을 갖기를 갈망하지 않았다. 귀족들은 정신적인 것을 만들고 보전하는 일을 성직자에게 맡겼다. 그들 자신은 오늘날의 독자가 작가를 지배하듯 작가를 지배할 능력이 없었고 성직자의 도움 없이는 정통적인 신앙과 이단을 구별할 수도 없었다. 그들은 다만 교황이 세속의 힘에 도움을 요청할 때에만 흥분했다. 그럴 때 그들은 제멋대로 약탈하고 모든 것을 불살라버렸지만, 그것은 다만 그들이 교황을 신뢰하고 있었기 때문이고, 약탈의 기회를 결코 놓치지 않으려고 했기 때문이었다. 이데올로기가 궁극적으로 그들 귀족 및 인민을 상대로 하고 있었다는 것은 부인할 수 없다. 그러나 그것은 설교에 의해서 구전되었고, 교회는 일찍부터 문서보다도 더 간단한 언어를 마련했는데, 그것은 이미지의 언어이다. 그리하여 수도원이나 성당의 조각, 그림 유리, 회화, 모자이크 등이 신과 성인전(聖人傳)에 관해 이야기를 해주었던 것이다. 신앙을 도해(圖解)한다는 이 거창한 기도의 언저리에서 성직자는 연대기, 철학서, 주석서, 시 등을 썼다. 그들은 그러한 글을 동료인 귀족을 위해 썼으며, 그들은 상급자의 감독을 받고 있었다. 대중들이 그것을 알지 못하리라는 것을 사전에 확실히 알고 있었으므로 그런 작품이 대중에게 미치는 효과를 고려할 필요조차 없었다. 또한 성직자는 약탈자이거나 역적인 봉건 귀족들의 양심에 가책을 주려고 하지도 않았다. 폭력이란 본래 문맹이니까. 따라서 성직자들로서는 일시적인 것을 그리는 것이 문제가 되지 않았고, 또 결단을 내리는 것도, 끊임없는 노력으로써 역사적 경험에서 정신적인 것을 끌어내는 일도 생각할 수 없는 일이었다. 모든 것은 그와 정반대였다. 당시의 작가란 본래가 교회 소속이었고 교회는 변혁에 대한 저항으로서 그 존엄성을 증명하는 거대한 정신의 학교였다. 또 역사는 시대적인 것과 동일한 것이었으며, 정신적인 것은 시대적인 것과 근본적으로 구별되었으므로, 성직의 목적은 그 구별을 유지하는 것, 곧 특수한 단체로서 시대에 맞서 자기를 유지하는 데에 있었다. 게다가 당시의 경제는 아주 고립적이며 교통 수단이 거의 없거나 완만하였으므로 어느 한 지방에서 일어난 사건이 가까운 이웃 지방에도 거의 전해지지 않는 상태였다. 덕분에 수도원은 『아카르나이 사람』의 주인공들처럼 나라가 전쟁을 하고 있는 동안에도 자기들만의 특별한 평화를 누릴 수 있었다. 그러므로 작가인 성직자들은 오로지 영원한 것의 관조에만 몰두하고, 그것을 그들의 존재를 증명하는 사명으로 삼았던 것이다. 그들은 '영원한 것'이 존재한다는 것을 쉴새없이 단정하며, 또 그들의 유일한 일은 오로지 영원을 바라보는 것이라는 사실로써 그것을 증명하였다. 이런 의미에서 중세의 작가는 쥘리앵 방다의 이상을 실현한 셈이다. 그러나 그것이 어떤 조건하에 가능했던 일인가? 정신적인 것과 문학이 서로 격리되어 있고, 특수한 이데올로기가 승리하고, 봉건적 다원 체제가 성직자들의 고립을 가능케 하고, 거의 대부분의 인민이 문맹이고, 작가의 유일한 독자는 다른 작가군인 성직자들이었다는, 이상과 같은 조건이 필요했다. 한 작가가 사색의 자유를 행사하며, 전문가들의 국한된 집단을 넘어 보다 넓은 독자층을 위해 글을 쓰며, 동시에 영원한 가치와 선험적인 관념과 내용만을 논할 수 있으리라고 생각할 수 없는 노릇이다. 중세 성직자들의 거리낌없고 평화로운 의식은 바로 문학의 무덤 위에 꽃피었던 것이다.

그러나 작가가 그와 같은 행복한 의식을 간직하기 위해서 반

드시 그 독자가 동일 전문가 집단에 소속된 사람이어야 할 필요
는 없다. 작가들이 특권 계급의 이데올로기 속에 잠기고, 그 이데
올로기가 그들의 골수에까지 배어, 다른 이데올로기는 아주 생각
할 수조차 없게 되기만 하면, 그것으로 충분하다. 그러나 그렇게
되면 작가의 역할도 달라진다. 작가에게 어떤 교리(敎理)의 수호
자가 되어달라는 것이 아니라, 다만 그것의 방해자가 되지 않을
것만을 요구하기 때문이다. 여기서 작가가 기존 이데올로기에 가
담한 두 번째 예로서, 우리는 17세기 프랑스를 얘기할 수 있다.

　17세기에 이르면서부터 작가와 독자의 세속화는 바야흐로 완
성되어가고 있었다. 저서의 확산력(擴散力)과 기념비적인 성격,
그리고 모든 정신의 작품에 깊이 간직되어 있는 자유에의 호소가
그 원동력이었던 것은 확실하다. 그러나 교육의 발전, 정신적 힘
의 약화, 뚜렷하게 속계를 겨냥한 새로운 이데올로기의 출현 등,
새로운 외부적 조건이 문학의 세속화에 박차를 가한 것이다. 그
렇다고 세속화가 일반화를 의미한 것은 아니다. 독자층은 여전
히 엄격하게 제한된 상태였다. 그것을 통틀어 사교계라고 부르
는데, 사실 그것은 궁정인, 성직자, 법관, 부유한 부르주아지 등
의 분파를 가리킨다. 개별적으로 따지면 독자는 '신사'라 불렸
고, '운치'라는 명목하에 일종의 검열 기능을 행사했다. 요컨대
그들은 상류 계급의 일원인 동시에 전문가였다. 그들이 작가를
평하는 것은 그들 자신이 글을 쓸 줄 알기 때문이었다. 코르네
유, 파스칼, 데카르트의 독자는 세비녜 부인, 메레 기사, 그리냥

부인, 랑부이예, 생테브르몽 등등, 당대의 풍류인들이다. 작가와의 관계에 있어 오늘날의 독자는 수동적 상태에 있다. 독자는 작가가 여러 관념과 새로운 예술 형식을 마련해주기를 바라기만 했다. 그리고 어떤 개념이 그 속에서 구체화될 그런 생기 없는 덩어리다. 독자가 작가에게 간섭하는 수단은 간접적이며 소극적이어서 거의 자기 의견을 표명한다고 말할 수 없을 정도이다. 독자는 다만 책을 사거나 사지 않거나 할 뿐이다. 작가의 독자에 대한 관계는 남성의 여성에 대한 관계와 흡사한 것이다. 곧 독서는 단지 지식을 얻는 한 수단이 되고, 저서란 소통의 극히 일반적인 수단이 된다.

그러나 17세기에는 글을 쓸 줄 안다는 것이 이미 훌륭하게 쓸 수 있다는 것을 의미했다. 그것은 섭리에 따라 모든 인간이 골고루 문재(文才)를 타고났기 때문이 아니고, 이미 독자가 중세처럼 꼭 작가와 동일한 것은 아니지만, 그래도 잠재적인 작가로서의 능력을 가지고 있었기 때문이다. 그러한 독자는 기생적 엘리트에 속하며, 그들에게 있어서 문학이 직업은 아닐망정 적어도 그들의 우월성의 표식을 지닌 것이었다. 그들은 쓸 줄 알기 때문에 읽을 수도 있었다. 조금만 운이 좋았더라면 자기가 읽는 것을 자신이 쓸 수도 있었을 것이다. 그러므로 독자는 훨씬 적극적이었다. 작가는 자신의 정신의 산물을 정말 독자의 심사에 내맡기는 것이었다. 독자는 자기가 지지하는 가치에 따라 작품을 판단한다. 이 시대에는 낭만주의 같은 혁명을 상상조차 할 수 없었다. 그런 사건이 일어나려면 불안정한 대중의 협력이 있지 않으면 안 되기 때문이다. 그런 대중을 놀라게 하고, 벌컥 뒤집어엎고 그들이 알지 못했던 관념이나 감정을 돌연 계시하여 활기를 주지 않으면 안 되기 때문이다. 확고한 신념이 없기 때문에 자기를 능욕하여 수태하게 해달라고 끊임없이 요구하는 그러한 대중의 협력이 있지 않으면 안 되는 것이다. 그런데 17세기에는 모든 신념이 요지부동이었다. 종교적 이데올로기는 시대적인 것 자체가 분비한 정치적 이데올로기로서 뒷받침이 되어 있었다. 누구도 공공연하게 신의 존재나 군주의 신성한 권리를 의심하지 않았다. 사교계는 자기 언어와 그 우아함과 자기 의식을 가지고 있었으며, 그것을 자기가 읽는 책에서 재발견하기를 바라고 있었다. 시간의 관념에서도 마찬가지였다. 그들이 끊임없이 명상하는 두 개의 역사적 사실, 원죄와 속죄는 아득한 과거에 속하므로 지배층의 명문 대가들 또한 그들의 자존심과 특권의 정당성을 그 아득한 과거에서 끌어냈으므로 신은 변화하기에는 너무나 완전하고, 지상의 2대 권력인 교회와 군주국이 부동성만을 추구하고 있는 이상, 미래는 아무것도 새로운 것을 가져올 수 없었다. 때문에 시간성의 적극적 요소 역시 '과거'이고, 과거 자체는 신의 현상적인 타락이었다. 현재란 항상 죄악이며, 현재를 변명할 수 있는 것은 오로지 사라진 시대를 가치 있게 가급적 충실하게 반영하는 경우에 한해서였다. 하나의 관념이 용납되려면 오래 묵은 연대가 증명되지 않으면 안 되었다. 예술작품 또한 마음에 들기 위해서도 고대의 본을 따르지 않으면 안 되었다. 중세와 마찬가지로 17세기에도 이러한 이데올로기의 의식적인 수호자로 자처하는 작가를 찾아볼 수 있었다. 교회에 소속되어 오로지 교리를 지키는 것에만 전념하는 대성직자들이 여전히 있었다. 그들 이외에도 시대적인 것을 '지키는 개들', 수사관(修史官)들, 궁정시인들, 법률가나 철학자들이 있어 절대군주제의 이데올로기를 건설하고 유지하는 데 몰두했다. 그러나 그들 이외의 제3의 범주의 작가들이 나타나는 것을 우리들은 볼 수 있다. 본래 세속적인 그들 대부분은 그 시대의 종교적 · 정치적 이데올로기를 '받아들이기'는 하나 그것을 증명하고 보존할 책임이 자신들에게 있다고 생각하지는 않았다. 그들은 그러한 이데올로기에 대해서는 언급하지 않았으며, 그저 암암리에 그것을 수용했다. 그들에게 이데올로기는 우리가 앞서 '문맥'이라고 부른 것이며, 독자와 작가에게 공통된 전제의 총체일 뿐만 아니라, 그 전제인 작가가 쓰는 것을 독자들이 알아볼 수 있도록 하기 위해 필요한 것이다. 그들은 대체적으로 부르주아지에 속하고, 귀족에게 연금을 받고 있었다. 그리고 그들은 생산자가 아니라 소비자이며, 그 귀족들 또한 생산하지 않고 남의 노동에 의존하였으므로, 그들은 말하자면 '기생 계급에 기생하는 존재'였다. 그들은 또한 어떤 단체를 이루면서 사는 것도 아니었으며, 강력히 전체화된 사회에서 그들은 암암리에 동업자 조합을 형성했다. 이들 작가들에게 그들의 기원이 교단적인 것에 있고, 글쓰기가 옛날에는 성직이었음을 끊임없이 상기시키기 위해서,

왕권은 그들 중 몇몇을 추리고 일괄하여 일종의 상징적인 교단을 만들었으니, 그것이 곧 '아카데미'이다. 왕의 녹(禄)을 받아먹고 엘리트 계층에게 작품을 읽히는 그들 작가들의 관심사는 오직 그 제한된 독자의 요구에 응하는 것이었다. 그들도 역시 12세기의 성직자와 같은 (또는 거의 다름없는) 거리낌없는 마음의 평화를 누릴 수 있었다. 그 시대에는 현실의 독자와 구별되는 잠재 독자를 논의하는 것은 불가능했기 때문이다. 라 브뤼예르[5]는 농민에 '관해서' 논한 일이 있었지만 직접 농민 '에게' 말한 일은 없다. 그가 농민의 곤경을 알린 것은 그 자신이 받아들인 이데올로기에 반항하는 논의를 전개하기 위해서가 아니고, 바로 그 이데올로기 자체를 위해서였다.

농민들의 참상이 존재한다는 것은 현명한 군주나 선량한 기독교도들에게는 수치스러운 일이었다. 그리하여 그들은 대중들에 관하여 이야기를 하되 대중들의 머리 위에서 저희들끼리만 대화를 하고 있었던 것이다. 그러니 저작이라는 것이 대중들을 도와서 그들이 자신을 의식하도록 해줄 수 있으리라고는 꿈에도 생각할 수 없었다. 그리고 수준이 거기서 거기인 독자를 상대로 하기 때문에 작가의 영혼에는 어떠한 모순도 깃들지 않았다. 현실적이지만 비위에 맞지 않는 독자들과, 가지고 싶지만 손에 닿지 않는 곳에 있는 잠재 독자들 사이에 끼어서 자기 분열의 고통을 겪는

---

5 La Bruyére, 16세기의 모랄리스트. 『성격론』의 저자.

일 따위는 결코 없었다. 그들이 이 세상에서 맡아야 할 역할에 관해서는 문제 제기조차 하지 않았다. 왜냐하면 작가가 자신의 사명을 새삼스럽게 자문하는 것은, 오로지 그 '작가의 사명'이 뚜렷이 정해져 있지 않아서, 자기가 그것을 찾거나 찾아내지 않으면 안 되는 시대에서만 가능하기 때문이다. 다시 말하면 엘리트 독자들 저쪽에 아직 뚜렷한 형태를 이루지 못한 가능한 독자들을 보고, 그들을 획득하는 것을 택할 수도 있기 때문이며, 또 그러한 예비 독자군을 독자로 삼을 기회가 주어질 경우에, 그 새로운 독자와의 관계를 스스로 결정해야만 될 때, 이러한 때에 부딪쳐야만 비로소 자기 사명에 관해서 자문하기 때문이다.

그러기에 17세기 작가들의 기능은 아주 한정되어 있었다. 그들은 끊임없이 자기들을 통제하는, 엄격히 제한되고 매우 적극적이며 총명한 독자를 상대로 쓰고 있었기 때문이다. 대중에게는 전혀 알려지지도 않고 그들은 자기네를 먹여 살리는 모습을 보여 주는 것을 업으로 삼고 있었다. 그러나 엘리트의 모습을 그려 보이는 데에도 여러 가지 방법이 있다. 가령 어떤 초상화들은 그 자체가 항변이 되는 경우도 있었다. 그것은 그 초상화가 모델과의 모든 공범을 거부하는 화가에 의해 그것도 권외에서 정열 없이 그려진 경우이다. 그러나 어느 작가가 현실의 독자의 '반향적 초상'을 그리려는 엄두라도 내려면, 그가 이미 자기 자신과 독자 사이에 존재하는 모순을 의식했어야만 가능하다. 다시 말하면 작가는 외부에서 자기 독자에게로 와야 하며, 독자들을 놀라운 눈으로 바라보든가, 작가가 독자와 함께 형성하는 소사회 위에 이방인적 의식(소수 이교도나 피압박 계층 따위)의 시선이 쏠려 있다는 것을 느끼고 있지 않으면 안 된다. 그러나 17세기에 잠재 독자는 있지 않았고, 예술가는 엘리트의 이데올로기를 비판 없이 받아들이고 있었으므로, 작가는 자기 독자와 공모한 것이다. 밖에서 오는 어떠한 시선도 작가의 작업을 방해하지는 않았다. 산문 작가도, 시인까지도 '저주받지'는 않았다.

그들은 작품을 쓸 때마다 문학의 의미와 가치를 결정할 필요가 없었다. 그것은 이미 전통에 의해 고정되어 있었기 때문이다. 상하 서열이 확고부동한 계급 사회에 흡수되어 있던 그들은 개별자로서의 긍지도 고뇌도 몰랐다. 한마디로 그들은 '고전적'이었다. 고전주의 시대란 사회가 비교적 안정된 형태를 취하였을 때, 영원 무궁이라는 신화가 침투되어 있을 때이다. 곧 그 사회는 '현재'와 '영원', '역사성'과 '전통주의'를 혼동하고 있다. 계급 제도가 확고하여, 이 현실을 넘어서는 잠재적 독자들을 결코 생각할 수 없으며, 모든 독자들은 작가에게 유능한 비판가이며 검열관일 때이다. 정치적·종교적 이데올로기의 힘이 너무 강하고 그 금지가 엄격해서 어떠한 경우에도 사상의 새로운 영역을 발견하는 것이 어렵고 다만 엘리트가 채택한 상투적 관념이 형상화될 뿐이다. 우리가 앞서 본 바와 같이 작가와 독자와의 구체적인 관계인 '독서'가 일상적으로 나누는 인사와도 같이 인식의 의식이, 저자와 독자는 같은 세계에 속하고 매사에 같은 의견을 갖는다는 의식이, 확인되는 이러한 시대에 고전주의는 있는 것이다.

이처럼 모든 정신적 작품은 의례적인 행위이며, 동시에 문체는 작가가 자기 독자에 보이는 최고의 예절이다. 독자 쪽에서도 가장 색다른 저서들 속에서 똑같은 사상을 찾아 읽는 일에 권태를 느끼지 않는다. 사상은 바로 그들 자신의 사상이며, 그들은 처음부터 그것을 남들에게서 얻을 것을 요구하지 않고 자기가 이미 가지고 있는 사상을 근사하게 표현해서 보여줄 것만을 바라고 있었기 때문이다. 그렇게 되면 저자가 독자에게 보여주는 초상화도 필연적으로 추상적이며 공모의 결과물이 될 수밖에 없다. 기생적 계급을 상대로 하는 이상 노동하는 사람을 보여줄 수도 없고, 일반적으로 인간과 외부적 자연과의 관계를 보여줄 수도 없을 것이다. 한편 전문가 단체들이 교회와 군주제의 통제 아래 정신적·시대적 이데올로기를 지지하는 일에 몰두하고 있었으므로 작가는 인간의 조직에 있어서의 경제적·종교적·형이상학적·정치적 요인의 중요성은 꿈에도 생각하지 않았다. 작가가 살고 있던 사회가 '현재'를 '영원'과 혼동하고 있었기 때문에 작가는 그가 인간성이라고 부르는 것 속에서는 어떠한 사소한 변화도 상상할 수조차 없었다. 그는 역사를 우발적인 사건의 연속으로 생각하고, 그것이 영원한 인간의 표면에 영향을 끼치기는 하지만 인간을 근본적으로 변화시킬 수 없는 것으로 생각했다. 어느 한 역사적 시기에 의미를 부여해야 되는 경우라도, 그는 거기에 선행 사건들이 그 시대 사람들에게 교훈을 줄 수 있고 또 주어야 한다는 식으로 거기서 끝없는 '되풀이'를 볼 것이며, 그와 동시에 가벼운 퇴화 과정을 볼 것이다. 왜냐하면 고전 작가가 보기에는 역사상 중대한 사건들은 오래 전부터 '지나간'[6] 것이고, 문학은 이미 고대 문예에서 완벽에 도달한 것이며, 그 고대의 모범과는 도저히 어깨를 나란히 할 수 없다고 생각하고 있었기 때문이다. 그리고 이러한 모든 것에 있어서 작가는 또 한 번 그 독자와 완전히 일치한다. 그 독자란 노동을 하나의 저주로 보며, 다만 그들의 위치가 특권적이라는 이유나, 그들의 유일한 일은 신앙과 군주에 대한 존경과 전쟁, 죽음, 그리고 예절 등이라는 이유만으로, 자기 위치가 역사와 세계 안에 끼어 있음을 느끼지 않는 것이었다.

요컨대 고전적 인간상은 순전히 심리적이었다. 고전적 독자들은 자신의 심리에 대해서만 의식했기 때문이다. 그러나 그 심리학 자체가 전통적인 것이었다는 사실도 이해하지 않으면 안 된다. 그것은 인간의 마음의 깊고 새로운 진실을 발견하려는 생각은 없었고, 여러 가지 가설을 세워보려고도 하지 않았다. 작가가 자기 분열과 불만을 느끼고 그 고뇌에 대해 새로운 설명을 시도하는 것은 바로 불안정한 사회에서, 그리고 독자 대중이 여러 사회적 계층에 걸쳐 있을 때라야 가능한 것이다. 17세기의 심리학은 순수하게 기술적이었다. 그것은 작가의 개인적인 체험에 기초

---

6 그리스, 로마의 고대 문예.

하기보다는 차라리 엘리트가 그들 자신에 관해 생각하고 있던 것의 미적 표현이었다. 라로슈푸코는 그의 『잠언집』의 형식과 내용을 사교계의 담소에서 빌려왔다. 예수회 수도사들의 죄상감재론(罪狀鑑裁論), 프레시외즈[7]의 예의 범절, '초상'[8]의 유희, 니콜의 윤리, 정열의 종교적 개념 등은 그 밖에도 무수한 작품의 근원이 되어 있었다. 희극은 고대의 심리학과 상류 부르주아지의 조악한 양식에서 착상되었다. 사교계는 자기 자신에 관해서 자기네가 생각하던 사상을 그러한 작품에서 알아볼 수 있었다. 때문에 그 작품을 거울삼아 자기 모습을 비추어보고 좋아했던 것이다. 사교계는 작품 속에 자신의 실태를 드러내 보일 것을 바라지 않고, 스스로 그렇거니 하고 믿는 것을 반영해주기를 요구하고 있었다. 풍자도 어느 정도 허용되었으나 소책자나 희극을 통해서 도덕이라는 명목으로 자기 건강에 필요한 청소나 순화를 한 것은 엘리트 전체이다.

희극에서 우스꽝스러운 후작이나 소송인이나 17세기의 '교태

---

7 précieuse, 17세기 난숙한 귀족 문화와 상류 계급의 유한 생활을 바탕으로 이탈리아, 스페인 문학의 영향을 받아서 사교에 있어서나 문학에 있어서 언동에 대한 극도의 세련을 요구하는 나머지 경망, 내용의 공허와 가식, 허영과 교태를 일삼은 풍조가 일세를 풍미했다. 이러한 풍조를 '프로시오지떼'라 하며, 고전문학은 이를 타파하여 양식과 자연미를 주장하며 결실된 것이다. 또 그러한 경망한 신사들을 '프레시외', 여성들은 '프레시외즈'라 불렀고, 몰리에르 작품 중 『교태 숙녀들』이라는 것이 바로 그 후자를 풍자한 것이었다.

8 인물 묘사를 위주로 삼는 문학 형식. 역시 17세기 사교 생활의 산물로서, 특히 인심의 기미를 분석하는 모랄리스트 문학의 일면을 담당하는 것이라 하겠다.

숙녀들'[9]이 조롱당했다 해도 그것은 결코 지배 계급 밖에서 보는 관점으로 조롱된 것은 아니다. 문제는 항상 세련된 사교계에 동화될 수 없고, 그들의 낙원 바깥에 사는 괴짜들이었다. 사람을 싫어하는 미장트로프[10]가 조롱을 받는 것은, 그가 예절이 부족했던 탓이다. 카토스와 마르드롱[11]이 조롱을 받은 것은 그네들의 예절이 지나쳤기 때문이다. 필라맹트는 그 사회의 여성에 대한 통념에 역행하는 짓을 한다. '부르주아 신사'인 척하는 이들은 거만한 부르주아들의 눈에는 꼴사나운 존재였고, 동시에 신자들 눈으로 보면 어떻게 해서든지 귀족들 틈에 끼려고 하는 '부르주아 신사'가 꼴사나웠던 것이다. 그와 같은 내적인, 말하자면 심리학적인 풍자는 보마르셰, P. L. 쿠리에, J. 발레스, 셀린 등의 위대한 풍자와는 아무 관계도 없다. 그것은 그다지 용감하지 못하면서도 더 지독한 것이었다. 왜냐하면 그것은 약자와 병자, 사회적 낙오자에게 장난꾸러기 애들이 떼를 지어 쏟아붓는 인정 없는 웃음소리와도 같은 것이었기 때문이다.

그 출신과 습성이 부르주아적인 이들 17세기 작가는 생활에 있어서, 1780년이나 1830년대의 찬란하고 분주하던 작가들을 닮았다기보다는 오롱트나 크리잘과 비슷했다. 그렇지만 그들이 귀족들의 사회에 드나들 수 있었고, 그들에게 연금을 받고 약간은 자신의 신분 위로 올라갔지만 그들이 가진 재능이 문벌을 대신할

9, 10, 11 『교태 숙녀들』, 『부르주아 군자』 등 몰리에르의 사회 풍자극의 작품명 또는 등장인물명.

수 없다는 것을 알고 있었다. 사제들의 훈계에는 고분고분하며, 왕권을 존경하며, 교회와 군주가 기둥으로 버티고 있는 17세기 사회라는 거대한 건물 안에서 귀족이나 성직자보다는 아래이지만 상인이나 대학 관계자보다는 위인, 순수한 자리를 차지하는 것으로 만족했던 것이다. 그리하여 작가는 마음 편하게 가업에 종사했다. 그는 너무 늦게 세상에 태어나서 모든 것을 다 남들이 말해버렸다고 체념하고, 그러니 같은 내용이나마 멋있는 말로 되풀이하는 수밖에 없다고 생각한 것이다. 작가는 그를 기다리고 있는 영광을 귀족들의 세습 칭호의 재탕 정도로 생각했다. 그들이 문인의 영광을 불멸인 양 여긴 것은, 그 독자들의 사교계가 사회적 변화로 말미암아 전복될 수 있다고는 꿈에도 생각할 수 없었기 때문이다. 그리하여 마치 왕실의 항구성이 자기 명성의 항구성에 대한 보장처럼 보인 것이다.

그러나 그들의 뜻에 어긋나는 일이 생겼다. 작가가 자기 독자들에게 겸손하게 보여준 거울이 마술을 부린 것이다. 그것은 독자들을 사로잡고 끌어들였다. 객관적이기보다는 주관적이고, 외적이기보다는 내적이고, 아첨하며 공모하는 영상밖에 독자에게 보이지 않도록 모든 것이 되었지만, 그 영상은 여전히 예술작품임에는 틀림없다. 곧 그 영상이 작가의 '자유'에 뿌리박혀 있고, 그것이 독자의 자유에의 호소임에는 틀림없다는 것이다. 그것은 아름답고 이를테면 유리 같은 것으로서 미적 감상을 위한 거리 때문에 독자의 손이 닿지 않는 곳에 있다. 그 속에서는 자기 만족을 즐길 수도 없고, 기분좋게 따뜻한 맛이나 신중한 너그러움을 찾아볼 수 없다. 작품이 비록 그 시대의 상투적인 말을 내용으로 삼고 있고, 동시대 사람들을 마치 탯줄처럼 연결하여 서로 친밀하게 속삭이는 상호 영합이 되어 있지만, 그것은 자유에 의하여 지지되는 사실로서 또 다른 종류의 객관성을 얻는 것이다. 엘리트가 작품이라는 거울에서 찾아보는 것은 바로 그들 자신의 모습이다. 그러나 이 경우 그들 자신의 모습이란, 만일 그들이 극도로 엄격한 눈으로 자기 자신을 보았다면 그렇게 보였을, 그러한 모습인 것이다. 어쨌거나 그 작품은 남의 시선에 의하여 대상으로 응결되어버리지는 않는다. 왜냐하면 장인(匠人)도, 농민도 그들의 작품에게는 아직 '남'이 아니기 때문이다. 그리고 17세기 예술의 특징이 되어 있던 반성적 표상 행위는 엄격히 내적인 과정이었다. 다만 그 과정은 자기를 더 명백히 보기 위해서 작가의 노력을 한계까지 밀고 나갔던 것이다. 그것은 끝없이 '나는 생각한다'이다. 그렇지만 작가는 어떤 무료함도 억압도 기생 생활도 문제시하지 않았다. 지배 계급의 그러한 모습은 그들 외부에 있는 관찰자에 의해서만 드러날 수 있기 때문이다. 그래서 사람들이 지배 계급에 보여주는 이미지는 결코 심리적인 것을 벗어날 수는 없는 것이다. 그러나 자발적인 행위가 반성적 상태로 넘어가면 이미 순수할 수도, 직접성의 변명도 될 수 없다. 그 행위를 떠맡거나 변혁하지 않으면 안 된다. 독자에게 제시된 것은 예절과 예식의 세계이지만, 이미 그 세계를 인식하고 그 세계 안에 들어 있는 자기를 재인식하게 하는 것이므로, 독자는 그 작품을 읽음으로써 그 세계 밖으로 떠오른 것이다.

그러한 의미에서, 라신이 '여기서 정열은 오직 그것으로 인하여 생기는 모든 혼란을 보이기 위해 제시되었을 뿐이다'라고, 자기 작품 『페드르』에 관해 말한 것은 지당하다. 그러나 그 말을 '자기 목적은 뚜렷이 사랑의 공포를 불어넣으려고 한 것이었다'는 의미로 해석하지 않는다는 조건하에서 말이다. 그러나 정열을 묘사한다는 것은 이미 그 정열을 초월하는 것이며 정열의 도가니에서 빠져나오는 것이다. 거의 같은 시대의 철학자들이 선지(善智)에 의하여 정열의 병을 다스릴 수 있다고 제안한 것도 결코 우연이 아니다. 정열에 부딪친 자유의 반성적 훈련을 보통 '모랄'이라고 하는 이름으로 장식하는 것이 예사인 만큼, 17세기의 예술은 무엇보다도 가장 현저하게 도덕주의적이었다고 하지 않을 수 없다. 그것은 예술이 도덕을 가르치겠다는 것을 자각적인 의도로 삼았기 때문도 아니고, 좋은 의도에 끌려서 보잘것없는 문학을 만들어냈다는 뜻에서 하는 말이 아니다. 다만 무언중에 독자에게 자기 모습을 보이고, 독자는 그 모습을 보고 참을 수 없었다는 한 가지 사실로 인해 그렇다는 것이다. 도덕주의적이라는 것은 정의인 동시에 제한이기도 하다. 그들의 예술이 오직 도덕적이라는 국한은 다음과 같은 이유에서이다. 예술이 사람에게 윤리를 향하여 심리적인 것을 초월하도록 제시한 것은 종교적·형이상학적·정치적·사회적 문제를 이미 해결된 것으로 보기 때문이다. 그러나 예술 활동은 여전히 '카톨릭적'임에는 틀림없었다.

17세기의 예술은 보편적 인간들과 권력을 장악하고 있는 특정한 사람들을 혼동하고 있었으므로 억압자들의 어떠한 구체적 범주도 이를 해방하기 위하여 헌신할 수 없었다. 그러나 작가들이 억압 계급에 완전히 동화되기는 했지만 조금도 공범자가 된 것은 아니다. 그의 작품은 그 계급 내부에 있어서 인간을 자기 자신으로부터 해방하는 데 효과적이었기 때문에 그것은 의심할 여지가 없이 해방적이었다.

지금까지 작가의 잠재적 독자가 전혀 없거나 거의 없는 경우, 그리고 그 현실의 독자들에게 분열을 일으키는 갈등이 전혀 없었던 경우를 살펴보았다. 그런 경우에는 작가가 현행 이데올로기를 태연하게 받아들일 수 있으며, 그 이데올로기 자체의 내부에서 자유에 호소하고 있는 것을 보았다. 만일 잠재적 독자가 홀연 표면에 나타나거나, 현실의 독자가 서로 적대하는 당파로 갈리는 경우에는 모든 것이 변할 것이다. 이제 우리는 작가가 지배 계급의 이데올로기를 거부하기에 이르렀을 때, 문학에 어떤 변화가 일어날 것인가 살피지 않으면 안 된다.

18세기에는 역사상 유례 없는 행운의 시대였고, 프랑스 작가들로서는 곧이어 잃게 되지만 어쨌거나 천국이었다. 그들의 사회적 조건은 변하지 않았다. 거의 예외 없이 부르주아 계급 출신인 작가들은 귀족들의 총애를 받아 자신의 신분에서 벗어났다. 부르주아지가 독서를 할 수 있게 되었기 때문에 그들의 현실적인 독자의 범위는 현저하게 확대되었지만 '하층' 계급의 사람들은 여전히 그들을 모르고 지냈다. 작가들이 17세기의 라 브뤼예르, 펜롱보다는 더 많이 하층 계급에 대해 이야기했지만 직접 그들을 상대로 쓰지 않았고, 마음속으로도 결코 그들을 상대로 쓰지는 않았다. 그러나 심각한 변동이 일어나 독자층은 둘로 갈라지고 말았다. 이제야 작가들은 서로 대립된 요구를 만족시켜주지 않으면 안 되게 되었다. 그것이 바로 18세기 작가들의 상황을 처음부터 특징지은 '긴장'이다. 그런데 이 긴장은 매우 특수한 모양으로 나타난다. 지배 계급은 사실상 그 이데올로기 앞에서 자신을 잃고, 방어하는 태도로 바뀌기 시작했다. 지배 계급은 어느 정도까지 새로운 사상의 확산을 늦추려고 시도했으나 그 자신이 그 사상에 물들지 않을 수가 없었다. 그들은 종래의 종교적·정치적 원리가 그들의 권력을 확립하기 위한 최선의 도구라는 것을 깨달았다. 그러나 바로 그것이 한갓 도구에 불과하다는 그 자각으로 말미암아 졸지에 그것에 대한 신앙을 그들 자신이 잃고 말았다. 천계(天啓)의 진리 대신 '실용적 진리'가 지배적 지위를 차지했다. 검열과 금지령이 한층 더 눈에 띄게 된 것은 그 자체가 남 모르는 약점과 절망의 '시니시즘'을 은폐하는 것에 불과하다.

　이미 성직자는 없었다. 교회 문학은 흩어지는 교리를 붙들려는 움직임이며, 여기저기서 빠져 달아나는 온갖 교의를 향하여 휘두르는 주먹이었다. 교회 문학은 자유에 반대하는 편으로 전향하고, 또 존경과 공포와 이해 관계에 호소했다. 그러나 자유인에 대한 자유로운 호소이기를 중지함으로써, 그것은 이미 문학일 수는 없었다. 길을 잃은 엘리트는 진정한 작가 쪽으로 몸을 돌리고 불가능한 것을 요구했다. 곧 '작가가 굳이 그렇게 하고 싶다면 자기들에 대해서도 작가의 엄격을 가차없이 행사해도 좋다. 그러나 시들어가는 낡은 이데올로기에 적어도 약간의 자유를 불어넣어 달라. 독자의 이성에 호소하되 시간이 지남에 따라 이미 불합리하게 된 교의를 채택하도록 설득해 달라'. 이것은 요컨대 작가이기를 그치지 않으면서, 그대로 선전가가 되어 달라는 요구나 다름없다. 그러나 지배 계급의 요구는 패배가 예견된 도박을 시작하는 식의 어리석은 것이었다. 그들의 원리는 이미 직접적이며 공식화되지 않은 '자명한 일'은 아니었으며, 또 그들은 그것을 방어해주도록 작가에게 제안하지 않으면 안 되었고, 이미 그 원리는 원리 자체를 위하여 구하지 않고 오직 질서를 유지하기 위한 것이므로 노력 자체가 벌써 그 유효성을 스스로 부인하게 된 것이다.

이렇듯 무너지려고 동요되고 있는 그 이데올로기를 다시 확립하는 일에 동의한 작가는 적어도 그 유효성에 '동의하는' 것이다. 결국 지난날에는 모르는 사이에 사람들의 정신을 지배하고 있던 원리에 자발적으로 가담함으로써 작가는 그 원리로부터 해방되는 것이다. 이미 작가는 그 원리를 초월하며, 자기 본의는 아니건만 결국은 고독과 자유의 바탕으로 들어서는 것이다. 한편 마르크스주의 용어를 빌리자면 소위 상승 계급을 형성한 부르주아지는 강요된 이데올로기로부터 자기를 해방하는 동시에, 고유한 자기 이데올로기를 구축하기를 갈망하는 것이다. 그런데 곧 국정에 참가하기를 요구받게 될 이 '상승 계급'은 당시에는 오직 정치적 억압만을 보고 있었다. 상승 계급은 파멸에 빠진 귀족들 앞에서 슬그머니 경제적 우위를 획득하고 있는 것이었다. 그들은 이미 돈과 교양과 여가를 누리고 있다. 그리하여 비로소 피압박 계급이 작가 앞에 현실의 독자로 등장하게 된 것이다. 그러나 사정은 작가들에게 더 유리한 것이었다. 왜냐하면 깨어나고 독서를 하게 되고 생각하려고 노력하는 이 상승 계급은 조직된 혁명적 정당을, 마치 중세의 교회가 그 이데올로기를 분비한 것처럼 자신의 이데올로기를 분비하는 혁명적 정당을 만들지 않았기 때문이다. 18세기의 작가는, 우리가 살펴보게 될 훗날의 작가들처럼, 아직 결산 도중에 있는 몰락 계급의 강력한 이데올로기와의 사이에 끼어 옴짝달싹 못하는 궁지에 몰려 있지는 않았다. 부르주아지는 광명[12]을 바라고 있었다. 또 그들은 자기들의 사상이 소외되어 있다는 것을 어렴풋이 알고 스스로 자각하려고 했다. 그래서 당시 부르주아지에게서 유물론적 단체, 사상적인 단체, 비밀 결사 같은 몇몇 조직의 흔적을 찾아볼 수도 있을 것이다. 그러나

---

12 이성의 뜻으로 쓰던 18세기 후반의 유행어.

그것들은 스스로 사상을 만들기보다는 오히려 사상을 받아들이려고 기다리는 연구 단체들이었다.

또한 이 시기에 대중적이며 자연발생적인 글들, 곧 익명의 소책자가 비밀스럽게 퍼지기도 했다. 그렇지만 그러한 아마추어 문학은 직업적인 작가와 경쟁하려 했다기보다는, 작가들에게 자기 집단의 혼란스런 갈망을 보임으로써 작가를 자극하고 선동하려 했다고 봄이 타당하겠다. 이처럼 준 전문가로 구성된 독자들, 그러니까 아직은 가까스로 명맥을 유지하고 궁정과 사회의 상층부에서 충원이 되는 그런 독자들에 맞서, 부르주아지가 새로 탄생하는 '대중 독자'로서의 윤곽을 드러내 보인 것이다. 부르주아지는 문학에 대해서 비교적 '수동적'인 상태에 있었다. 왜냐하면 그들 자신은 조금도 글을 쓰는 기술을 몸소 실천하지 않았으며, 문체와 문학 장르에 관해서도 선입견이 없고, 내용과 형식을 통틀어 오직 작가의 천재성에 기대를 걸고 있었기 때문이다.

지배 계급과 부르주아지, 양쪽에 끌리게 된 작가는 적대적인 두 갈래 독자들 사이에 끼어 어느덧 그들의 분쟁을 심판하고 중재하는 위치에 서게 되었다. 작가는 이미 성직자가 아니다. 지배 계급만이 작가를 먹여 살리는 것은 아니었다. 지배 계급이 아직도 그들에게 연금을 주는 것은 사실이었지만 부르주아지는 자신들의 책을 사주는 고객이었다. 작가는 그 양쪽에서 보수를 받고 있었던 셈이다. 작가의 아버지도 부르주아였으며, 그 자식도 부르주아로 머물 것이다. 따라서 작가는 다른 사람보다 더 훌륭한 바탕을 가지고 태어난 부르주아지며, 다른 부르주아지와 다름없이 억압당했으나, 마침내 역사적 상황의 압력하에 있는 자기 처지를 인식하게 된 부르주아라고 생각하는 것은 당연한 일이다. 요컨대 작가는 부르주아지 전체가 자기와 자기 요구를 의식화할 수 있게 하는 계급 내부적인 거울이라고 생각할 수 있으리라. 그러나 이것은 피상적인 견해일 뿐이다. 한 계급은 자기 자신을 내부로부터 바라볼 뿐 아니라, 동시에 밖에서도 바라보는 경우에만 그 계급 의식을 획득할 수가 있다는 것, 다시 말하면 그 계급이 외부적인 경쟁을 이용할 경우에만 그 계급 의식을 획득할 수 있다. 이 점은 아직 충분히 강조되지 않은 것 같다. 그런데 이 역할을 하는 것이 영구히 자기 계급으로부터 제외되는 지식인이다. 18세기 작가의 본질적인 성격, 그것은 바로 객관적인 동시에 주관적인 '계급 이탈'에 있었다. 그는 아직도 부르주아지와의 연계성을 기억하고 있었지만 대귀족의 총애를 입어 본래 자신의 출신 환경에서 벗어나게 되었다. 그는 이미 사촌인 변호사나 형제인 마을의 사제와의 구체적인 연대성을 느끼지 못한다. 왜냐하면 작가로서 그는 이미 그의 사촌이나 형제들에게는 없는 특권을 누리고 있었기 때문이다. 작가는 그 일상적인 거동과 그 문체의 우아함까지도 궁전과 귀족에게서 빌렸다. 작가의 가장 소중한 희망이며, 그를 거룩한 존재로 만들어줄 '영예'라는 것도 그에게는 애매하고 정체를 포착할 수 없는 개념이 되어버렸다. 영예에 대한 새로운 개념이 생겨났기 때문이다. 그 개념을 따르면 작가의 진정한 보람은 어느 지방의 알려지지 않은 의사나 모처럼 소송 의뢰도 없는 어떤 변호사가 거의 남몰래 자기의 책을 탐독한다는 사실에 있다는 것이다.

그러나 잘 알지 못하는 독자들의 평가가 확산되어도 작가의 마음을 그다지 움직이지 못했다. 그는 선배들에게서 명성의 전통적 관념을 물려받았는데, 이 낡은 관념에 의하면 작가의 천재를 축복해주는 이는 누구보다도 먼저 군주라야 했다. 성공의 뚜렷한 징조는 에카테리나 여왕[13]이나 프리드리히 대왕[14]이 왕실 식탁에 그들을 초대해주는 것이었다. 고위층이 작가에게 베푸는 보상이나 위엄이 따르는 직함은 오늘날의 국가가 주는 문학상이나 훈장처럼 관료적이며 비인격적인 것은 아니었다. 그 보상은 거의 인간 대 인간의 봉건적인 성격을 지니고 있었다. 특히 작가는 생산적 사회에서의 영원한 소비자이며, 기생 계급에 기생하는 존재답게 돈에 대해서도 그렇게 행세했다. 그의 일과 보수 사이에는 공통적인 척도가 없으니까, 작가는 돈을 버는 것이 아니라 다만 소비할 따름이었다. 따라서 비록 가난하더라도 작가는 호사스럽게 살았다.

작가에게는 모든 것이 사치이고 그의 저서까지, 아니 무엇보다도 그의 저서 자체가 사치였다. 그렇지만 작가는 왕의 내실에서까지도 그의 거친 힘과 비속한 권세를 잃지 않았다. 디드로는

---

13 디드로의 경우.
14 볼테르의 경우.

철학적 대화에 열중한 나머지 에카테리나 여왕의 넓적다리를 피가 나도록 꼬집은 일이 있었다. 그리고 이런 행위가 너무 지나치면 한낱 보잘것없는 문사(文士) 나부랑이에 불과하다는 것을 스스로 느끼게 해주었다. 그리하여 곤장을 맞고 투옥되었으며 런던으로 망명하고, 프리드리히 대왕의 무례한 조치를 받아들여야 했던 볼테르의 생애는 승리와 굴욕의 연속이었다. 때로 작가는 후작 부인의 일시적 호의를 누리기도 하지만, 막상 결혼하려고 들면 배우자는 기껏해야 그의 종이거나 미장이 딸이었다. 그러므로 그의 의식은 그의 독자와 마찬가지로 내부 분열을 일으켰다. 그러나 그는 그것 때문에 괴로워하지는 않았다. 반대로 그는 이 근본적 모순에서 자기 자존심을 끌어내는 것이다. 작가는 누구에게도 묶여 있지 않다고 생각하며, 또한 그의 친구들과 적대자들을 제 마음대로 선택할 수 있고, 펜만 들면 환경이나 국민, 계급 등의 조건에서 빠져나오기에 충분하다고 생각했던 것이다. 그리하여 작가는 허공을 날고 하늘 위를 달리며, 순수한 사상과 순수한 시선 그 자체가 되었다. 그는 계급으로부터 제외될 권리를 요구하기 위해서 글쓰기를 택했고, 그것을 받아들여 그의 고독과 바꾸었다. 그는 귀족을 부르주아지의 눈으로 외부에서 바라보고, 부르주아지를 귀족의 눈으로 역시 외부에서 바라보며, 더구나 그 쌍방에 똑같이 가담하고 있어서, 두 세계 모두를 충분히 이해할 수 있었다.

요컨대 문학은 그때까지는 전체적인 사회의 보수적이고 정화적인 기능만을 담당해왔으나, 이제 작가 내부에서 그리고 그러한 작가에 의해서 자립성을 의식하게 되었다. 문학은 유례 없는 행운을 만나 마치 작가가 부르주아지와 교회와 궁전 사이에 끼어 있듯이, 혼돈한 상승 계급의 열망과 파멸에 임박한 낡은 이데올로기 사이에 서게 되어 갑자기 자기 독립을 선언했다. 이제 문학은 한 집단의 일상적 사실을 반영하는 것이 아니라, '성령' 곧 관념을 만들고 비판하는 항구적인 힘이 되었음을 선언했다. 물론 문학의 이러한 재인식은 문학작품이 아직은 어떠한 계급도 구체적으로 표현하지 못하였으므로, 매우 추상적이고 순전히 형식적이었다고 할 수 있었다. 그리고 작가는 그들의 출신 환경이나 그들을 맞이하는 환경과의 깊은 연대성을 모두 거부하기 시작했다. 그 결과 문학은 '부정성'과, 다시 말하자면 회의, 거부, 비평, 이의 등과 동일한 것으로 혼합되고 말았다. 그러나 바로 이러한 사실의 결과로서 문학은 교회의 뼈대만 앙상하게 남은 정신성에 대항하여 역동하는 새로운 정신성, 어떠한 이데올로기와도 동화하지 않고 기존 여건은 그것이 어떠한 것일지라도 끊임없이 초월하는 힘으로 등장하는, 그런 정신성의 권리를 발동시키게 되었다.

아주 기독교적인 군주제의 전당에 숨어서 문학이 훌륭한 모델을 모방하고 있던 때에는, 진리에의 고려도 문학을 괴롭히는 일은 거의 없었다. 당시의 진리란 문학을 먹여 살리는 이데올로기의 매우 조악하고 구체적인 하나의 성격에 불과했기 때문이다. 교회의 교리에 따르자면 '진실하다'는 것도, 그저 '있다는 것(존재)'도 모두 같은 것이었고 그 체계를 떠나서는 진리란 생각할 수도 없었다. 그러나 이제는 정신성이 추상적인 운동, 그러니까 이데올로기를 가로지르고 그것들을 빈 조개 껍질처럼 길 위에 버리고 가는 그런 운동이 되었다. 시대가 이러했음으로 진리도 모든 특수한 철학에서 탈출하여 추상적인 자기 독립을 표방하고 나타나 문학의 규정적인 관념이 되고 비평 운동의 목표가 된 것이다.

'정신성'과 '문학'과 '진리', 이 세 가지 개념이 자각의 추상적이고 부정적인 계기 속에 연결되었다. 그리고 그 도구는 분석이라는 부정적이며 비평적인 방법으로서, 그것은 구체적인 여건을 추상적인 요소로, 역사의 소산을 보편적 개념들의 여러 결합으로 분해해버렸다. 이를테면 어떤 청년은 그가 겪고 있는 억압과 그가 부끄러워하는 자기 계급의 연대성에서 벗어나기 위해서 글쓰기를 선택한다. 그가 몇 마디의 말을 적기 시작하자 벌써 그는 자기 환경과 계급에서 탈출하게 되며, 어떤 환경과 어느 계급에도 속해 있지 않다고 생각하며, 또 그 자신의 역사적 상황에 대하여 오로지 반성적 그리고 비평적인 인식을 갖는 것만으로도 그것을 폭발시킬 수 있다고 믿는 것이다. 부르주아지와 귀족들의 편견 때문에 특수한 시대 속에 갇힌 그들의 혼란을 초연하게 내려다보며, 그가 펜을 들자 홀연 자기가 날짜도 장소도 없는 추상적인 의식인 양, 요컨대 '보편적 인간'으로서의 자기를 발견하는 것이다. 그리고 그를 해방하는 문학이라는 것은 하나의 추상적 기능이며, 인간성의 '선험적 능력'이라는 것이다. 그리하여 문학은 그것으로 해서 순간순간 사람이 역사로부터 해방되는 운동이어서 한마디로 '자유의 훈련'이었다. 17세기에 글쓰기를 선택한다는 것은 한정된 하나의 직업, 그 자체의 수단과 규칙과 관례와 그 세계에서 일정한 등급을 지닌 그런 직업을 갖는다는 것을 의미했다. 그러나 18세기에는 그런 틀이 깨져 모든 것을 새로 만들어내지 않으면 안 되었다. 정신의 작품들은 이미 확립된 규범에 따라 어느 정도 행복하게 제작되는 것이 아니고, 하나하나가 특수한 발명이 되고, 문예의 본성과 가치와 영향력에 관한 저자의 결단과 같은 것이 되었다. 작품 하나하나가 고유한 규칙과 원칙을 가지며 또 그것에 의하여 판단되기를 바랐다. 작가는 저마다 문학을 전적으로 상호 속에 끌어넣고, 새로운 길을 개척하려고 나섰다. 이런 점에서 그 시대 최악의 작품이 전통에 가장 많은 것을 의지하는 작품이라는 것은 우연이 아니다. 비극과 서사시는 전체화된 사회가 낳은 섬세하면서도 교묘한 열매였는데, 분열된 사회에서는 그런 장르가 존속한다 하더라도 그것은 과거의 유물이나 모작으로나 존재할 따름이었다.

  18세기의 작가가 그들의 작품 속에서 끊임없이 요구한 것은 역사에 대해서 반역사적인 이성을 행사하는 권리였는데, 그런 의미에서 작가는 오직 추상적 문학의 본질적인 요구를 발표할 뿐이었다. 작가의 관심은 독자에게 그들의 계급에 대한 좀더 뚜렷한 의식을 갖게 되기를 고려하는 데 있지 않았다. 그와 반대로, 부르주아 독자를 향한 절박한 호소는 굴욕과 편견과 불안을 잊어버리라고 권유하는 것이었다. 또 귀족 독자에게는 자기 신분에 대한 오만한 자존심과 특권을 벗어던질 것을 선동했다. 작가는 스스로 보편적인 존재였으므로 보편적인 독자를 가질 수밖에 없었다. 그가 동시대인의 자유에 요구하는 것은, 그 온갖 역사적 연결을 부수고 그를 따라 보편성 속으로 들어가자는 것이었다. 그러면 작가가 구체적인 압박에 대하여 추상적인 자유를, 역사에 대하여는 '이성'을 맞세우는 바로 그때에 그래도 작가는 바로 역사적 전개의 방향으로 움직이고 있었다는 기적은 대체 어디서부터 온 것인가? 우선 그 이유로 지적할 수 있는 것은 부르주아지가 쓴 독특한 전술, 1830년과 1848년 혁명 때에도 되풀이했던 전술이다. 그들은 권력을 장악하는 전야(前夜)에 아직도 권력을 요구할 상태에 도달하지 않은 피억압 계급과 제휴했다. 그렇지만 그때 서로가 그렇게도 달랐던 사회 집단을 결속시킨 연결은 극히 일반적이며 추상적인 것일 수밖에 없었다. 그러므로 부르주아지는 자기 스스로를 뚜렷하게 의식하려는 요구를 절실하게 받아들이지 않았다. 그것을 의식하게 되면, 수공업자들과 농민의 반발을 살 우려가 있었다. 왜냐하면 기존 권력층에게 보편적인 인간의 요구를 알리는 데는, 자기들이 보다 좋은 자리에 있었기 때문이다. 그들은 분명 그 사회적 대립을 지도하는 권리가 그들 자신에 있음을 자각하기를 바랐다. 한편 그 시대의 혁명은 어디까지나 '정치적'인 것이었다. 그럼에도 거기에는 혁명적 이데올로기도 조직된 정당이 없었다. 부르주아지는 누군가 그들을 계몽해주고, 몇 세기 동안 그들의 눈을 가리고 소외시켜온 이데올로기가 하루 바삐 청산되기를 바랐던 것이다. 물론 그러한 낡은 이데올로기를 대신할 새로운 이데올로기를 만들 때가 오고야 말 것이다. 그러나 정치적 권력에 접근하는 한 계급으로서 언론의 자유를 열망했다. 그때부터 작가는 '자기 자신을 위하여', 그리고 '작가로서' 사상의 자유와 그 사상을 표현하는 자유를 요구함으로써 필연적으로 부르주아 계급의 이익에 봉사하게 되었다. 작가에게 그 이상을 요구하지도 않았고, 또 작가는 그 이상의 것을 할 수도 없었다. 뒤에서 살피게 되겠지만, 다른 시대에 작가는 집필의 자유를 요구하면서도 약간 꺼림칙한 마음을 떨치지 못할 때가 있다. 왜냐하면 피압박 계급이 바라는 것은, 이러한 작가의 자유와는, 전혀 다른 것임을 잘 알고 있기 때문이다. 그렇게 되면 생각하는 자유도 하나의 특권으로 보일 것이며, 어떤 사람들의 눈에는 억압의 수단으로 여겨질 수도 있다. 그러면 작가의 지위는 유지될 수 없게 된다. 그러나 프랑스 혁명 전야에, 작가는 종전의 행운을 누릴 수 있었다. 곧 상승 계급의 소망에 부응하여 안내자 구실을 하기 위해서 작가는 그저 작가라는 자기 직업을 지키는 것만으로 충분했기 때문이다.

18세기 작가는 그것을 알고 있었다. 그 자신이 안내자이며, 정신적 지도자로서 자처하고 그 역할 때문에 만나게 되는 모험과 부딪혔다. 권력을 장악한 엘리트의 신경이 더욱더 날카로워져 어느 날은 작가들을 총애하다가 그 다음날에는 투옥하곤 했다. 그리하여 작가는 선배들이 누리던 평온(平穩)도, 자랑스러운 범용(凡庸)도 알지 못했다. 영광스럽고 파란만장한 18세기 작가의 생애는, 햇빛이 찬란한 산정에 오르는가 하면, 아찔아찔한 낭떠러지로 추락하기도 하는, 그 생애는 그대로 모험가의 생애였다.

나는 어느 날 저녁 '문학에 지친 오늘날의 젊은이들에게 소설 또한 행위가 될 수 있다는 것을 증명해주기 위하여'라는, 블래즈 상드라르가 『럼주(酒)』에 붙인 헌사를 읽고서 이렇게 생각했다. '18세기에는 저절로 그렇게 되었던 것을 현대에 와서는 증명하지 않으면 안 되게 되었으니, 우리는 정말 불행하고 죄가 깊구나'라고. 18세기에 정신의 작품은 이중의 의미에서 '행위'였다. 왜냐하면 당시의 정신적 작품은 마땅히 사회적 격동의 근원이 되어야 하는 관념을 만들어냈고, 또 그 저자 자신을 위험에 빠뜨리는 행위였기 때문이다. 문제의 저서가 어떠한 것이든 그 '행위'는 늘 똑같은 방식으로 규정된, 그것은 해방적 행위로 규정할 수 있는 것이었다.

물론 17세기에도 문학은 역시 해방적 기능을 가지고 있었다. 그러나 그것은 내재적이고 함축적인 성격에 불과했다. 그러자 백과전서파의 시대에 이르러서는 이미 신자들에게 온갖 정열을 에누리없이 비쳐 보임으로써 그 정열의 노예가 되지 않도록 그들을 해방시켜주는 것이 문제가 아니라, 펜을 갖고 그저 '인간' 자체의 정치적 해방에만 기여하는 것이 문제였다. 따라서 작가가 부르주아 독자에게 던지는 호소는 작가가 원하건 원하지 않건 반항의 선동이었다. 또한 같은 시대의 지배 계급에게 던지는 호소는 명철한 이성과 자기 비판과 자기 특권의 포기를 권하는 것이었다. 이 점에서 루소의 문인으로서의 근본 조건은, 교양 있는 흑인과 백인을 상대로 작품을 쓰는 라이트의 조건과 매우 흡사하다. 루소는 귀족 앞에서는 '증언'함과 동시에 서민 형제들 앞에서는 그들 자신을 자각하도록 부추겼기 때문이다. 그의 저서와 디드로, 콩도르세 등의 저작이 오래 전부터 준비한 것은 바스티유의 탈취뿐만 아니라 바로 8월 4일(1789년 혁명) 밤이기도 했다.

그 작가들은 자신의 출신 계급과의 연결을 이미 끊었다고 믿고, 보편적 인간성의 높은 자리에서 독자들에게 말했다. 때문에 독자에게 호소하고 독자들의 불행을 나누는 작가의 참여는 작가의 순수한 관용에서 비롯된 것이라고, 작가는 생각하게 되었다. 글을 쓴다는 것은 무엇을 '준다'는 것이다. 그러기에 노동하는 사회에 기생한다는 작가의 상황에서 그 받아들일 수 없는 근본 조건을 작가가 떠맡아 구하는 것이다. 또 작가가 그 절대적 자유를 자각하고, 문학적 창조의 특징을 짓는 그 '무상성'을 자각하는 것 또한 그 때문이다.

그러나 비록 그가 끊임없이 보편적 인간과 인간성의 추상적인 권리를 주시했다고 하지만, 방다가 말한 것처럼 작가를 성직자의 화신이라고 믿어서는 안 될 것이다. 작가의 위치는 본래 '위기적

(비평적)'[15]이며, 작가는 '비평할 만한 무엇인가'를 항상 갖지 않으면 안 되기 때문이다.

제일 먼저 작가의 비평의 표적이 된 대상은 사회 제도, 미신, 전통, 그리고 전통적 정권의 행위였다. 다시 말하면 마치 17세기의 이데올로기라는 건물을 지탱하고 있던 '영원'과 '고대 문예' 등의 벽이 갈라지고 허물어졌듯이 작가는 시간성의 새로운 차원인 '현재'를 그 순수 상태에서 발견한 것이다. 지나간 몇 세기 동안 그 '현재'를, 어떤 때는 '영원'의 감각적인 형상으로 또 어떤 때는 '고대'의 퇴화한 발산물로 보았다. '미래'에 관해서는, 작가도 아직은 막연한 생각밖에는 가진 것이 없었다. 그러나 지금 살고 있고 또 지체 없이 달아나는 이 현재라는 시간은 유일한 것이며, 그것은 고대의 가장 위대한 시간에 비해 전혀 손색이 없다는 것을 그들은 알고 있다. 고대의 위대한 시대도 처음에는 지금 이 순간과 다름없이 '현재'인 것으로부터 시작했기 때문이다. 작가는 '현재'야말로 좋은 기회라는 것, 그 기회를 놓쳐서는 안 된다는 것을 알고 있다. 그러기 때문에 작가는 그가 해야 할 싸움을 미래 사회의 준비로 생각하지 않고, 단기에 직접적 효과를 구하는 기도라고 보는 것이다. 당장에 고발해야 하는 것은 지금 '이 제도'이다. 지체없이 쳐부숴야 할 것은 지금 '이 미신'이다. 개선하지 않으면 안 되는 것은 현 사회의 '이 특수한 부정'들이다. 이

---

15 사르트르는 여기서 일부러 critique라는 말의 '비평적', '위기적'이라는 두 가지 뜻을 한꺼번에 걸리도록 쓰고 있다.

와 같은 정열적인 현재의 감각이 작가가 관념론으로 떨어지지 않도록 보호해주는 것이다. 그들은 '자유'라든가 '평등'이라는 영원의 관념들을 저만치에서 바라보고만 있지 않았다. 종교 개혁 이후 처음으로 작가는 대중들의 생활에 개입하여 부정한 법령에 반대하고, 소송 사건의 재심을 요구했다. 한마디로 정신적인 것은 거리와 장터에, 시장과 법정에 있는 것이라고 단정하고, 세속적인 일에 등을 돌리기는커녕 끊임없이 그리로 돌아와 개개의 특수한 상황에서 시대적인 것을 초월하는 것에 있다고 결단했다.

이리하여 독자의 격변과 유럽인의 의식의 위기는, 작가에게 새로운 기능을 부여했다. 작가는 문학을 너그러운 마음의 끝없는 훈련이라고 생각했다. 작가는 아직도 귀족들의 엄밀한 통제를 받고 있었지만 형태도 없는 열정적인 기대를, 보다 여성적이고 미분화 상태인 욕구가 자기 밑에 있음을 엿보았고, 그 욕구가 귀족들의 검열에서 그들을 해방시켜주는 것이었다. 작가는 정신적인 것을 떨쳐버리고 자신의 대의를, 죽어가는 이데올로기의 대의에서 떼어냈다. 그의 저서들은 독자의 자유를 향한 자유로운 '호소'였다.

작가들이 진정으로 호소했던 부르주아지의 정치적 승리가 이번에는 작가 자신의 조건을 철저히 둘러엎고, 문학의 본질까지도 도마 위에 놓고 문제삼게 되었다. 그렇게 되고 보니 작가들은 결국 자신의 손실을 더 확실히 하는 데 대단한 노력을 기울인 셈이

되고 말았다. 문학의 입장을 정치적 민주주의 입장과 일치시킴으로써 그들이 부르주아지의 권력 탈취에 협력한 것은 의심할 여지가 없다. 그러나 승리를 거두었을 때에는 그들의 권리 요구의 대상, 다시 말하면 그들의 저술의 거의 유일한 불변의 주제가 소멸되는 위기에 처하게 된 것이다. 한마디로 요약하면, 문학의 고유한 요구들과 억눌린 부르주아지의 요구를 결합하고 있던 기적적인 조화는, 그 양쪽이 실현되자마자, 깨져버린 것이다. 수백만 명의 사람들이 그들의 감정을 표현할 수 없어 미칠 듯이 답답해할 때에는, 자유롭게 쓰고 모든 것을 검토할 권리를 요구하는 것은 좋은 일이었다. 그러나, 사상과 고백의 자유 그리고 정치적 권리의 평등이 전취되자, '문학의 옹호'라는 것은 이미 누구의 흥미도 끌지 않는 순전히 형식적인 놀이로 변하고 말았다. 그리하여 또 다른 뭔가를 발견해야 할 때가 온 것이다. 그러자 작가는 그의 특권적 지위를 상실했다. 그 지위는 독자를 분열시키고, 작가들에게 두 다리를 걸치고 놀음을 하도록 해주던 분열에서 비롯되었는데, 이제는 그 양쪽이 맞붙어버렸기 때문이다. 부르주아지는 귀족을 완전히 흡수했거나, 거의 그렇게 된 셈이었다. 그러나 이제 작가들은 통일된 독자의 요구에 응하지 않으면 안 되게 되었다. 작가들이 자신의 출신 계급에서 빠져나오려던 모든 희망이 이제는 사라진 것이다. 부르주아지를 양친으로 하고 태어나서, 부르주아지에게 자기 작품을 읽히고 그들의 돈을 받는 작가들은 천생 부르주아지일 수밖에 없었다. 말하자면 감옥에 갇히듯 부르주아지에 갇힌 것이다. 그리하여 한때 변덕으로 작가들을 먹여 살리던 얼빠진 기생 계급을, 그리고 작가들 역시 아무 후회도 없이 파먹고 있던 그 기생 귀족 계급과 그리고 당시 작가가 누리던 이중의 역할 등이 작가들로서는 뼈에 사무치게 그리워졌다. 그 회고병에서 벗어나는 데에는 한 세기의 세월이 필요할 것이었다. 작가들은 황금알을 낳던 닭을 죽인 것처럼 아쉬워했다. 한편 부르주아지는 권력을 잡았고 새로운 형식의 억압을 시작했지만 기생적인 계급은 아니었다. 왜냐하면 그들은 노동 수단을 손아귀에 넣었으니까. 그리고 그들은 생산 조직과 제품의 분배를 조절하는 데에서는 매우 부지런했다. 부르주아지는 문학작품을 이해 관계에서 자유로운 무상의 창작품이라고는 생각하지 않고, 일정한 보수를 받는 봉사라고 생각하는 것이었다.

이 부지런하고 비생산적인 계급에서 정당성을 부여한 신화가 바로 '공리주의'다. 여러 가지 방법으로 부르주아는 생산자와 소비자를 중개하는 기능을 한다. 부르주아는 전능으로 높여진 '매체 개념'이고, 따라서 수단과 목적과의 분리할 수 없는 결합 속에서 수단에다가 제1의 중요성을 부여하기로 선택했다. 그리하여 목적은 말하지 않아도 알 만한 것이라 하여, 결코 정면으로는 살펴보지 않으며 그저 묵과해버렸다. 결국 인간 생활의 목적과 존엄성은 수단을 조정하는 데 정력을 소비함에 있다는 것이다. 중개 없이 절대적 목적을 만들어내려고 힘쓰는 것은 '성실하지' 못하다는 점이다. 그것은 마치 교회의 힘을 빌리지 않고 신과 대면하려는 것과 같다는 것이다. 그리하여 오직 믿을 만한 기도는 계속해서 뒤로 물러서려는 끊임없는 수단의 그 지평선을 목적으로 삼는 것뿐이다. 예술작품도 이러한 공리적 순환 속으로 들어가 진실하게 여겨주기를 주장한다면, 결국 예술작품 역시 무조건의 목적이라는 천공에서 내려와서, 이번에는 그가 '유익한' 하나의 수단으로 되는 자기 지위를 감수하지 않으면 안 될 판국이다. 다시 말하자면 문학이 수단을 조절하는 한갓 수단이 되지 않으면 안 된다. 특히 부르주아는 자기 힘이 신의 섭리의 명령에 기반을 둔 것이 아니어서 완전한 자신이 서지 않기 때문에 문학은 부르주아가 부르주아인 것이 신성한 권리라고 느끼게끔 협력하지 않으면 안 될 것이다.

이렇듯 18세기에는 특권 계급의 의식을 괴롭혔던 문학이, 19세기에 이르러서는 새로운 억압 계급의 의식을 편안하게 해주는 역할을 하게 될 판이었다. 작가의 행운과 자존심이었던 자유로운 비평 정신을 아직 간직할 수가 있다면 그래도 묵인할 수 있으리라. 그러나 이번에는 독자층이 거기에 반대했다. 부르주아지가 귀족의 특권과 싸우는 동안 작가는 파괴적인 부정성에 편안히 적응해왔다. 권력을 잡은 지금에 와서는 부르주아지의 건설기로 이행하고, 문학도 건설하는 데 협력해줄 것을 바랐다. 종교적 이데올로기 속에서는 신자가 자기 의무와 신앙 조건 등을 신의 의사로 돌리고 있었기 때문에 이에 대한 반박도 있을 수 있었다. 그렇기 때문에 신자와 전능자 사이에는 오히려 인간 대 인간의 구체적인 봉건적 관계가 설정되어 있었다. 신은 완전하고 그 완전성에 속박되어 있기는 했지만, 신의 자유 전능에의 호소는 기독교 윤리에 이해 타산을 초월한 요소를 도입했고, 그 결과 문학에도 약간의 자유가 허용되었다. 기독교적 영웅이란 항상 천사와 싸우는 야곱이며, 종말에 가서는 더 한층 엄밀하게 복종하기 위한 것일지라도, 한 번은 성자가 지상의 의사에 반항한 것이다. 그러나 부르주아지의 윤리는 섭리에서 유래하지는 않는다. 보편적이고 추상적인 그의 규칙은 본래 사물들 속에 명기되어 있다. 그것은 지극히 높고 사랑스러운, 그러나 인격적인 의사의 결과가 아니라 오히려 창조하지 않고 존재하는 물리학의 법칙과도 비슷하다. 적어도 비슷한 것으로 상상할 수 있다. 왜냐하면 그것을 너무 자세히 살펴보는 것은 신중하지 못한 것이기 때문이다. 그 근원이 애매모호하다는, 바로 그 점 때문에 점잖은 사람은 그것을 검토하지 않고 있다. 부르주아 예술은 수단일 것이며, 만약 그렇지 않다면 존재하지도 않을 것이다. 그들은 붕괴할까 두려워서 원리는 건드리지 않고 있다.* 또한 사람의 가슴속에서 무질서를 발견할까 두려워서 사람의 마음을 너무 깊이 살펴보지 않으려 한다. 천재만큼, 다시 말하면 사람을 위협하며 그 폐부를 찌르는 광증만큼 독자가 두려워하는 것은 없다. 그 재능은 예상할 수도 없는 말

---

* 도스토예프스키의 '만일 신이 존재하지 않는다면 모든 것이 가능하다'라는 유명한 말은 무서운 계시였다. 부르주아지는 자기가 지배하는 150년 동안 그것을 자기 자신에게 감추려고 애써왔다.

로써 불안스러운 사실의 밑바닥을 폭로하며 끊임없이 자유에의 호소를 되풀이해서 더욱 불안한 인간의 근본을 뒤흔들어놓는 것이다. 안이한 것은 사슬에 매여 예술 자체를 배반하는 재능이며, 기껏해야 세계와 사람은 범속하고 투명하고 지리하고 안전하고 흥미 없는 것임을 미끈하게 조화된 상투적인 언설로써 보증하며, 친근한 어조로 증명해 보이는 기술인 것이다.

그것뿐이 아니다. 부르주아는 오직 인간의 개입을 통해서만 자연의 힘과 관계를 갖고, 또 물질적 세계가 그들의 눈에는 공업 제품의 형태로만 보이고, 가는 곳마다 자기 모습을 반영하는 인간화된 세계로 둘러싸여 있고, 기껏 사물의 표면에서 남들이 사물에 대하여 준 의미를 이것저것 주워모으는 정도의 사색밖에는 하지 못하고, 그의 일은 본질적으로 추상적인 상징(낱말, 숫자, 도표 따위들)을 다루어서 어떤 방법으로 피고용자들이 분배할 것인가를 결정하는 것이며, 결국은 그 교양도 그 직업과 같이 남이 일단 생각한 것을 생각하게끔 되어 있다. 때문에 부르주아는 이 세계가 하나의 관념 체계로 환원될 수 있다고 확신하게 된 것이다. 부르주아는 노력, 고통, 억압과 전쟁까지도 관념 조각으로 녹여버린다. 거기에는 이미 악이라는 것도 있을 수 없다. 다만 다원론이 있을 뿐이다. 어떤 관념이 자유로운 상태에 살고 있다면 그것을 체계 속에 편입해야만 만족한다. 이렇듯 인간의 진보는 거대한 동화 운동이라고 생각한다. 관념은 관념끼리, 정신은 정신끼리 서로 동화되는 것, 그 거대한 소화 과정 끝에 사상은 단일화되고, 철저하게 전체화된 사회가 도래한다.

　이와 같은 낙천주의는 작가가 그 예술에 대해서 가지는 개념과는 정반대의 것이다. 미(美)란 '관념'으로 용해되지 않는 것이어서 예술가는 동화되지 않는 소재를 필요로 한다. 그가 비록 산문 작가이고 기호를 수집할 때라도 언어의 물질성과 그 비합리적인 저항에 민감하지 않다면, 그 문체에는 우아한 맛과 힘이 전혀 없을 것이다. 작가가 자기 작품 속에서 우주를 건립하여 끝없이 넓은 자유로 그것을 떠받들려고 하는 것은 바로 작가가 사물을 근본적으로 사상과 구별하고 있기 때문이다. 둘이 모두 측량하기 어렵다는 점을 제외하고는 작가의 자유와 '사물'과는 전혀 질이 다른 것이다. 작가가 사막이나 처녀림을 다시 정신에 적응시키려고 하는 경우에도 사막이나 수풀을 관념으로 변형시킴으로써 되는 것이 아니고, 존재를 존재 자체로서 밝히게 하되 실존의 규정할 수 없는 자발성에 의하여 그 불투명성과 시련의 계수와 더불어 분명히 밝히게 함으로써 가능해지는 것이다. 예술작품을 관념으로 환원시킬 수 없는 이유도 바로 여기에 있다. 첫째로 예술작품은 '존재'를, 결코 남김없이 완전히 사고할 수 없는 그 무엇을 생산 내지 재생할 것이기 때문이다. 둘째로는 그 존재가 실존에 의하여, 곧 사상의 운명 자체와 가치를 결단하는 자유에 의해서 남김없이 침투되어 있기 때문이다. 예술가가 항상 '악'에 대하여 특별한 이해를 가지고 있는 것도 그 때문이다. 악이란 일시적이고 회복할 수 있는 어떤 관념의 고립이 아니고 사상으로 환원할 수 없는 세계와 인간과의 그 비환원성이다.

　어떤 인간이 '부르주아'라는 것은 그 사회적 계급의 존재, 특히 부르주아지의 존재를 부인하는 것으로서 알아볼 수 있다. 17세기의 귀족은 그가 어느 신분에 속하기 때문에 지배하기를 바랐다. 그와 달리 부르주아는 이 세계의 재산의 여러 세기 동안의 소유가 기막히게 자기들을 숙성시켜주었고, 이것이 바로 그들의 힘과 지배권의 근거라고 생각했다. 부르주아는 오직 소유자와 소유물 사이의 종합적인 관계만을 인정하는 것이다. 그 외에는 모든 인간은 서로가 비슷하다는 것을 분석으로써 증명한다. 인간은 사회적 결합의 불변 단위이며, 한 사람은 그가 차지하고 있는 지위가 어떠한 것이라 하더라도 모두들 저마다의 '인간성'을 소유하기 때문이라고 한다. 그러므로 불평등이란, 일시적이고 우연한 사고처럼 나타날 뿐이어서 사회적 원소(인간)의 영구적인 성격을 바꾸어놓을 수 없는 것으로 생각했다. 또 프롤레타리아라는 것도 없다. 다시 말하면 거기 속하는 노동자 작가가 일시적인 양태인 종합적 계급으로서의 프롤레타리아는 존재하지 않는다는 것이다. 다만 각자 자신의 인간성 속에 고립되어 전적인 연대성으로 서로 연결되어 있는 것이 아니라, 다만 서로 닮았다는 외적인 연계에 의하여 연결되었을 뿐인 개별적인 무산자가 있을 뿐이라는 것이다. 그 분석적인 선전이 농락하고 분리시켜놓은 무산자 개인들 사이에서 부르주아는 다만 '심리적' 연관밖에는 보지 않는다. 그리고 그것도 그럴 법한 일이다. 부르주아는 사물을 직접

파악할 손잡이가 없고 그의 사업은 본질적으로 인간에게 작용하는 것이므로, 그들에게 문제가 되는 것은 오직 사람의 비위를 맞추는 것과 남을 질리게 하는 것일 뿐이다. 의식, 훈련, 예절 등이 그들의 행위를 조절한다. 부르주아는 자기 동포를 꼭두각시로 보고 상대방의 감정이나 성격에 대해서 지식을 얻으려고 한다 하더라도, 그것은 모든 정열이 그에게는 끌어당기고 조종할 수 있는 끄나풀처럼 보이기 때문이다. 그리하여 가난하고 야심적인 부르주아의 애독서는 '입신술'이며, 부자의 애독서는 영락없이 '호령술'이었다. 그러므로 부르주아지는 작가를 하나의 전문가로 보았다. 작가가 사회 질서에 관해서 파고들면 부르주아지는 그를 귀찮고 두려운 존재로 보았다. 그러니까 그들은 작가에게, 다만 사람의 심리에 관한 실제적인 경험을 나눠줄 것만을 요구한다. 그것이 바로, 17세기에도 그랬듯이, 심리학으로 환원된 문학이다. 그래도 코르네유, 파스칼, 보브나르그의 심리학은 자유에 향한 카타르시스의 호소였다. 그러나 부르주아지에 이르러서는, 상인은 그가 상대하는 고객의 자유를 경계하고 도지사는 군수의 자유를 경계하는 것이다. 그들이 작가에게 바란 것은 단지 타인을 유혹하고 지배하는 데 적절한 묘책을 공급해달라는 것이었다. 그들로서는 인간은 확실하게 그리고 쉽사리 지배할 수 있는 대상이라야 했다. 한마디로 인간 심정의 법칙은 엄격하고 예외가 없는 것이어야 했다. 따라서 부르주아지 거물들은 학자가 기적을 믿지 않듯이 인간의 자유를 믿지 않게 되었다. 그리고 그의 윤리는 공리적이기 때문에 그들 심리학의 주요한 원동력은 이해 타산이었다. 이미 작가의 임무는 그의 작품을 절대적인 자유에의 호소로서 내놓은 것이 아니었고, 그를 지배하는 심리학적 법칙을, 역시 자기와 다름없이 한정된 독자에게 표출하는 것이었다.

이상주의, 심리주의, 결정론, 공리주의, 점잖은 정신 등, 이런 것이 부르주아 작가가 우선 독자들을 위해 반영하지 않으면 안될 것들이었다. 이미 작가에게 세계의 이질성과 불투명성을 작품 속에 재현해줄 것은 요구하지 않고, 더 편히 소화할 수 있도록 세계를 주관적이며 기본적인 인상으로 분해할 것을 요구했다. 또한 마음의 은밀한 운동을 그의 자유의 가장 깊은 곳에서 다시 찾아낼 것은 요구하지 않고, 그의 '경험'을 독자의 경험과 대조해주기를 요구했다. 이리하여 작가의 작품들은 부르주아의 재산 목록인 동시에 심리학적인 감정서로서 한결같이 엘리트의 권리의 토대를 세우고 제도의 지혜를 보여줄 뿐 아니라 예의 범절의 지침서였다. 그 결론은 미리 정해진 것이었다. 문제를 얼마나 깊이 검토하느냐는 이미 결정되어 있고, 심리학적인 계기도 처음부터 선정되었고, 문체까지도 처음부터 규정되어 있다. 따라서 독자들은 어떤 돌발적인 것에 부딪칠 염려 없이 그저 눈을 딱 감고 작품을 살 수 있다. 반면에 문학은 살해되고 말았다. 에밀 오지에서 뒤마 피스, 피유롱, 오네, 부르제, 보르도를 거쳐 마르셀 프레보와 에드몽 잘루에 이르기까지, 그러한 일의 결말을 지은 작가들, 좀더 노골적으로 말하면 그들의 서명으로 철두철미 명성을 떨친 작가들이 나타났다. 그들이 졸렬한 작품들을 쓴 것도 우연은 아니다. 비록 재능은 가졌더라도 그것을 감추어야 했을 테니까.

반면에, 훌륭한 작가들은 거절당했다. 결국 이러한 거절이 문학을 살렸지만, 이후 50년 동안의 문학의 특징은 그것으로 결정되었다. 1848년부터 1914년의 전쟁까지 독자층의 급진적인 획일화는 작가로 하여금 원칙적으로 모든 독자에 반항하여 작품을 쓰지 않을 수 없게 만들었다. 그렇지만 작가는 작품을 팔아야 한다. 그러나 작품을 사는 사람들을 경멸하며, 그들의 기대에 따르기는커녕 실망만 안겨주기를 일삼았다. 유명해지는 것보다는 인정을 받지 못하는 것이 낫고, 성공이(만일 그것이 작가 생전에 얻어진다면) 오해로 말미암은 성공으로 설명되는 것은 이미 주지된 사실이었다. 어쩌다 출판된 책이 독자의 악감을 충분히 유발하지 못하면 일부러 그들을 모욕하는 서문을 덧붙이곤 하는 판국이었다. 이렇듯 작가와 그 독자층과의 근본적인 충돌은 문학사에서 전례가 없는 현상이었다. 17세기에 문학가와 독자 사이의 동의는 완전했다. 18세기에 저자는 똑같이 현실적인 두 종류의 독자층을 이용하며, 마음대로 그 어느 쪽에든지 의지할 수가 있었다. 낭만주의는 처음에 그러한 이중성을 회복하고 자유주의적 부르주아지에 반대하면서 귀족에 의지하는 것으로 그 공연한 싸움을 피하려고 노력했다. 하지만 헛된 일이었다. 그러나 1850년 이후로는 부르주아지의 이데올로기와 문학의 요구 사이의 뿌리깊은 대립은 그 이상 숨길 도리가 없어졌다.

이와 때를 같이하여 잠재 독자층이 사회의 하층부에서 고개를 들었고 그들 자신을 드러내주기를 기다리고 있었다. 무상으로 이뤄지는 의무 교육이 확대되었으며, 머지 않아 제3공화국이 모든 사람들을 위하여 읽고 쓰는 권리를 축복해줄 날이 다가오고 있었다. 이러한 시기에 이르러 작가는 무엇을 하려고 하는 것인가? 엘리트에 대하여 대중을 택하고 작가의 이익을 위해서 또다시 독자층의 이중성을 만들려는 것일까?

얼핏 그랬을 것으로 보인다. 1830년대부터 1848년까지 부르주아지의 변두리를 뒤흔든 커다란 사상 운동 덕분에, 어떤 작가들은 자신의 잠재 독자를 발견했다. 작가들은 '인민'이란 이름으로 이 새로운 독자층을 신비로운 매력으로 장식했다. 구원은 인민으로부터 오리라는 것이다. 그렇지만 자신이 인민을 사랑하는 정도로 인민을 알지는 못했고, 더구나 그들은 서민 출신도 아니었다. 여류소설가 상드는 뒤드방 남작부인(男爵夫人)이었고, 위고는 제1제정기의 장군의 아들이었다. 인쇄업자의 아들인 미슐레까지도 아직 리옹의 견직공이나 릴의 직조공과는 상당히 거리가 멀었다. 그들의 사회주의는, 그들이 사회주의자인 경우에도, 기껏 부르주아적 이상주의의 부산물 정도였다. 더구나 인민은 그들이 선택한 독자층이라기보다는 그들이 쓰는 어떤 작품의 주제였다. 확실히 위고는 뚫고 들어갈 수 있는 틈이 곳곳에 있음을 보여준 유례 없는 행운아였다. 그는 정말로 민중적이었던 작가 가운데 한 사람으로, 아마도 지금까지 우리 작가들 중에 유일한 민중적 작가였다. 그러나 다른 작가들은 부르주아지의 눈밖에 났음에도 노동자 독자층을 얻은 것이 아니었다. 그간의 사정을 알기 위해서는 부르주아 문학의 진정한 천재이며 제1급의 산문 작가로 추켜올리는 미슐레에게 준 중요성과, 현학자(衒學者)에 불과하다는 텐이나, 그 '아름다운 문체'도 저속하고 추악한 모든 실례를 제공하는 것으로 깎아내리는 르낭에게 내린 평가를 비교하면 쉽게 알 수 있는 일이다. 부르주아지 때문에 미슐레가 겪은 고생에는 보상이 없었다. 그가 사랑했던 '인민'은 한동안 미슐레를 읽었지만 마르크시즘의 성공은 그를 망각의 늪으로 던져버리고 말았다. 요컨대 이 작가들의 대부분은 실패한 혁명가이고, 그들은 자기 이름과 운명을 그 실패한 혁명 속에 연결한 것이다. 위고를 제외하고는 그들 중 누구도 진정으로 문학의 표적을 남긴 자는 없었다.

다른 작가들, 다른 모든 작가들은 마치 목덜미에 돌을 매단 듯이 하층 계급으로 굴러떨어질 것임을 눈앞에서 확인하고 그만 물러서고야 말았던 것이다. 작가들에게도 핑계가 없지는 않았다. 시기가 너무 일렀다는 것이다. 그들을 프롤레타리아에 연결시키는 아무런 유대도 없었고, 또 그 피압박 계급도 작가를 흡수할 만한 힘이 없었다. 프롤레타리아 자신이 작가를 얼마나 필요로 하고 있는지를 알지 못하고 있었다. 그들을 보호하려는 작가의 결심은 여전히 관념적이었다. 작가들은 그들 자신의 성실성이 어떠한 것이었건 그들이 마음으로 느낀 것이 아니고 머리로 이해하는 프롤레타리아의 불행을 '몸을 기울이고 내려다보았을' 따름이다. 그 출신 계급으로부터 낙오한 작가들은 프롤레타리아와 합류함으로써 스스로 물리쳐야 할, 지난날의 안이한 생활에 대한 기억에 사로잡혀, 참된 프롤레타리아의 권외(圈外)에 또 하나의 '화이트 칼라'라는 새로운 사이비 프롤레타리아를 만드는 위험을 무릅썼다. 그들은 노동자에게는 의심받고 부르주아에게는 창피를 당했다. 그 요구는 너그러운 마음에서가 아니고 차라리 심술과 원한에 끌린 것이었다. 결국 그들은 노동자와 부르주아 양자를, 동시에 적으로 만들 수밖에 없었다.* 한편 18세기에는 문학이 필요로 하는 자유와 시민이 전취(戰取)하려고 한 정치적 자유를 구별하지 못했기 때문에, 작가는 그의 예술의 독단적인 본질을 추구하며 그 명백한 요구의 해설자가 됨으로써 충분히 그것만으로도 혁명적일 수 있었다. 태동 중인 것이 부르주아 혁명이었을 때 문학은 물론 혁명적이었다. 왜냐하면 문학은 자기 발견을 하자마자, 그것이 정치적 민주주의와 결부되어 있다는 것이 밝혀졌기 때문이다.

그러나 수필가나 소설가, 시인이 옹호하려는 절대적 자유는 프롤레타리아의 깊은 요구와는 아무런 공통점이 없었다. 프롤레타리아가 요구하려던 것은 정치적 자유가 아니었다. 어쨌든 그들은 정치적 자유를 이미 향유하고 있으나, 그것은 한갓 기만에 불

---

* 타고난 관대한 마음이 끊임없이 비통한 실망과 싸우기는 했지만 쥘 발레스의 경우가 그러했다.

과한 것이었다.* 사상의 자유란 지금 당장의 그들로서는 가져보았자 소용없는 것이었다. 그들이 요구한 것은 이러한 추상적 자유와는 전혀 다르다. 프롤레타리아도 삶의 물질적 개선을 바라고, 마음속 더 깊은(더욱 모호한 것이기도 하지만) 곳에서는 사람에 의한 사람의 착취가 종결되기를 바라고 있었다. 뒤에 살피겠지만, 이런 요구는 역사적인 구체적 현상으로서의 문학예술이 제기하는 요구와 동질의 것이다. 다시 말하면 한 사람이 자기를 역사화하기를 수락함으로써, 인간 총체에 관한 문제를 그 시대 사람 전체에게 던지는 것에서 비롯되는 특수한 호소로서의 문학 말이다. 그러나 이제 막 종교적 이데올로기에서 해방된 19세기의 문학은 부르주아 이데올로기에 봉사할 것을 거부했다. 따라서 원칙적으로 온갖 이데올로기에 대해 독립적인 태도를 취했다. 그 결과 문학은 순수한 부정성으로서의, 추상적인 면을 지니게 되었다. 문학 그 자체가 이데올로기라는 것을 아직은 깨닫지 못했으며, 아무도 부인하지 않는 그 자율성을 확보하려고 애쓰고 있었다. 그것은 문학이 아무런 색다른 주제도 가지지 않고, 모든 소재를 똑같이 취급할 수 있다고 주장하는 것과 다름없다. 이를테면 노동자들의 생활 조건에 관해서도 행복하게 쓸 수 있었다는 것은 의심할 여지가 없다. 그러나 그 주제의 선택은 상황과 예술가의

---

* 노동자들이 루이 나폴레옹 보나파르트에 반대해서 부르주아 이상으로 정치적 민주주의를 지켰다는 것을 나도 모르는 바 아니다. 그러나 그것은 노동자들이 정치적 민주주의를 통해 구조의 변혁을 실현할 수가 있다고 믿고 있었기 때문이다.

자유로운 결정에 의한다. 어느 날은 지방의 부르주아 여자 이야기를 쓰고, 또 어느 날은 카르타고의 용병에 관해서 쓸 것이다. 플로베르 같은 작가가 나타나서 때때로 내용과 형식의 일치를 강조했지만 거기에서 아무런 실제적인 결론을 끌어내지도 못했다. 동시대의 모든 작가들과 다름없이 플로베르도 거의 한 세기나 전에 빈켈만이나 레싱 같은 사람들의 미(美)에 대한 정의를 그대로 따르고 있다. 그 정의(定義)는 요컨대 미를 통일 속의 다양성으로 보는 것에 귀결된다. 그에게 중요했던 것은 잡다한 광휘를 붙들어서, 그것을 문체에 의해서 엄격히 통일화하는 것이었다. 콩쿠르 형제가 말하는 '예술적 문체'라는 것도 그와 다를 것이 없다. 그것은 모든 소재를, 가장 아름다운 소재까지도, 통일화하고 미화하는 뚜렷한 방법이었다. 그렇다면 어떻게 하층 계급의 요구와 문학예술의 원리 사이에 내적 연관이 있겠는가? 프루동만이 그것을 안 모양이다. 그리고 또 한 사람 마르크스가 있다. 그러나 그들은 문학가가 아니었다. 문학은 아직도 그 자율성의 발견에 열중하고 있었고, 문학이 문학 자체의 고유한 대상이라는 데에 머물렀다. 그러나 문학은 반성기를 넘어섰다. 문학은 그 방법을 검토하여 그 낡은 테두리를 깨뜨리고, 그 자신의 법칙을 실험적으로 결정하여, 새로운 기법을 만드는 시도를 했다. 오늘날의 극(劇)과 소설의 형식, 자유시, 언어의 비평 등을 향해 문학은 서서히 전진해 나갔다. 만일 문학이 특수한 내용을 발견한다면 문학은 문학 자체에 관한 명상에서 주의를 돌려 그 내용의 성질로부터 미적 규범을 끌어내지 않으면 안 될 것이다. 동시에 작가는 잠재적 독자를 위한 쓰기를 택함으로써 그들의 예술이 독자들의 정신 앞에 마음의 문을 열도록 적응시키지 않으면 안 될 것이다. 이것은 예술의 고유한 본질에 따라서가 아니라 외적인 요구에 한정하는 것이 되었을 것이다. 이야기나 시나 추리의 형식까지도, 그것이 교양 없는 독자는 접근할 수 없을 것이라는 한 가지 이유만으로도 단념할 수밖에 없었을 것이다. 따라서 문학은 또다시 소통으로 빠져들어가는 위험을 겪을 것이다. 그래서 작가들은 문학을 특정한 독자나 주제에 복종시킬 것을 진정으로 거부한 것이다. 그러나 그들은 일어나려던 구체적인 혁명과 그들이 추구하던 추상적 유희와의 사이에 진행되고 있는 분열을 알지 못했다. 이번에 권력을 잡으려는 주체는 대중들이었는데, 그들에게는 문화도 여가도 없었다. 때문에 이른바 문학적 혁명이라고 하는 것은 모두 세련된 기법을 사용하는 데만 열중함으로써, 혁명적 문학작품이라는 것을, 도저히 대중이 접근할 수 없는 것으로 만들었으므로, 결국 그것은 사회적 보수주의의 이익에 봉사하는 것이었다.

여기서 문학은 다시금 부르주아 독자에게로 돌아갈 필요가 있다. 작가는 부르주아들과 모든 거래를 끊었다는 것을 자랑하였지만 하층 계급으로 전락되는 것을 거부함으로써 부르주아와의 결별은 한갓 상징에 머물 수밖에 없었다. 다만 작가들은 끊임없이 부르주아와 결렬한 것처럼 연극했다. 복장과 식사와 가구와 풍습으로 그것을 보였지만 실제로 결별한 것은 아니었다. 여전히 부르주아지들이 그들의 작품을 읽었고 그들을 먹여 살리고 그 영광을 결정한 것도 부르주아지였다. 부르주아지를 전체적으로 개관하기 위하여 뒤로 물러나서 바라보는 시늉을 하지만 소용없는 노릇이다. 진정으로 부르주아지를 판결하려면 우선 그들 자신이 그곳에서 나오지 않으면 안 될 것이고, 그들 밖으로 나가려면 다른 계급의 이해와 생활 양식을 몸소 체험하는 수밖에 없다. 그런데 19세기 작가들에겐 그런 결심이 없었다. 따라서 작가들은 '누구를 위해' 쓰는가를 알면서도, 알고 싶어하지 않는 자기 모순과 불성실의 날들은 보내야 했다. 작가는 자청하여 자기 '고독(孤獨)'을 말하면서 음흉하게도 자기를 위하여 선택한 독자에 대해 책임을 지기보다는 오히려 자신이나 신(神)만을 위하여 쓴다는 식의 핑계를 내세웠다. 작가는 자신의 저작을 형이상학적인 사업으로 삼거나 기도 또는 의식, 양심의 검증으로, 요컨대 의사 소통 이외의 모든 것으로 삼았다. 작가는 어김없이 스스로를 그 무엇에 사로잡힌 존재로 자처한 것이다. 그들은 내적 필연성의 지배 밑에서 말을 토해내지만 적어도 말을 누구에게 주는 것은 아니기 때문이다.

그렇다고 그들이 정성껏 문장을 다듬지 않았다는 얘기는 아니다. 그들은 또다시 부르주아지의 불행을 바라보기는커녕 그 지배조차 반대하려고 하지 않았다. 오히려 그와 정반대였다. 플로베르는 부르주아지의 지배권을 분명하게 인정했다. 그가 그토록 무서워했던 파리 코뮌 이후의 그의 서간집에는 노동자에 대한 비열한 욕설로 가득 차 있었다.*

자기 환경에 틀어박혀 세계를 보는 예술가는 환경을 밖에서 판단할 수 없고, 그 환경을 거부하더라도 그런 거부는 한갓 아무 효과도 없는 정신 상태에 불과하므로, 작가는 부르주아지가 압박

---

* 나는 플로베르에 대해서 공평치 못하다는 비난을 너무 자주 들었다. 나는 누구나 그의 서간집 속에서 확인할 수 있는 다음 원문을 인용하는 기쁨을 물리칠 수가 없다.

'한편에서 신(新)카톨릭 사상이, 다른 한편에서는 사회주의가 프랑스를 어리석게 만들었다. 모든 것이 성모의 '처녀 수태'와 노동자의 점심 밥그릇 사이에서 움직인다'(1868년).

'최초의 구제책은 보통 선거라는 인간 정신의 치욕을 끝나게 하는 것일 게다'(1871년 9월 8일).

'나는 능히 크루아세의 선거 유권자 20명에 상당하다'(1871년).

'나는 미친 개를 미워하지 않는 것과 마찬가지로 코뮌의 패들을 조금도 증오하지 않는다'(크루아세, 1871년).

'대중이라는 짐승 떼는 언제나 미워할 만한 것이라고 나는 생각한다. 중요한 것이라고는 횃불을 인수하는, 언제든지 같은 정신의 조그만 집단뿐이다'(크루아세, 1871년 9월 8일).

'숨이 넘어가는 중인 코뮌에 대해서 말하자면 그것은 중세 최후의 표현이다.'

'나는 민주주의를 미워한다. (적어도 프랑스에서 통하고 있는 의미로서는) 그것은 정의를 희생하여 은총을 앙양하는 것이며, 권리를 부정하는 것이고, 한마디로 반사회적이다.'

'코뮌은 살인법을 복권시킨다……'

'인민은 영원한 미성년자이고, 언제든지 말석을 차지할 것이다. 그들은 수(數)이고 대중이고 제한 없는 것이기 때문이다.'

'많은 시골 농부들이 글을 읽을 줄 알고, 이미 사제의 말을 듣지 않는다는 것은 그다지 중대한 사실이 아니다. 그러나 무한히 중요한 것은 르낭이나 리트레와 같은 사람이 많이 살 수 있고, 그들의 말을 사람들이 경청한다는 사실이다. 지금 우리들의 구원은 '정당한 귀족 체제'에 있다. 다시 말하면 정당한 귀족이란 수효 이외의 것으로 구성될 다수자를 의미한다'(1871년).

'만일 프랑스가 결국 군중에 의하여 통치되지 않고 관리들의 권력하에 있다면, 지금 우리들이 이런 꼴을 당하리라고 생각하는가? 만일 하층 계급을 계몽하려고 하지 않고 상류 계급을 교육하는 일에 전력을 기울였던들……'(크루아세, 1870년 8월 3일, 목요일).

계급이라는 사실마저 미처 깨닫지 못했다. 사실 그들은 부르주아지를 하나의 계급으로 여기지 않고 일종의 자연적인 존재로 여겼으며, 감히 그것을 묘사하려고 할 때도 철두철미하게 심리학적인 용어를 사용하는 것이다. 그리하여 부르주아 작가와 저주받은 작가는 같은 면에서 활동한다. 다만 한 가지, 전자가 자기 심리학에 의하고, 후자가 음산한 심리학에 의한 것이라는 점이 다르다. 예를 들면 플로베르가 '야비한 생각을 하는 자들을 나는 모두 부르주아라고 부른다'고 선언했을 때, 그는 부르주아를 심리적 관념적인 말로, 다시 말하면 그가 거부한다고 하는 이데올로기의 전망에서 정의한 것이다. 그렇게 하는 것으로 오히려 그는 부르주아지에게 눈부신 봉사를 했다. 그는 프롤레타리아로 옮겨갔을지도 모르는 반항자와 사회의 부적격자들에게 '단순한 내적 훈련에 의해서 각자 자신의 부르주아 근성을 제거할 수 있다'고 설복함으로써 그들을 다시 양(羊)의 우리로 몰아넣고 말았다. 고상하게 생각하는 것을 남몰래 연습하는 것만으로 그들은 마음 편히 그들의 재산과 특권을 누릴 수 있다는 것이다.

그들은 아직도 부르주아답게 거주하고, 부르주아 모양으로 좋은 수입을 유지하고, 부르주아의 살롱에 드나들지만, 그러한 모든 것은 이미 외관(外觀)일 뿐이고 그들의 고상한 감정으로 말미암아 이미 자기 족속 위에 초월해 있었다는 것이다. 동시에 플로베르는 어떠한 경우에도 마음이 편해질 수 있는 비결을 자신의 동료들과 나누었다. 고결한 관용의 품성은 특히 예술 수련에 가장 잘 적용되는 것이기 때문이다.

'예술가의 고독'이란 이중의 속임수였다. 그것은 대중과의 현실적 관계를 은폐할 뿐만 아니라 전문적인 독자층을 부활한다는 사실마저 숨기는 것이다. 인간과 재산과의 지배를 부르주아에게 내주었기 때문에, 정신적인 것은 다시 시대적인 것에서 분리되는 까닭에, 일종의 '성직(聖職)'이 다시 탄생하는 것을 보게 된다. 그리하여 스탕달의 독자는 발자크라는 전문가(專門家)였고, 보들레르의 독자는 바르베 도르빌리였고, 보들레르는 포의 독자가 되었다. 문학 살롱은 교단(敎團)과 같은 막연한 면모를 띠었고, 거기서 사람들은 낮은 소리로 무한의 존경을 가지고 '문학을 이야기했고', '작가가 자기 작품에서 끌어낼 수 있는 이상의 미적 쾌락을 음악가는 음악에서 끌어낼 수 있는가' 따위의 문제를 가지고 토론했다. 예술은 인생에서 멀어짐에 따라 다시 신성불가침의 것이 된다. 일종의 성자단(聖者團)까지 생겼다. 몇 세기를 넘어서 세르반테스, 라블레, 단테 등에게까지 손을 내밀었고, 게다가 이 수도회의 일원이 되었다. 뿐만 아니라 그 '성직'은 구체적인, 말하자면 지리적인 기관이 아닌 모든 회원이 죽은 사람으로 구성된 클럽, 일종이 세습적 제도가 되었다. 회원 중에서 연대적으로 가장 끝인 한 사람(죽지 않은 사람)이 지상의 모든 다른 회원을 대표하고, 교단 전체의 책임을 맡았다. 과거 속에 그들의 성자들을 가진 그 새로운 신자들도 그들의 내세를 가지고 있었다. 시대적인 것과 정신적인 것, 둘 사이의 격리는 영광이라는 관념에도 심각한 변화를 가져왔다. 라신의 시대부터 '영광'이란 정당한 이해를 받지 못하던 작가가 얻는 보수라기보다는 차라리 부동의 사회에서 성공이 자연적으로 연장되는 것이었다. 19세기에 영광의 관념은 지나친 보상의 메커니즘으로서의 기능을 발휘했다. '나는 1880년에 이르러 비로소 이해될 것이다', '나는 상소 심리에서 승소할 것이다'와 같은 작가들의 명구 자체가 그들이 총체적인 집단의 틀 안에서 직접적이고 전반적인 행동을 취하려는 욕망을 잃지 않았음을 입증한다. 그러나 현재에는 그 행동을 할 수 없으므로, 무한정의 미래에 작가와 독자 사이의 화해의 보상인 신화를 투사한 것이다. 여하간 이러한 모든 것은 극히 막연한 얘기임에는 틀림없다. 그들 영광 애호가들 가운데 어떠한 종류의 사회에서 보상을 찾아낼 수 있을까, 스스로 묻는 자는 한 명도 없지 않은가? 그들은 후에 더 오래된 사회에 태어남으로써 후손들이 그들 자신들보다는 아마 내적 개선의 혜택을 받을 것이라고 공상하는 것만을 즐거움으로 삼았다. 그리하여 보들레르는 사회가 인류의 소멸과 함께 비로소 끝날 데카당스의 시기에 이르렀다고 생각했지만 자기 모순에 별로 낭패감을 느끼지 않고, 자꾸만 사후의 명성을 생각하여 자존심의 상처를 감쌌던 것이다. 그러므로 작가는 현재를 위해서는 전문적 독자에게 의지하고, 과거를 위해서는 위대한 사자들과 신비로운 협정을 맺고, 미래를 위해서는 '영광'의 신화를 사용한 것이다. 그는 자신의 계급으로부터 상징적으로 떨어져 나가기 위해 실로 용의주도했다. 그는 허공에서 살고, 자기 시대에 대해서는 이방인이며, 나라마저 잃은 '저주받은' 사람이었다. 이러한 모든 희극에는 하나의 목적밖에 없었다. 그것은 구제도하의 귀족 사회의 모습과 같은 상징적인 사회에 가입하겠다는 것이다. 정신 분석은 예술 사상의 무수한 예를 제공하고 있는 이러한 자기 동일화의 과정에는 익숙해져 있다. 정신병원에서 탈출하기 위하여 열쇠를 노리던 환자는 어느덧 자기 자신이 그 열쇠라고 생각하게 되는 것이다. 이와 같이 자기 계급에서 벗어나기 위하여 귀족의 총애를 필요로 하는 작가는 드디어 자기를 모든 귀족성의 화신이라고 생각하게 된다. 그리고 그 귀족성의 특징은 기생(寄生)에 있으므로 작가들도 자기 생활 양식으로 선택한 기생의 삶을 광고하는 것이다. 그리하여 작가들은 순수한 소비의 순교자가 된다. 앞서 말한 것처럼 작가는 아무 거리낌 없이 부르주아지의 재물을 사용하였지만, 다만 그 재물을 소비한다는 조건, 곧 비생산적이고 무용한 대상으로 그것을 변형한다는 조건에서 그랬을 뿐이다. 말하자면 부르주아의 재물을 태워버린 것이다. 왜냐하면 불은 모든 것을 순화하기 때문이다. 한편 작가는 반드시 부유한 것은 아니었고, 그래도 어쨌든 살아가야 하니 그들은 낭비적이며 동시에 군색한 이상야릇한 생활을 꾸몄고, 그들의 미리 계산된 '기상천외'의 행실이 그들의 가난한 생활로서는 도저히 용납되지 않는 엄청난 너그러움을 상징하는 것이었다. 그들로서는 예술 이외의 고귀한 일이라고는 세 가지밖에는 없었다. 첫째, 사랑에서, 사랑은 '쓸데없는 정열'이고, 여자란 니체도 말한 바와 같이 가장 위험한 장난감이기 때문이다. 그 다음, 여행에서도 그렇다. 나그네는 아무 사회에도 머물지 않고, 한 사회에서 다른 사회로 옮아가는 영원한 증인이기 때문이다. 그리고 일하는 집단에 있어서는 '이방인적인 소비자'이며 기생의 산 모습 자체이기 때문이다. 끝으로, 때로는 전쟁 속에서 그러하다. 전쟁이야말로 인명과 재산의 막대한 소비이기 때문이다.

귀족적이고 호전적인 사회에서 정직한 가업에 대해 품고 있던 경멸을, 작가들의 세계에서도 찾아볼 수 있다. 작가들은 그들 자신이 아무 소용도 없다는 것만으로는 부족해서 구제도하의 궁중인들처럼 유용한 일을 짓밟고 파괴하고 불사르고 부수고, 다 익은 밀밭을 짓밟으며 사냥하던 영주들의 무궤도를 흉내내려고 한 것이다. 보들레르가 「유리장수」에서 말한 것과 같은 파괴적인 행동을 그들 자신 속에 가꾸어갔다. 나아가 그들은 모든 도구 중에서 좀 헐어버린 것, 쓰다가 낡아빠진 것, 못 쓰게 되어 이미 반은 자연물로 돌아간 것, 그래서 도구류(道具類)의 만화와 같은 것을 애호하게 된다. 더구나 자기 인생을 파괴해야 할 도구라고 보는 작가들이 드물지 않게 나타난다. 어쨌거나 그들은 위험에 노출된 삶을 살았고 인생을 잃도록 내기했다. 알콜도 마약도 그에게는 좋았다. 쓸모없는 것으로부터의 완성, 그것이 미(美)라는 것이었다. '예술을 위한 예술'에서 사실주의와 고답파를 거쳐 상징주의에 이르기까지, 모든 유파는 예술이 순수한 소비의 최고 형식이라는 점에서는 일치하고 있었다. 그들은 아무것도 가르쳐주지 않고, 아무런 이데올로기도 반영하지 않았으며, 특히 교화적이기를 피했다. 지드가 말하기 전에 벌써 플로베르, 고티에, 공쿠르 형제, 르나르, 모파상 등이 각각 자기 나름대로 같은 내용을 말했던 것이다. 즉 '흔히 좋은 심정으로 오히려 나쁜 문학을 만든다'라고. 그들 가운데 어떤 이에게는 문학이란 절대화된 주관성이며, 그들의 고뇌와 악덕의 검은 덩굴이 뒤틀린 환희의 불꽃이었다. 토옥(土獄)처럼 세상 밑바닥에 자리잡고 '다른 곳(저 세상)'을 계시하는 그들의 불만을 통해서 그들은 세계를 초월하고 세계를 흩어버리고 만다. 그들은 자기들의 마음이 아주 색다른 것이며, 그것을 묘사해도 그들에게는 아무런 소득도 없다고 여긴 것이다. 또 자기 시대의 공정한 증인이 되려는 작가들도 있었다. 그러나 실은 아무도 그들이 증언한다고 보지 않았고, 그들은 증언과 증인을 절대화했다. 그들은 그들을 둘러싼 사회의 그림을 허공에 그렸다. 세계적 사건들은 그들에 의해 제멋대로 이동되고, 획일화되고, 그 예술적 문체의 함정에 사로잡혀 결국 모든 일은 중화되고, 말하자면 괄호 속에 묶이고 말았다. 리얼리즘은 하나의 '전환기'였다. 여기서 불가능한 진리와 '돌의 꿈처럼 아름다운'[16] 비인간적인 미가 합쳐졌다. 작가가 쓰고 독자가 읽는 한, 그들은 이미 이 세계의 인간이 아니다. 순수한 시선으로 변형되고 인간을 밖에서 바라보고 신의 관점 또는 이른바 '절대적 허무'의 관점을 가지려고 노력

---

16 보들레르의 시.

했다. 그러나 우리는 서정시인 중에서도 가장 서정적인 시인이 자기 심정을 특수하게 묘사한 내용에 우리 자신의 심정이 반영되어 있음을 알아볼 수 있는 것이다. 실험소설이 과학을 모방했지만, 사실 과학과 마찬가지로 소설도 이용할 수 있지 않겠는가? 소설 역시 사회적으로 응용할 수 있지 않겠는가? 극단적인 사람들은 소용되기를 두려워하는 나머지 그들의 작품에 의하여 독자의 마음을 밝혀줄 수조차 없기를 바랐고, 그들 자신의 경험을 작품 속에 옮기는 것도 거부했다. 극단으로 가서, 작품이 반드시 무상적이려면 그것은 오직 철저히 비인간적인 경우일 뿐이다. 그 극단의 결과로서 작품은 전혀 이 세계의 것이 아니고, 또 이 세계의 아무것도 상기시키지 않으므로 절대적인 창조가 가능해지며, 이 세계에서는 소용 없는 사치와 낭비의 정화(精華)가 가능해진다. 상상력은 현실을 부정하는 무조건의 능력으로 생각되고, 예술의 대상은 우주의 붕괴 위에 세워졌다. 데제생트[17]의 과장된 인공주의(人工主義)와 모든 감각의 조직적인 혼란, 요컨대 언어의 집중적인 파괴가 있었고 침묵 또한 있었다, 곧 말라르메의 작품의 얼음(氷) 같은 침묵과 테스트 씨(폴 발레리)의 침묵이 있었다. 테스트 씨(氏)에게는 모든 커뮤니케이션이 불순한 것이었다.

이 찬란하고도 치명적인 문학의 극점은 허무였다. 그 극점과

---

17 유이스망(Huysmans, 1848-1907)의 주저 『거꾸로(A Rebours)』의 주인공. 이 작품은 보들레르에서 랭보, 말라르메, 기타 그들의 추종자(상징주의 시인군 및 데카당)들의 미학과 용태를 그린 것으로 유명하다.

그 깊은 본질, 새로운 정신성은 조금도 적극적인 면은 없고 시대성의 간단하고도 순수한 부정이었다. 중세에는 정신성과의 관계에서 비본질적인 것은 '시대성'이었다. 그런데, 19세기에는 그 관계가 뒤집혔다. 곧 시대성이 으뜸이고 정신성은 그것을 좀먹고 파괴하려는 비본질적인 기생물이 되었다. 문제는 세계를 부정하느냐, 소모하느냐, 또는 '소모하면서 부정하느냐'에 있었다. 플로베르는 인간과 사물에서 벗어나기 위하여 작품을 썼다. 그의 문장은 대상을 포위하여 붙들고 고착시키고 꼼짝달싹도 할 수 없게 녹초를 만들어 스스로 그 속에 갇히고, 스스로 돌로 변하고 동시에 대상도 화석이 되도록 하는 문장이었다. 그것은 소경이며 귀머거리이고, 동맥도 없는 문장이었다. 생명의 숨결이란 하나도 없고, 깊은 침묵이 문장과 다음 문장을 갈라놓는다. 그것은 영원히 허무 속에 빠져들어가고, 그 무한한 전락 속으로 포획물을 끌고 들어간다. 모든 현실은 그의 문장으로 일단 묘사되자마자 현실의 재산 목록에서 삭제된다. 우리는 다음 현실로 옮아간다. 사실주의란 이러한 대규모의 침울한 사냥 이외의 아무 것도 아니다. 요는 무엇을 대하건 오로지 조용히 침잠해야 하는 것이다. 그리하여 사실주의가 한번 지나간 자리에는 어느 곳이건 풀 한 포기도 나지 않는다. 자연주의 소설의 결정론은 생명을 질식시키고 인간적 행위를 유일한 의미의 메커니즘으로 대치했다. 그 주제는 거의 하나밖에 없다. 곧 인간, 기획, 가족, 사회 등의 원만한 퇴화였다. 일체는 영(零)으로 돌리지 않으면 안 되는 것이다. 자연은 생산적인 불균형 상태에서 포착하여 그 불균형을 해소시키고 현존하는 여러 힘을 병합함으로써 죽음의 균형으로 되돌아가는 것이다. 자연주의 소설이 어쩌다 야심가의 성공을 그려 보일 때에도 그것은 외관뿐이다. 가령 모파상의 『미모의 친구』는 돌격을 감행하여 부르주아지의 진지를 탈취한 것은 아니다. 그것은 한 사회의 붕괴를 증언하기 위해 떠오른 실험용 잠수 인형과도 같은 것이다. 그 놀이가 단순히 그리고 상징주의가 미와 죽음과의 밀접한 관계를 발견하는 것으로서 반세기의 모든 문학의 테마를 해명했다. 그것은 과거의 미였고(이미 존재하지 않으므로), 젊어서 죽는 사람과 시드는 꽃의 미였고, 모든 침식과 폐허의 미와 소비의 지고한 위엄과, 사람을 차츰차츰 좀먹어가는 병과, 가슴을 물어뜯는 사랑과, 목숨을 빼앗는 예술 등 최고의 품위였다. 죽음은 도처에 있었다. 우리 앞이나 뒤에도, 태양이나 대지의 향기 속에까지 죽음은 스며 있었다. 바레스의 예술은 곧 죽음의 명상이었다. 무엇이건 그것이 오로지 '소모할 수 있는' 경우에만 아름답다는 것이다. 다시 말하면, 그것을 즐길 때 그것은 죽어 소멸한다는 것이다. 이러한 귀족들의 놀음에 특히 알맞은 시간적 구조는 '순간'이라는 것이다. 왜냐하면 순간은 끊임없이 지나가는 것이고, 그 자체가 '영원'의 이미지라서 노동과 역사와의 3차원을 가진 이 시간을, 인간적인 시간을, 부정하는 것이기 때문이다. 건물을 짓기 위해서는 많은 시간이 필요하지만, 그 모든 것을 무너뜨리기 위해서는 한순간으로 족한 것이다. 이러한 전제하에서 지드의 작품을 보면 엄격히 '작가-소모자'에게만 해당되는 일종의 윤리를 인정하지 않을 수 없다. 그의 이른바 '무상의 행위'는 1세기에 걸친 부르주아 희극의 결말이며 '작가-귀족'의 명령이 아니고 무엇이겠는가? 그 예시를 모두 소비에서 빌려왔다는 것은 놀랄 만하다. 필록테테스[18]는 자기 활을 내주고, 백만장자는 돈을 물 쓰듯 낭비하고, 베르나르[19]는 도둑질하고, 라프카디오[20]는 살인을 하고, 메날크는 자기 집 세간을 내다 팔았다. 이러한 파괴적 운동은 종국의 결론에까지 가고야 말 것이다. '가장 단순한 초현실주의자의 행위는 권총을 들고 거리로 내려가 될 수 있는 대로 아무렇게나 군중에 대고 발사하는 것이다'라고, 20년 후에 브르통은 쓰지 않았던가! 이것이 오랜 '변증법적' 과정의 최후 단계다. 18세기에 문학은 '부정성'이었다. 부르주아지의 지배하에서 문학은 침전한 절대적 부정의 상태로 넘어갔고, 일체를 소멸하는 다채롭고 번들거리는 과정이 되었다. '초현실주의는 이미 얼음[氷]의 영혼도, 불의 영혼도 아닌 하나의 맹목적이고 내면적 광휘로 존재를 절멸시키는 걸 목적으로 삼지 않는 한 어떠한 것도 고려할 흥미가 없다'고 브르통은 또한 썼다. 극단에 이르면 이미 문학에는 그 자신을 부정하는 것밖에는 남아 있지 않다. 초현실주의의 이름으로 문학이 한 것이 그러한 것이었다. 사람들

---

18 지드의 회곡이며, 그 주인공 이름.
19 『사전(私錢)꾼들』에 나오는 주인공 이름.
20 『밥왕청의 지하도』에 나오는 주인공 이름.

은 70년 동안 세계를 소모하기 위해서 썼다. 1918년 이래로는 문학을 소모하기 위하여 쓴 것이다. 문학적 전통과 언어는 낭비되고 사람들은 그것들을 서로 던져서 폭발시켰다. 절대적인 부정으로서의 문학은 드디어 '반문학(反文學)'이 되었다. 일찍이 그보다 더 '문학적인' 문학은 없었다. 고리[環]는 마침내 닫혀지고야 말았다.

같은 시기에 작가들은 혈통적인 귀족들의 경박한 낭비벽을 모방하기 위해서 그의 무책임성을 정당화시키는 것 말고는 그다지 관심을 가지지 않았다. 작가는 횡포한 군주제의 신성한 권리를 대체할 이른바 천재의 권리를 주장했다. 그러한 작가들에게 미는 극단에 도달한 사치이고, 모든 것을 비추고 소진하는 차디찬 불꽃이 이는 화장용(火葬用) 장작더미이고, 모든 형식의 소모와 파괴, 특히 고통과 죽음을 양식으로 삼고 있는 것이었다. 때문에, 이를테면 미(美)의 사제(司祭)인 예술가는 미의 이름으로 요구하며 필요에 따라 그의 측근들에게까지 불행을 도발하는 권리를 가진 셈이다. 작가 자신은 하도 오래 타서 그만 재가 되어버린 것이다. 그러니 불꽃이 계속 타오르게 하려면 다른 희생자가 필요했다. 특히 여성들이 그렇다. 여성들은 작가들을 괴롭혔고, 작가도 여성들에게 훌륭한 보복을 했다. 작가는 자기를 둘러싼 모든 사람에게 불행을 가져다줄 수 있기를 바라고, 재난을 일으킬 수단이 없으면 재물을 받아들이는 것으로 만족했다. 작가에게는 또한 남녀 찬양자들이 있어 그들의 마음을 태워버리고 또는 감사도 후회도 없이 그들의 금전을 소비하도록 하는 위력을 발휘한다. 모리스 삭스가 보고하는 바에 의하면 아나톨 프랑스를 열광적으로 찬양하던 자의 외조부는 사이드 별장에 가구를 장식하기 위해 재산을 털어먹었다는 것이다. 그 사람이 죽었을 때에 아타톨 프랑스는 이런 조사를 보냈다, '애석하도다! 그 사람은 실내 장식용이었는데'라고. 부르주아한테서 돈을 긁어 들이면서 작가는 그들의 사제직을 행사하는 것이었다. 왜냐하면 작가는 그렇게 얻어낸 부르주아의 부(富)의 일부를 태워서 연기처럼 날려보냈기 때문이다. 그리고 작가 자신은 모든 책임을 초월한 위치에 올라앉았다. 도대체 누구에 대해서 작가가 책임을 지겠는가? 또는 무슨 명목으로? 만약 그의 작품이 건설을 목적으로 하고 있다면 계산서라도 내라고 할지 모른다. 그러나 처음부터 순수한 파괴를 주장하고 있었던 것이니까, 전혀 심판할 여지가 없는 일이었다. 다만 19세기 말에는 그런 모든 것이 다소 혼돈되고 모순된 채로 존재했다. 그러나 초현실주의와 함께 문학이 살인을 교사하게 되자 작가는 역설적이지만 매우 논리적인 결과로서 전적인 무책임의 원리를 뚜렷이 내세웠다. 실은 무책임의 이유를 분명히 제시한 것이 아니고 '자동적 저술'이라는 밀림 속으로 피신한 것이지만, 그 동기는 명백하다. 순수한 소비 생활을 하는 기생적인 귀족으로서 생산적인 노동 사회의 재산을 끊임없이 태워버리는 것을 그 기능으로 삼는 작가는, 그 자신이 파괴하는 집단의 관리를 받을 수 없었을 것이다. 그렇지만 이런 조직적인 파괴도 결코 스캔들이상은 아니었으므로, 결국 작가의 첫째 의무는 스캔들을 도발하는 것이며, 그 결과에서 면제됨을 시효 없는 특권으로 삼고 있었던 것이다.

한편, 부르주아지는 그저 방관적인 태도로 작가들이 하는 경망한 짓에 미소를 보내고 있었다. 작가들의 경멸은 그리 대단한 문제가 아니었다. 부르주아지가 그의 유일한 독자인 이상 작가의 경멸은 그다지 오래 갈 것이 아니었다. 오히려 작가의 말상대는 오직 부르주아지뿐이며, 결국 부르주아지를 상대로 비밀 이야기를 털어놓는 셈이었다. 그것은 또한 작가와 부르주아지를 연결해 주는 것이었다. 가령 작가가 대중을 청중으로 획득했다고 해도, 부르주아란 사물을 상스럽게 생각하는 것들이라고 그들에게 말함으로써, 과연 대중들의 부르주아에 대한 불만을 선동할 수 있다고 생각할 수 있을까? 절대적인 소비의 교의가 노동 계급을 농락할 수 있는 기회란 전혀 없다. 거기다 부르주아지는 작가가 은근히 그들 편을 들고 있다는 것도 잘 알았다. 또한 작가는 대립과 원한의 미학을 정당화하기 위해서도 부르주아지가 필요했다. 그리고 작가는 그가 소비하는 재물도 부르주아지에게서 받고 있었다. 자기는 영원한 이방인이라고 느낄 수 있기 위해서라도 작가는 그러한 사회 질서가 유지되기를 바랐다. 요컨대 그러한 작가는 일개 반항자였을 뿐 혁명가는 아니었다. 이러한 반항자들이 부르주아지에게는 필요했다. 어떤 의미에서 부르주아지는 그들의 공모자가 되기까지 했다. 부정적인 힘은 허무한 심미주의나 결과 없는 반항 속에 간직하는 편이 훨씬 낫다. 거기서 해방되는 날에는 피압박 계급을 위해서 사용될 수도 있으니까. 한편 부르주아 독자들은 작가가 자기 작품의 '무상성'이라고 부르는 것을 그들 식으로 이해하고 있는 것이다. 작가에게 '무상성'은 정신성의 본질 자체이고, 시대성과의 결렬의 영웅적인 선언이었다.

그런데 부르주아 독자에게는 무상적인 작품이란, 근본적으로 무해하며 한갓 오락이었다. 그들은 아마 보르도, 부르제 등의 문학을 더 좋아할 것이지만, 무용한 책이 있어서 정신을 진지한 관심에서 딴 데로 돌려주며, 원기를 회복하기 위해 필요한 오락을 제공해주는 것 또한 나쁘다고 생각하지는 않았다. 이리하여 예술작품은 아무것에도 소용되지 않는 것이라고 인정하면서도, 부르주아 독자는 동시에 그것을 이용하는 수단을 발견했다. 결국 작가의 성공은 그러한 오해 위에 세워진 것이다. 작가가 오해받기를 좋아하는 이상, 독자들의 오해는 너무도 당연했다. 작가에게서 문학은 추상적인 부정이 되고, 그 부정 자체로서 지탱되고 있었으니 그의 가장 신랄한 모욕에 대해서도 부르주아 독자들이 '그것은 한갓 문학에 불과하지' 하고 미소를 던지기를 기대할 수밖에 없었다. 또 문학이 진지한 정신에 대한 순수한 반발인 이상, 독자들이 원리적으로 작가를 진지하게 대하려고 하지 않는 것도 그럴 법하다고 작가는 생각할 수밖에 없었다. 드디어 독자들은, 그것을 스캔들로 여겼다 할지라도 또는 충분히 알고 있지는 않았다 할지라도, 시대의 가장 '허무적'인 작품들에 둘러싸이게 되고 말았다. 그것은 작가가 자기 독자들을 보지 않으려고 용의주도한 수단을 다 썼건만, 그래도 독자들의 음흉한 영향을 완전히 벗어날 수는 없었기 때문이다. 창피한 부르주아 작가는 스스로 인정하지 않으면서도 역시 부르주아를 위해서 쓰면서 가장 터무니없는 사상을 내던질 수가 있었다. 곧 사상이란 늘 정신의 표면에 나타나는 거품에 지나지 않는다는 식으로 말이다. 그러나 그의 표현 수법도 그를 배반했다. 그 표현 수법까지 감사할 수는 없었기 때문이다. 그의 표현 수법은 보다 깊고 보다 더 진실한 자기 감정의 호(好)와 불호(不好)를 표명하며, 어떤 애매모호한 형이상학이나 동시대의 사회와의 진정한 관계를 표현하고 있었다. 작가의 시니시즘이 어떤 것일지라도, 아무리 신랄한 주제를 택한다 할지라도, 19세기의 소설 수법은 프랑스 독자들에게 부르주아지의 안정된 모습을 보여주었다. 사실을 말하자면 우리 작가들은 그러한 소설 기법을 상속했지만 그것을 수정한 것도 그들의 공로였다. 중세 말에 시작되는 그 출현은 소설가가 처음으로 자기 예술을 자각한 반성과 일치했다. 처음에는 작가 자신이 무대에 등장하지 않고, 자기 기능을 깊이 생각하지도 않은 채 이야기하고 있었다. 왜냐하면 그 이야기의 주제가 거의 다 민속적 기원이거나 집단적 기원이었고, 작가는 다만 그런 주제를 작품화하면 되었기 때문이다. 당시 소설가가 작품을 만드는 소재의 사회적인 성격은 그 소재가 실은 소설가가 손대기 전부터 존재하면서 소설가에게 중개자의 역할을 주며, 또 그것으로 소설가의 존재를 충분히 정당화했던 것이다. 다시 말하면, 소설가란 가장 재미난 얘기를 알고 있는 사람이고, 그것을 입으로 이야기하지 않고 펜으로 적어 유포시키는 사람이었다. 그는 거의 새로 발명하는 것이 아니고 이야기를 정성껏 손질하고 다듬는 사람이었다. 그는 상상계의 역사가였다. 그러던 것이 마침내 스스로 허구의 이야기를 만들어 그것을 발표하기 시작했을 때 비로소 그는 소설가로서의 자기 자신을 보았다. 그는 거의 죄악과도 같은 고독과 정당화할 수 없는 무상성, 문학적 창조의 주체성 등을 동시에 발견했다. 모든 사람의 눈과 자기 자신의 눈에도 그런 사실을 감추기 위해서, 또 작품을 쓰는 권리의 기초를 닦기 위해서 소설가는 자기가 꾸며낸 것을 진실처럼 보이게 하려고 노력했다.

작가는 이야기가 집단적 상상(想像)에서 발생할 때 그것을 특징짓는 거의 물질적인 불투명성을 자기가 꾸며낸 이야기에서조차 지니도록 할 만한 역량이 없어서, 하는 수 없이 그 이야기가 자기 자신의 머릿속에서 꾸며낸 것이 아닌 척하고 한사코 전에 겪은 일을 회상하는 듯한 성격을 부여하려고 애쓰는 것이었다. 그 때문에 소설가는 작품 속에서 구전설화(口傳說話)를 전하는 이야기꾼으로, 자기를 등장시키는 동시에 가공의 청중을 작품 속에 도입해서 현실의 독자를 대신하도록 꾸민 것이었다. 『데카메론』의 등장 인물들이 그러하듯이 그들의 일시적 유적(流謫)이 성직자들의 처지와 유사하여 차례로 돌아가며 화자, 청자, 비평자의 구실을 맡는 것이다. 이처럼 이야기의 말〔語〕 하나하나가 그 말에 의하여 이름 지어지는 사물인 양 인정되고 있던 객관적·형이상학적 리얼리즘 시대에 이야기의 실체는 우주였다. 그후에 문학적 관념론의 시대가 왔는데, 이 시대에는 말이란 오직 입 속이나 펜 밑에서밖에 존재하지 못했고, 본질적으로 말이 그 존재를 보증해주는 화자(話者)에게 속한다는 것이며, 이야기의 실체는 우주를 인지하고 생각하는 인물의 주체라는 것이었다. 또 그 시대에는 소설가가 독자를 직접 대상과 접촉시키지는 않고, 매개자로서의 자기 역할을 의식하게 되고, 허구적인 설화 속에서 중개하는 일을 구현하게 되었다. 그때부터 독자들에게 제공되는 이야기는 이미 구상된, 다시 말하면 이미 분류되어 정돈되고 다듬어지고 분명해진 것을 원칙적인 특성으로 삼고 있었다. 또는 차라리 그 이야기에 대해서 회고적으로 형성하는 사고를 통해서만 독자에게 제공되는 것이 원칙이 되어 있었다. 집단적인 것에서 발생한 서사시의 시간은 흔히 현재인데, 소설의 시간은 거의 언제나 과거인 것은 그 때문이다. 보카치오로부터 세르반테스를 거쳐 17세기와 18세기의 프랑스 소설로 이어지면서 그 과정은 복잡해지고 삽화적(揷話的)이게 되었다. 왜냐하면 소설은 풍자시, 만화, 인물 묘사 등을 도중에 주워 모아서 마침내 그것들을 끼워넣었기 때문이다.* 소설가 자신이 제1장에 나타나서 독자에게 고하

---

* 예컨대 르사주는 『절름발이 악마』에서 라 브뤼예르의 『성격론』과 라 로슈푸코의 『잠언집』 등을 소설화한 셈이다. 다시 말하면 이야기 줄거리라는 아주 가는 실로 위의 두 가지를 연결한 것이다.

고, 독자에게 질문하며, 독자에게 훈계하여 자기 이야기가 사실이라는 것을 보증하는 식이다. 그것이 내가 제1단계의 주체성이라고 부르는 것이다. 그 다음 이야기의 도중에 이차적인 인물이 개입하여 첫 번째 화자와 만나서 그들 자신의 신세타령을 하기 위하여 이야기 줄거리의 진행을 중단한다. 그것이 제1의 주체성에 지지되고 보수되어 있는 제2의 주체성이다. 이렇듯 어떤 이야기는 2단으로 재고되고 지성화되어 있다.* 독자가 작품 속의 사건에 휩쓸리는 일은 결코 없다. 가령 이야기하는 이가 사건이 생겼을 때 놀랐다고 하더라도 그는 그 놀라움을 독자에게 전하지 않고 다만 그것을 '알려줄' 뿐이었다. 그런데 소설가로 말할 것 같으면 유일한 현실성이란 그 말이 발설되는 데에 있다고 믿고 있었고, 또 소설가는 담화술이 아직도 존재하는 세련된 시대에 살고 있었으므로, 사람들이 책에서 읽는 말을 그럴 듯하게 꾸미기 위해 자기 작품 안에 담화자를 도입했다. 그러나 말하는 것을 기능으로 하는 인물을, 말에 의하여 그리는 것이므로 순환논법의 허점을 면할 수는 없다.** 물론 19세기의 작가는 사건의 서술에

---

* 서간체 소설 수법은 방금 말한 수법의 변종에 불과하다. 편지는 사건의 주관적인 이야기이고 그것을 쓴 사람을 상기시킨다. 쓴 사람이 배우인 동시에 주관적인 증인도 된다. 사건은 어떤가 하면 비록 최근의 것이라도 그것은 벌써 재고된 것이고 설명되어 있다. 편지는(가까운 과거에 속하는) 사실과 그후에 한가한 때 쓰인 이야기 사이의 간격을 항상 전제하고 있다.
** 이것은 회화로 회화를 파괴하려고 시도한 초현실주의자의 순환논법의 역이다. 여기서는 문학적 신용장을 문학 자체가 발부하도록 하려는 것이다.

노력을 기울이고 신선미와 격렬한 맛의 일부를 사건에 부여하려고 시도했지만 그들 대부분은 부르주아 관념론에 완전히 부응하는 관념론자들의 기법을 다시 채용했다. 바르베 도르빌리나 프로망탱처럼 서로 판이한 작가들까지도 끊임없이 그 같은 기법을 사용했다. 가령 『도미니크』[21]에서는 제2의 주체성을 떠받드는 제1의 주체성이 있고, 이야기를 꾸며나가는 것은 제2의 주체성이다. 그러나 그 기법이 모파상에게서처럼 뚜렷한 작가는 없다.

그의 단편소설의 구조는 거의 움직일 수 없는 것이다. 거기서는 우선 청중을 소개한다. 대개는 저녁식사가 끝난 후 살롱에 모여든 찬란한 상류 사교계의 일원이다. 때는 밤이고 피로와 정열, 모든 것이 소멸된다. 피압박자들은 잠들고 반항자 또한 자고 있다. 이렇듯 세계가 어둠에 묻힐 때 이야기는 전개된다. 그러니 허구에 둘러싸인 불빛의 거품 속에는 일부 엘리트들만이 깨어서 그들의 의식에 전념하게 된다. 그들 중에 모략과 사랑과 증오가 있다고 해도 저자는 그것을 우리에게 말하지 않고 욕망과 분노도 침묵 속에 가려버린다. 그 남녀들은 그들의 교양과 태도를 유지하고 엄숙한 예의 범절에 의해서 서로 신사 숙녀라는 것을 인식하기에 열중하는 것이다. 그들은 질서를 그리되 가장 세련된 질서로 그린다. 밤의 고요도 정열의 침묵도 모든 것이 전세기말의 안정된 부르주아지를 상징하게끔 되어 있다. 그 부르주아지는 이

---

21 프로망탱의 대표작.

제 아무 일도 일어나지 않을 것이고, 또 자본주의 체제는 영구히 지속될 것으로 믿고 있다. 이러한 분위기 속에 담화자를 등장시킨다. 그는 으레 '많이 보고, 많이 읽고, 많이 기억하는' 나이 지긋한 사람이다. 경험 많은 직업인, 이를테면 의사나 군인, 예술가 또는 전형적인 엽색가이다. 거룩하고 매우 편리한 신화에 의하면 그만한 나이의 사람은 정열에서 해방되고, 지난날에 가졌던 정열을 너그러운 마음을 가지고 맹세하듯 바라보게 되는 그런 인생의 시기에 이르렀다는 것이다. 그의 마음은 밤과 같이 고요하고, 그 자신이 이야기하는 사건에서도 이미 해방되어 있는 것이다. 가령 그가 이야기하는 사건 때문에 고통을 받았다고 해도 그는 그 고통으로써 달콤한 꿈을 만들고, 그 괴로움을 돌이켜보며 그것을 숨김없이 살펴본다. 다시 말하면 '영원의 상 밑에' 그것을 관조한다는 것이다. 분쟁이 있었던 것도 사실이다. 그러나 그 분쟁은 오래 전에 끝장이 난 것이다. 거기 등장하는 배우들은 이미 죽었거나 결혼했거나 또는 마음의 상처를 망각하고 있다. 이렇듯 사건은 이미 해소된 일시적인 무질서이다. 그것은 지금 풍부한 경험과 지혜의 관점에서 이야기되고 질서의 관점에서 청취되는 것이다. 질서는 승리하고 도처에 확립되어 있어 마치 여름날의 침체 상태인 물이 일렁이던 지난날의 잔물결의 기억을 지니고 있는 것처럼 지금은 없어진, 아득한 지난날의 무질서를 바라보고 있다. 대체 언제 혼란이 있기라도 했던가? 급격한 변혁이란 생각만 해도 일부 부르주아 인사들을 펄쩍 뛰게 할 것이다. 장군도 의사도 거친 세상의 회상에 잠기려고 하지 않는다. 그들이 이야기하는 것은 그들이 거기서 정수를 짜낸 경험담이다. 이야기를 시작하자 그 이야기에는 논리가 간직되어 있다는 것을 우리에게 알린다. 따라서 이야기하는 사건은 설명적이 되고, 한 가지 예에 관해 심리학적 법칙을 만들어내는 것을 목적으로 한다. 법칙, 또는 헤겔의 말처럼, '변화의 정적(靜的) 상'이라고도 할 수 있다. 변화 그 자체, 다시 말하면 일화의 개별적인 모습, 그것도 한갓 외관에 불과한 것이 아닌가? 우리가 어떤 사건을 설명하는 한 우리는 결과 전체를 원인 전체로 환원하며, 예기치 않았던 것을 기대했던 것으로, 신(新)을 구(舊)로 환원하기 마련이다. 메이에르손에 의하면 19세기의 학자가 과학적 사실에 대해서 한 일, 곧 외양성을 동일성으로 환원하는 수법을 작품 중의 담화자는 인간적 사건에 적용한 셈이다. 그래서 이따금 교활하게 자기 이야기에 약간 불안스러운 맛을 지니게 하려고 할 때, 소설가는 조심스럽게 그 변혁이 이미 회복할 수 없는 기정 사실이라는 것을 이야기 속에 조합했다. 예컨대 그의 환상적인 단편에서처럼 설명할 수 없는 것 배후에는 우주에 합리성을 다시 가져다주는 인과론적 질서 전체를 독자가 눈치채도록 암시를 남기는 것이다. 이리하여 이와 같은 확정된 사회에서 나온 소설가에게는 변혁이란 파르메니데스의 철학에서처럼 또는 클로델에 있어서의 '악' 개념처럼 존재할 수 없는 것이었다. 가령 그것이 존재했다 하더라도 그것은 오직 사회에 부적격인 혼(魂) 속에 일어나는 개인적인 격동에 불과할 뿐이다. 움직이고 있는 체계, 사회 혹은 우주, 안에서 부분적 체계의 상대적 운동을 연구하는 것이 아니라, 절대 정지의 관점에서 상대적으로 고립된 부분적 체계의 절대적 운동을 관조하는 것이 문제였다. 다시 말하면 그것을 규정하기 위해서 절대적인 표적을 설정할 수가 있고, 따라서 그것을 그의 절대적인 진실 속에서 인식한다는 것이다. 질서 있는 사회가 그 영원성을 생각하고 의식으로 그것을 축복하고 있을 때, 한 작가는 과거의 무질서의 유령을 깨워서 그것이 번쩍번쩍 출몰하게 하고, 유행이 지난 것으로 장식하는데, 그 유령이 사람에게 불안감을 주기 시작하는 순간에 이르자 그는 요술지팡이를 번쩍 들어 그것을 사라지게 하고는, 그 대신에 원인과 법칙과의 영구 불멸의 계층을 보여주는 것이다. 이렇듯 역사와 인생을 이해하였으므로 거기에서 해방될 수 있었고, 그 인식과 경험으로 해서 청중보다 뛰어난 이 요술쟁이에게서 우리는 이야기한 바 있는 세상 만사를 위해서 관망하는 귀족의 모습을 찾아볼 수 있다.*

지금까지 내가 모파상의 서술 방법에 관해 길게 언급한 것은 그것이 그의 세대와 바로 그의 세대에 전후하는 세대의 모든 프

---

* 모파상이 『오를라』를 썼을 때, 곧 그를 위협한 광증에 대해서 이야기했을 때 그의 어조는 일변했다. 드디어 무엇이, 두려운 무엇이, 일어나려고 했기 때문이다. 인간은 넋을 잃고 속이 뒤집히고 말았다. 그는 이미 아무것도 알 수 없게 되어 독자를 그 공포 속에 끌어넣으려고 했다. 그러나 이미 습관이 되어 있으므로 새로운 문학적 재출발은 있을 수 없었다. 역사를 쓰는 데 알맞은 기법을 갖지 않았기 때문에 그는 독자를 감동시키는 데까지는 이를 수 없었다.

랑스 소설가에게 기본적인 기법이 되었기 때문이다. 소설에 내재
하는 담화자는 한 개의 추상으로 환원할 수도 있으며, 흔히 분명
하게 표시되지 않는 때도 있지만, 하여간 우리는 그의 주관을 통
해서 사건을 알게 된다. 그 담화자가 전혀 나타나지 않을 때에도
그것은 쓸모없는 장치라서 폐지된 것이 아니고 오히려 저자의 제
2인격이 되었기 때문이다. 저자는 백지를 앞에 놓고 자기 상상이
그 위에서 경험으로 바뀌는 것을 본다. 그는 이미 저 자신의 재량
으로 쓰는 게 아니고 사건을 목도한 침착하고 원숙한 인물의 말
을 받아쓰는 것이다. 예컨대 알퐁스 도데는 확실히 살롱의 능란
한 이야기꾼에게 사로잡힌 사람으로, 그는 자기 문체에 사교계
담화의 버릇과 사랑스러운 천진난만함을 지니게 했으며, 때로는
탄성을 울리고, 때로는 질문하며, 혹은 비꼬고 또는 독자에게 묻
는 것이다. '아아! 타르타랭은 얼마나 실망하였던 것인가? 당신
들은 그 이유를 알겠소? 아니 여간해서는 상상도 못할 것이
오……' 자기 시대의 객관적인 역사가 되려고 했던 사실주의 작
가들까지도 이러한 방법의 추상적 도식을 지키고 있었다. 다시
말하면 그들의 모든 소설에는 어떤 공통의 환경, 공통의 올〔緯〕
이 있지만, 그것은 소설가의 개인적 역사적인 주체성이 아니라
경험 있는 사람의 관념적이고 일반적인 주체성이다. 우선 첫째
로, 이야기는 과거 시제로 씌어져 있다. 그 과거는, 사건과 독자
를 갈라놓기 위한 의례적인 과거이며, 이야기꾼의 기억에 의존하
는 주관적인 과거이며, 결론을 동반하지 않는 진행 중인 이야기

가 아니고 이미 기정의 이야기라는 의미에서 사회적인 과거이다. 자네 씨는 '회상이 몽유병자적 과거의 소생과 구별되는 것은 후자가 사건을 그 본래의 지속에 따라 재생하는 데 대하여 전자는 무제한으로 압축할 수 있는 것이며, 필요에 따라서는 한 구절로 요약할 수도 있고, 한 권을 채울 수도 있다는 점에서이다'라고 주장한다. 그것이 사실이라면 시간의 급한 단축 뒤에 길다란 연장이 계속되는 이런 종류의 소설이야말로 마땅히 회고라고 부를 수 있다. 화자는 어떤 때는 결정적인 한순간을 묘사하느라 몇 페이지씩 소비하는가 하면, 때로는 몇 년을 단숨에 뛰어넘는다. '3년이 흘렀다. 어두운 고통의 3년이……' 인물의 현재를 그들의 미래에 의해서 설명하는 것도 금지되어 있지는 않다. '그때 그들은 이 짧은 회합이 불길한 결과를 가져올 줄은 꿈에도 생각하지 못했다'. 그리고 그의 관점으로 보아서 잘못된 일은 아니다. 왜냐하면 그의 관점으로는 현재나 미래는 둘 다 과거이고, 기억의 시간은 불가역성(不可逆性)을 잃어, 우리들은 그 시간을 뒤에서 앞으로, 또는 앞에서 뒤로 마음대로 뛰어다닐 수 있기 때문이다. 또한 작가가 우리들에게 제시하는 회고는 이미 가공되고 재고되고 평가된 것으로 곧 동화될 수 있는 교훈을 우리에게 베풀고 있다. 감정과 행위는 번번이 마음의 법칙의 전형적인 예로서 표시되었으니까, '다니엘은 모든 젊은이들이 그렇듯이……'라거나, '에브는 이러이러한 점에서 정말로 여자다웠다'라거나, '메르시에는 관료에게 흔히 있는 그 버릇을 가지고 있었다……' 등 이런 법칙은 '선험적으로' 연역(演繹)될 수 없고, 직관으로도 파악할 수 없고, 과학적 실험으로 확립된 것도 아니며, 보편적으로 재생될 수도 없으므로, 파란 많은 인생의 법칙으로부터 법칙을 만든 주체에게로 독자를 이끈다. 그런 의미에서 제3공화국 시절의 대부분의 프랑스 소설은 현실의 저자의 연령이 어떻든, 그 연령이 낮으면 낮을수록 더욱 50대의 사람들에 의해서 쓰인 듯한 인상을 풍길 수 있기를 바랐다고 말할 수 있다.

몇 세대에 걸친 이 시기를 통해서 일화는 절대의 관점, 곧 질서의 관점에서 이야기되었다. 따라서 그러한 일화는 정지한 체제 속의 국부적인 변화일 뿐이었다. 저자도 독자도 위험을 무릅쓸 필요가 없으며, 어떤 놀라움도 두려움도 필요가 없었다. 사건은 이미 지나갔고, 유별되었고, 이해되어 있으니까. 안정된 사회, 자기를 위협하는 위험을 아직 의식하지 못한 사회, 부분적 변화를 전체화하기 위하여 자유롭게 처리할 수 있는 윤리와 가치의 척도와 설명의 체계를 가지고 있던 사회, 사회는 역사성을 초월한 것이며 이제는 중요한 사건은 아무것도 일어나지 않으리라고 확신하고 있던 사회, 이러한 사회 안에서는, 그리고 최후의 토지까지 경작되고, 몇 백 년을 묵은 담벽이 바둑판 무늬로 쪼개져 공업적 방법 속에 응결되고 대혁명의 영광 위에서 졸고 있던 부르주아 프랑스 안에서는 다른 어떠한 소설 기법도 생각할 수 없었던 것이다. 새로운 땅으로 이식을 시도한 새 방법은 한갓 호기심에 의한 성공밖에는 못 얻고, 그렇지 않으면 겨우 하루살이의 운명을

면할 수 없었다. 작가도 독자도 집단의 구조도, 그리고 그 사회의
여러 가지 신화도 새로운 방법을 요구하지는 않았다.*

---

* 나는 우선 이러한 새로운 방법 중에서 전세기 말에서 금세기 초에 걸친 짐, 라브당, 아벨
에르망 등이 연극의 문체에서 받아들인 기묘한 수법을 예로 들겠다. 소설은 대화체로 쓰
이고, 인물들의 몸짓이나 행위는 이탤릭체로 쓰이거나 괄호에 넣는다는 것이다. 그것은
마치 희곡이 상연되는 동안 무대를 보는 관객이 그 작품 전개와 호흡을 같이하게 되듯이
분명히 독자가 작품 속의 행위와 호흡을 같이하도록 만드는 것이었다. 그 방법은 확실히
1900년을 전후한 세련된 사회에서 연극이 주된 장르였다는 것을 보여준다. 그것은 그것
대로 제1의 주관성의 신화를 빠져나가려고 노력했다. 그러나 곧 포기하고 다시는 채택되
지 않았다는 사실이 그 방법으로는 문제가 해결되지 않았다는 것을 충분히 설명하고 있
다. 우선 가까운 예술에 구원을 청한다는 것은 자기 약점을 드러내는 징조이다. 그리고 그
들 자신의 예술 영역 안에 수단이 모자란다는 증거다. 그 다음 작가가 작중 인물의 의식
속으로 들어가고, 독자들도 자기와 함께 끌고 들어갈 만한 노력을 하려고 하지도 않았다.
작가는 일반적으로 연출을 위한 지시에 쓰이는 문체나 인쇄법을 써서 인물들의 의식의 은
밀한 내용을 괄호에 넣고 이탤릭체로 암시했을 뿐이다. 사실 장래성 없는 시도였다. 그것
을 해본 작가들은 현재형으로 써야 소설을 혁신할 수 있다는 막연한 예감을 가지고 있었
다. 그러나 그들은 그러한 변모가 설명적인 태도를 먼저 버리지 않는 한 불가능하다는 것
을 깨닫지 못했던 것이다. 슈니츨러의 내적 독백을 프랑스에 도입하려 한 시도는 더 한층
진지한 것이었다. '나는 아주 다른 형이상학적 원리를 가지는 조이스의 내적 독백에 관해
서는 말하지 않았다. 라르보가 조이스 수법을 주장한 것을 나는 알고 있지만, 내 생각으로
는 그가 특히 『월계수는 잘렸다』나 『엘제 양』으로부터 영향을 받은 것처럼 생각된다.' 요
컨대 문제는 '제1의 주관성'이라는 가설을 끝까지 밀고 나가 이상주의를 절대로까지 인도
해서 현실주의로 옮기는 것이다.

　매개자 없이 독자에게 보이는 현실은 이미 수목이나 재떨이라든가 하는 사물 자체가 아
니고 그 사물을 보는 의식이다. '현실적'인 것은 이미 표현에 지나지 않는다. 그러나 그
표현이 절대적인 현실이 된다. 그 표현을 직접 여건으로 우리들에게 주기 때문이다. 그런
데 이 방법의 불편한 점은 그것이 우리들을 한 개별적인 주관 속에 가두어, 주관과 주관
사이에 성립되는 세계가 없어진다는 점에 있다. 또 그 방법이 사건이나 행동의 지각 속에
서 양자를 모두 희박하게 만든다는 점에 있다. 그런데 사건과 행위의 공통된 성격은 그것
들이 주관적인 표현에서 벗어났다는 점이다. 주관적인 표현은 그 결과는 포착할 수 있지
만 생생한 움직임을 붙들 수 없기 때문이다. 끝으로 의식의 흐름은 설령 변형된 말로 한
다 하더라도, 말의 계기로 환원할 수 있는 것은 어떤 종류의 기만 수단 없이는 되지 않기
마련이다. 만약 '의미하는' 매개자로서 본래 언어에 초월적인 존재를 부여할 수 있다면

이처럼 문학은 사회 안에서 보통은 통합적이고 전투적인 기능을 대표하기 마련인데, 19세기 말의 부르주아 사회는 생산의 기치 아래 모인 근면한 공동체의 전례 없는 광경을 보여주었다. 거기서 발생하는 문학은 그 공동체를 반영하기는커녕 그 공동체의 관심사도 전혀 말해주지 않았고, 그의 이데올로기에 반대하며, '미(美)'를 비생산적인 것과 동일시하고, 자신이 그 공동체 속에 통합되기를 거부하고, 읽히는 것까지도 원하지 않았다. 그렇지만 그 반항의 한가운데서도 지배 계급을 그 가장 깊은 구조와 '문

언어 활동으로서는 그보다 나은 일은 없다. 그렇게 되면 말은 잊혀지고 말은 의식을 대상에게로 떠맡겨버린다. 그러나 만일 말(語)이 '심리적 현실'로서 주어지고, 작가가 그것을 쓰면서 우리들에게 분명치 않은 현실을 준다고 주장한다면 분명치 않은 현실이란 그것이 그 객관적 본질로는, 즉 외부와 관계하는 한에서는 기호이지만 그 형태적 본질로서, 즉 직접적·심리적 여건으로는 사물이다. 그때에는 어떤 결단도 내리지 않았다는 이유로 작가를 비난할 수 있고 그 수사학적 법칙을 오해하고 있다는 이유로도 비난할 수가 있다. 수사학적 법칙이란 문학에 있어서는 기호를 쓰는 경우는 기호만을 쓰지 않으면 안 된다는 것이고, 의미하려는 현실이 말(語)인 경우에도 다른 말(語)로써 독자에게 그것을 제시하지 않으면 안 된다는 것이다.

또 심리적 생활의 가장 풍부한 부분은 '침묵적'이라는 것을 잊어버렸다는 이유로도 저자를 비난할 수가 있을 것이다. 우리들은 '내적 독백'의 운명을 알고 있다. 수사학이 된, 다시 말하면 침묵으로서나 말로서나 내적 생활의 시적인 전환이 된, 내적 독백은 지금은 소설에서 다른 여러 개의 수단 가운데 하나에 지나지 않게 되었다. 진실하기에는 너무도 관념적이며, 완전하기에는 너무도 현실적인, 내적 독백은 주관적 기법의 으뜸가는 수법이다. 오늘의 문학이 자기 자신을 의식하게 된 것도 바로 그 기법에 의해서이다. 다시 말하면 문학이 대상과 수사학 양쪽을 향하여 내적 독백 수법의 이중 초극을 의미하는 것이다. 그러나 그렇게 되기 위해서는 역사적 상황이 변혁되어야 할 것이다.

오늘도 소설가가 과거형을 쓰고 있다는 것은 두말할 여지가 없다. 작가가 독자로 하여금 역사와 호흡을 같이하도록 하려면 동사의 시제만을 바꿈으로써가 아니고 이야기의 기법을 아주 뒤집어야만 할 것이다.

체' 속에 아직 반영하고 있었던 것이다. 그렇다고 그 시대의 작가들을 비난할 수도 없다. 그들은 할 수 있는 일을 한 것이다. 그들 주위에는 우리의 가장 위대하고 가장 순수한 몇몇 작가가 있었다. 그리고 또 사람의 모든 행위가 우리들에게 우주의 일면을 보여주듯이 그들의 태도도 '무상성'을 세계의 무한한 차원들 중의 하나로서, 또는 인간 활동의 가능한 하나의 목표로 밝혀줌으로써 그들 자신의 의사에 반해서 우리를 풍부하게 해주었다. 또 뭐니 뭐니 해도 예술가였으므로 그 작품은 그들이 경멸하는 체하고 있던 독자의 자유에의 절망적인 호소를 깊이 간직하고 있었다. 그들의 작품은 대립을 극한까지, 곧 스스로와 대립하는 데까지 밀고 나갔다. 그것은 우리들로 하여금 언어 학살을 넘어서 암담한 침묵을, 진지한 정신을 넘어서 등가물 없는 완전히 공허한 하늘을 엿보게 한다. 또 모든 신화와 모든 가치 체계를 파괴함으로써 우리를 허무 속에 떠오르도록 하며, 그들의 작품은 인간 속에 있는 초월성과의 내적인 관계를 보지 않고 '무'와의 은밀한 관계를 우리에게 드러냈다. 그것은 청춘의 문학이며, 아직 양친 슬하에 살면서 쓸모없고 책임없이 가족의 돈을 낭비하고 아버지를 비판하고 자기 자신의 유년 시대를 보호해준 점잖은 세계의 붕괴를 눈앞에 보고 있는 그러한 연대의 문학이다. 카유아가 적절히 지적했듯이 당시의 축제라는 것은 부정적인 계기의 하나로서 공동체는 그때까지 축적한 재산을 소비하고, 그의 도덕율을 범하고, 그저 낭비하는 쾌락을 위해서 낭비하고, 파괴하는 쾌락을 위해서 파괴하는 것이었다는 사실을 상기한다면, 19세기의 문학은 절약의 노동 집단의 여백에서의 사치스럽고 흉악한 대축제이고, 그것은 찬란한 패덕 속에서, 혹은 정열의 불 속에서 죽음에 이르도록 불사르는 유혹이었다는 것을 쉽사리 알 수 있을 것이다. 그러한 문학은 뒤늦어진 완성, 트로츠키적 초현실주의에서 그 결과를 발견했다고 내가 말한다면 너무나 밀폐된 사회 속에서 문학이 떠맡는 기능을 좀더 잘 이해하여줄 것으로 안다. 그것은 다름 아닌 안전판의 기능이었던 것이다. 결국 영원의 축전과 영원의 혁명 사이는 그다지 거리가 멀지 않다.

그렇지만 19세기는 작가에게 과오와 실추의 시대였다. 만약 19세기 작가가 자진해서 하층 계급으로 내려가서 자기 예술에 새로운 내용을 담았더라면 그는 다른 수단으로서, 다른 국면으로 그의 선배들의 사업을 계승했을 것이다. 그는 문학을 부정과 추상에서 구체적인 건설로 이행시키는 데 기여했을 것이다. 문학의 자율성은 18세기가 획득했고, 또 거기에서 물러나는 것은 문제가 되지 않고 있었는데, 이 자율성을 그대로 간직해 나가면서도 작가는 그것을 다시 사회에 통합시킬 수 있었을 것이고, 프롤레타리아의 요구를 밝히고 지원하면서 문학예술의 본질을 심화하고 형식적인 사고의 자유와 정치적 민주주의 사이의 일치뿐 아니라 사색의 영원한 주제로서 '인간'을 택한다는 소재적인 의무와 사회적 민주주의 사이에도 일치가 있다는 것을 이해하고 있었을 것이다. 그렇게 되면 작가는 분열된 독자를 상대로 쓰고 있었을 테니까 그 문체도 내적인 긴장을 회복했을 것이다.

또 만약 부르주아 앞에서 그들의 부정을 증언하는 한편 노동자의 의식을 깨우쳐주려고 노력하고 있었다면 그의 작품들은 전(全) 세계를 반영하고 있었을 것이다. 작가는, 예술작품의 근원이고 독자에의 무조건 호소인 '너그러움'과 그 회화인 낭비와의 구별을 알았을 것이다. 또 소위 인간성의 분석적이고 심리학적인 해석을 포기하고 인간의 '조건'을 종합적으로 평가할 수 있었을 것이다. 아마 그런 것은 힘든 일이었을 것이고, 어쩌면 불가능했을지도 모른다. 그러나 당초에 작가도 태도를 잘못 취한 것이다. 모든 계급적 규정을 피하려고 헛된 노력을 하고 거만을 떨 것이 아니고, 또 무산자에 관해 연구할 것이 아니라 그와 반대로 자기를 자기 계급에서 추방된 부르주아로 알고, 이해 관계의 연대성에 의해서 피압박 대중에게 결부되어야 할 것이었다. 우리는 작가가 발견한 호화로운 표현 수단 때문에 그가 문학을 배반했다는 것을 잊어서는 안 된다. 그러나 19세기 작가의 책임은 훨씬 더 큰 것이었다. 만약 작가들이 피압박 계급을 자기 청중으로 삼고 있었더라면 아마도 그들의 관점의 상위와 저작의 다양성은 대중들 속에 적절하게도 사상 운동이라고 일컫는 것을, 곧 개방되고 상극적이고 변증법적인 이데올로기를, 조성하는 데 이바지했을 것이다. 틀림없이 마르크스주의는 승리했을 것이다. 그러나 그렇게 되면 한편으로 마르크시즘 자체도 수없이 많은, 그리고 복잡한 뉘앙스를 받아들이게 되었을 것이며, 상극적 이론을 흡수하고 소화해서 개방된 이데올로기로 남게 되었을 것이다.

그러나 우리는 현실적으로는 어떻게 되었는가를 알고 있다. 곧 백 개의 이론이 아니라 오직 두 개의 혁명적 이데올로기가 있을 뿐이었다. 우선 프루동주의자들이 있었는데, 그들은 1870년 이전의 노동자 인터내셔널에서는 다수를 차지했지만 파리 코뮌의 실패로 인해서 납작해지고 그 대신 마르크스주의는 적대자에게 이겼는데, 그 승리도 마르크스주의는 앞질러가면서 간직하는 헤겔적 부정의 힘에 의한 것이 아니고 외부의 힘이 순수하게, 또 단순히 대립하여 2항 중 1항을 없애버린 데에서 기인한 것이었다. 그 영광 없는 승리가 마르크스주의에게는 어떠한 대가를 치르게 했는가, 이루 다 말할 수가 없을 정도다. 모순되는 상대방이 없어지자 마르크스주의도 생명을 잃은 것이다. 만약 그것이 최선의 이데올로기였고, 끊임없이 싸우고 승리하기 위해서 자기 자신을 변형해가고, 적에게서도 우수한 무기를 훔쳐 자기 것으로 만들어 나갔던들 상당히 정신화되어 있었을 것이다. 그렇지만 '작가, 귀족'이 마르크스주의에서 천리만리 떨어져 추상적인 정신성의 수호자가 되어 있는 동안 마르크스주의는 자기 교리를 고수하는 교회가 되어버렸다. 이러한 분석은 부분적인 것이고 논박의 여지가 있음을 나 자신도 잘 알고 있다는 것을 과연 사람들이 믿으려고 할 것인가? 예외는 얼마든지 있고, 그 예외를 나는 알고 있지만 그것을 일일이 보고하려면 방대한 지면이 필요할 것이다. 여기서는 요점만을 서둘러 말하지 않을 수 없다. 그러나 특히 내가 이 글을 쓰려는 근본 정신이 이해되지 않으면 안 된다. 가령 그것이 피상적인 것일지라도 거기서 사회학적 설명의 시도를 보려고 하면 모든 의미는 잃게 될 것이다. 스피노자에게 있어서 한 끝을 중심으로 해서 회전하는 선분의 관념은 그 관념을 포함하고 완성하고 정당화하는 종합적 · 구체적 · 완결적인 원주의 관념을 떠나서 생각될 경우에는 추상적인 거짓 관념인 것과 마찬가지로, 여기서도 우리들의 고찰은 예술작품의 전망 속에, 다시 말하자면 '독자의 자유에의 자유롭고 무조건적인 호소'의 전망 속에 다시 자리매김해주지 않는다면 그것은 추상론을 면할 수 없다. 사람은 독자와 '신화' 없이는, 즉 역사적 상황이 만든 어떤 독자와 그 독자층의 요구에 크게 의존하는 문학에 대한 어떤 신화 없이는 글을 쓸 수 없다. 요컨대 작가는 다른 모든 사람들과 마찬가지로 어떤 상황 속에 들어 있는 것이다. 그러나 그 저자는 사람의 모든 계획이 그렇듯이 그 상황을 포함하면서 동시에 분명히 밝히고 초극하며, 원주의 관념이 선분의 회전의 관념을 설명하고 기초를 세우듯이 상황 설명까지 하고, 그 기초를 주는 것이다. 상황 속에 놓여 있다는 것은 자유의 본질적이고도 필연적인 성격이다. 상황을 기술하는 것이 자유를 침범하는 일일 수는 없다. 얀센파의 이데올로기며, 3일치의 법칙이며, 프랑스 시법(詩法)의 규칙이니 하는 것은 예술이 아니다. 그런 것을 연결하는 것만으로는 훌륭한 비극, 훌륭한 장면, 좋은 시구 하나도 만들어낼 수 없는 이상, 예술에 관하여 보면 그런 것은 순수한 무(無)이기도 하다. 그러나 라신의 예술은 그런 것들을 '출발점으로 해서' 새로 발명되어야 하는 것이다. 어리석게도 흔히 그렇게 말한 것처럼 라신의 예술은 그런 것에 굴복하는 것으로 창조된 것이 아니고, 거기서 필요한 곤란과 구속을 섭취함으로써 창조된 것도 아니다. 그와 반대로 그런 것을 재창조하고 막을 구분하는 것이나, 시구 중단법이나, 운(韻)이면 포르루아이알의 윤리 등에 라신 고유의 새로운 기능을 줌으로써 그런 것을 창조한 것이다. 따라서 시대가 그에게 떠맡긴 형(型) 속에 주제를 불어넣은 것인지 또는 주제가 요구했기 때문에 그러한 기법을 진실하게 택했는지 명확하게 결정할 수는 없다. 페드르가 무엇이 될 수 없는가를 이해하기 위해서는 인류학 전체를 들춰보아야 할 것이다. 그와 반대로 페드르가 무엇이냐를 이해하기 위해서는 읽거나 듣거나 하는 것만으로, 다시 말하면 자기를 순수한 자유 상태에 놓고 작가의 '너그러움'을 너그럽게 믿는 것만이 필요하다. 우리들이 택한 예는 단지 작가의 자유를 서로 다른 여러 시대의 상황에 놓아 보기 위하여 소용되었고, 작가에 대한 요구의 한계에 의하여 작가의 호소의 한계를 밝히며 작가의 임무에 대한 독자의 관념에 의하여 작가가 문학에 관하여 발명하는 관념의 필연적인 한계를 보이기 위해 소용되었다. 그리고 만약 문학작품의 본질이 자유이며, 그 자유는 자기를 드러내고 자기 자신이 전적으로 타인의 자유에의 호소일 것을 원하는 것이 사실이라면, 억압의 여러 가지 형식은 인간에게 인간은 자유롭다는 것을 감춤으로써 작가에 대하여 이 본질의 전부 혹은 일부를 감추게 되는 것도 사실이다. 이처럼 작가가 자기 직업에 관해서 가지는 의견은 필연적으로 흠이 있는 것이다. 거기에는 항상 어떤 진리가 감추어져 있지만 사람이 거기서 정지하는 한, 그 고립된 부분적인 진리는 과오가 되고 만다. 그리고 사회적 전개로서 문학관의 변동을 상상할 수가 있는 것이다. 단 개별 작품 하나하나가 어떤 방식으로서든지 예술에 관한 온갖 관념을 초월한다는 것은 물론이다. 왜냐하면 개개의 작품이란 어떤 의미로는 항상 무조건적인 것이고 무(無)에서 오는 것이며, 무(無) 속에 세계를 매달아놓는 것이기 때문이다. 그뿐 아니라 이때까지의 서술로써 우리는 문학관의 일종의 변증법 같은 것을 엿볼 수 있으므로 우리는 여기서 문예사를 쓴다고는 결코 주장하지 않지만, 과거 수세기 동안에 걸친 문학의 변증법적 전개를 재구성할 수가 있고, 그 끝에 가서 비록 관념적이나마 문학작품의 순수한 본질과 동시에 그것이 요구하는 독자의, 곧 사회의 형(型)을 발견할 수가 있다.

문학이 자기 자율성을 명백히 의식하는 데에 이르지 못할 때, 그리고 일시적인 권력이나 하나의 이데올로기에 복종하고 있을 때, 요컨대 문학이 자기를 무조건의 목적으로 보지 않고 수단으로 보고 있을 때, 그러한 시기의 문학은 이미 독립성을 잃은 것이라고 나는 지적하고자 한다. 물론 그런 경우에도 문학작품들은 그 특수성 속에서 노예 상태를 초월하며, 하나하나의 작품이 무조건적 요구를 내포하고 있다는 것은 의심할 수 없다. 그러나 그것은 암암리에 포함되어 있는 것에 불과하다. 내가 말하고 싶은 것은 아직 그 본질을 완전히 내다보지 못했을 때, 또 그것이 형식적인 자율성의 원리를 세우는 데 그치고 작품의 주제는 아무래도 상관없다고 보고 있을 때 그 문학은 추상적이라는 것이다. 이상의 관점으로 보아 12세기는 구체적이면서도 소외된 문학의 모습을 나타낸다. 그것이 구체적이라 함은 내용과 형식이 혼합되었기 때문이다. 그 시대에는 오로지 신에 관해서 쓰기 위해서만 글쓰기를 배웠다. 세계가 신의 작품이라면, 책은 세계의 거울이었다. 그것은 신의 창조의 여백에 그린 비본질적 창조이며, 찬양이고 현상이고 순수한 반영이었다. 그런데 바로 이 점에서 문학은 소외된 문학이었다. 다시 말하면, 문학은 모든 경우에 사회의 반영인데 그 비반성적인 반영에 머물러 있었다. 때문에 문학은 카톨릭적 세계를 매개하나, 성직자에 있어서의 문학은 무매개적인 것이었다. 그리하여 문학은 자기를 상실한 대가를 치르고서야 세계를 다시 회복했다. 그러나 반성적인 사상은 반영된 전 세계와 함께 소멸함으로써 필연적으로 스스로를 반영해야 하므로 우리가 나중에 연구한 세 가지 예는 우리들에게 문학 자체에 의한 문학의 회복 운동, 곧 그 비반성적이며 무매개적인 반영의 상태에서 반성된 매개 상태로의 이행을 보여주었다.

처음에는 구체적이면서 예속되어 있던 문학이 부정으로써 자기를 해방하고 동시에 추상성으로 넘어갔다. 보다 정확하게 말하면 문학은 18세기에는 추상적 부정성으로 되었고, 19세기 말과

20세기 초에는 절대적 부정에 다다랐던 것이다. 이러한 진화의 종말에 이르러 문학은 사회와의 모든 연결을 끊어버리고, 심지어 독자조차도 갖지 않게 되었다. '누구나가 알고 있듯이 우리 시대에는 두 가지 문학이 있다. 하나는 본질적으로 읽을 수 없는 나쁜 문학(실제로는 많이들 읽고 있지만) 또 하나는 좋은 문학인데, 실제로는 독자들이 거들떠보지도 않는 문학이 있다'고 장 폴랑은 말하고 있다. 그러나 그것까지도 아직 전진이라고 할 수 있다. 그 거만한 고립 끝에, 모든 유효성을 경멸하는 철저한 거절 끝에, 문학 자체에 의한 문학의 파괴가 있었던 것이다.

우선 저 가공할 '그것은 한갓 문학에 불과하다'라는 경구가 적절히 표현될 시기가 있고, 그 다음에는 장 폴랑이 테러리즘이라고 부른 문학적 현상이 있었다. 그것은 기생충적 무상성의 관념과 거의 동시에, 그 대립으로서 생겨 19세기 전체를 통해서 무상성의 관념과 불합리한 결합을 수없이 되풀이했고, 드디어 제1차 세계대전 직전에 폭발한 일련의 현상이다. 테러리즘, 또는 테러리스트 콤플렉스라고나 해야 될지도 모른다. 독사들이 서로 엉킨 뭉치나 다름없기 때문이다. 다음 세 가지를 구별할 수가 있다. (A) 모든 경우에 말[語]보다 그 말이 뜻하는 사물을, 언설보다는 행위를, 의미로서의 말보다는 대상으로 생각된 말을, 즉 결국은 산문보다는 시를, 구성보다는 자연발생적인 질서를 좋아하게 하도록 할 만큼 표징에 대한 심각한 혐오이다. (B) 문학 때문에 인생을 희생하지 않고, 문학을 인생이 온갖 표현 중의 하나로 하기 위한 노력. (C) 작가의 도덕적 의식의 위기, 다시 말하면 기생적 생활의 처참한 파멸이다. 이리하여 문학은 한순간도 그 형식적 자율성의 상실을 직시하지 않고, 형식주의를 부정하게 되고, 그 본질적인 내용을 문제 제기를 하기에 이르렀다. 오늘날 우리들은 테러리즘을 넘어섰고, 우리들은 해방된 구체적 문학의 본질적 특징을 확정하기 위하여 테러리즘의 경험과 상술한 고찰을 적용할 수 있다.

위에서 작가는 원칙적으로 모든 인간을 상대로 쓴다고 했다. 그러나 그 뒤에서 작가는 다만 소수의 사람들에게만 읽힌다는 점에도 주목했다. 그런데 이상적인 독자와 현실적인 독자 사이의 간격에서 추상적인 보편성의 관념은 생긴 것이다. 다시 말하면 저자는 현재 저자가 가지고 있는 한줌의 독자들이 무한의 미래 속에 영구히 되풀이된다는 가정을 원하는 것이다. '문학적 영광'은 기묘하게도 니체의 이른바 '영원 회귀'와 비슷한 것이다. 그것은 역사에 대한 싸움이고, 여기서도 니체의 경우와 같이 공간에 있어서의 좌절을 만회하기 위하여 시간의 무한성에 구원을 청하는 것이다.(17세기의 작가에 있어서는 왕의 '무한 회귀', 19세기의 작가에 있어서는 문단과 전문적인 독자와의 무한 확대) 그러나 현재의 현실적인 독자를 미래에 투영하는 것은, 그 결과로 적어도 작가의 표현에서 인간의 가장 큰 부분을 영구히 제외한다는 것은 자명한 이치이므로, 그리고 앞으로 나타날 무한의 독자를 예상하는 것은 실제의 독자를 단순히 있을지도 모를 인간으로

된 독자로서 연장하는 것이므로, 따라서 작가의 영광이 노리는 보편성이란 한갓 부분적이고 추상적인 것임을 면할 수 없다. 그리고 독자의 선택은 어느 정도 주제의 선택에 영향을 주는 것이므로 영광을 목표로 삼고 영광을 규정적 관념으로 삼는 문학도 또한 어디까지나 추상적일 수밖에 없다. 반대로 구체적인 보편성이란 일정한 사회에 살고 있는 인간의 총체를 의미하지 않으면 안 된다. 가령 작가의 독자가 그 총체를 포함하도록까지 넓혀진다고 하면, 작가가 자기 작품의 명성을 반드시 현재에만 국한시킬 필요는 조금도 없다. 오히려 그러한 작가는 불가능한 꿈이며 절대의 동굴인 추상적 영원의 영광에 대하여 차라리 명성의 구체적인 지속으로 대항할 것이다. 그 지속은 그 작가의 주제 선택 자체로서 결정지어질 것이며, 그를 역사에서 떼어내기는커녕 오히려 그 위치를 사회적 시대 속에 정해줄 것이다. 사실 사람의 모든 계획은 그의 좌우명에 따라 어떠한 미래를 재단하는 것이다. 만약 내가 씨를 뿌리기를 계획한다면, 나는 내 앞에 1년 동안의 기다림을 설정한다. 만약 내가 결혼을 한다면, 나는 당장에 내 인생 전체를 떠올린다. 만약 내가 정계에 투신한다면, 나는 죽음 이후에도 전개될 미래에 내 인생을 건다. 글쓰기도 이와 다르지 않다. 불후의 월계관을 바라는 것은 점잖은 일이지만, 오늘날 그런 평계 아래 보다 조촐하고, 보다 구체적인 주장이 보인다. 『바다의 침묵』은 프랑스인들로 하여금 적이 협력을 선동했을 때에 거절하도록 하는 것을 목적으로 하고 있었다. 그 효과에 따라서 그 현실의 독자는 점령 시대를 넘어서 연장될 수는 없었다. 리처드 라이트의 작품들은 미국에 흑인 문제가 계속되는 한 살아 있을 것이다. 따라서 후세에 살아남기를 단념하라는 것은 절대로 아니다. 그와는 반대로 그것을 결정하는 것은 바로 작가 자신이다. 작가가 행동하는 한 그는 살아남을 것이다. 그후에는 명예직과 은퇴의 날들이 있다. 지금은 역사를 회피하려고 하기 때문에 작가의 명예직은 죽은 다음날부터 시작된다. 어떤 경우는 생존 중에도 시작된다.

이렇듯 구체적 독자는 여성의 엄청난 요구와도 같은 사회 전체의 기대를 나타내는 것이며, 작가는 그 기대를 붙잡아 만족시켜주지 않으면 안 된다. 이 점에 있어 독자는 요구할 자유가 있고 작가는 요구에 응할 자유가 있어야 한다. 그것은 어떤 경우에도 어느 하나의 집단이나 계급의 질문이 그 밖의 환경으로부터 질문을 가로막아서는 안 된다는 것을 의미한다. 그렇지 않으면 우리들은 또다시 추상에 빠져들 것이다. 요컨대 현실적인 문학은 오로지 계급이 없는 사회에서만 문학의 본질을 온전히 실현시킬 수 있다.

그런 사회에서만 작가는 그 '주제'와 '독자' 사이에 어떠한 종류의 어떠한 어긋남도 없다는 것을 깨닫게 될 것이다. 문학의 주제는 항상 이 세계 안의 인간이었기 때문이다. 다만 잠재적 독자가 현실의 독자라는 밝고 좁은 해변가에 전개되는 어두운 바다처럼 존재하고 있는 동안에만 작가는 인간의 이익과 관심을 보다 특권적인 소집단의 이해 관심과 혼동할 위험에 직면하곤 했다. 그러나 독자의 구체적인 보편성과 일치한다면 작자는 참으로 인간 총체에 관하여 쓰지 않으면 안 될 것이다. 모든 시대의 추상적인 인간에 관해서 쓰는 것이 아니라 자기 시대의 인간 전체에 관해서 자기 동시대인을 위하여 써야 할 것이다. 그때 비로소 서정적 주관성과 객관적 증언이라는 문학적 이율 배반은 극복될 것이다. 독자와 같은 사건에 참가하여 독자와 같이 분열 없는 사회 안에 위치한 작가는 독자에 관해서 이야기함으로써 자기 자신에 관하여 이야기하고, 그 자신의 이야기를 함으로써 독자에 관한 이야기를 하게 될 것이다. 이미 어떤 귀족적 자존심도 작가로 하여금 자기가 일정한 상황 속에 놓여 있다는 것을 부정하게 할 수는 없게끔 되었으므로 이내 자기 시대의 상공을 날아 영원 앞에서 그 시대에 어떤 증언을 하려고 들지는 않을 것이다. 그러나 작가의 상황은 보편적일 것이므로 작가는 모든 인간의 희망과 노여움을 표현하고, 그렇게 함으로써 그 자신을 남김없이 표현할 것이다. 다시 말하면 중세의 성직자들처럼 형이상학적 창조물로서가 아니고, 또 우리 고전작가들의 수단처럼 심리학적 동물로서도 아니며, 또 사회적 실재로서도 아니고, 세계에서 허공으로 떠오르는 하나의 전체로서, 그리고 그 속에 인간 조건이 분리할 수 없는 전일성 속에 모든 구조를 포함하는 것으로 자기를 표현할 것이다. 그리하여 참으로 문학은 가장 충실한 뜻의 용어로 '인류학적'이 될 것이다. 그러한 사회에서는 설령 거리를 두고 멀리 본다 하더라도 시대적인 것과 정신적인 것과의 분리를 떠올리게 하는 것이라고는 일절 발견될 수 없으리라. 이것은 당연한 일이다. 우리는 과연 그런 분리가 인간의, 따라서 문학의, 주제 상실과 필연적으로 대응하고 있음을 보았다. 상술한 것처럼 우리의 분석은 그러한 분리가 항상 미분화의 대중과 전문적인 독자, 혹은 적어도 계몽된 애호가인 독자를 대립시키는 경향을 가지고 있다는 것을 보여주었다. 성직자가 선과 '신적인 완성'을 부르짖건, '미'를 부르짖건, '진실'을 부르짖건 그가 항상 억압자의 편이라는 데는 변함이 없다. 문지기 개[犬]냐 어릿광대냐, 그는 그 가운데 하나를 택할 것이다. 방다 씨는 어릿광대 노릇을 택했고, 마르셀 씨는 호위견 노릇을 했다. 그것은 그들의 권리다. 그러나 언젠가 문학이 그 본질을 누릴 수 있다면 계급도 문단도 살롱도 지나친 명예도 불명예도 없이, 작가는 바로 세계 속에, 사람들 사이로 투입되지 않으면 안 될 것이며, '성직'이라는 개념조차 생각할 수 없게 될 것이다. 또 정신성은 항상 이데올로기에 근거를 두고 이데올로기는 그것이 형성될 때는 자유이지만 그것이 일단 형성된 후에는 억압으로 일변하는 것이다. 따라서 자기 자신을 완전히 의식하게 된 작가는 어떠한 정식적 영웅의 수호자도 되지 않을 것이다. 그러한 작가는 그 전시대의 어떤 사람들이 세계에서 눈을 돌려 이미 확립된 지상의 가치를 우러러본 원심 운동도 이미 알지 못할 것이다. 그는 자기가 할 일이 정신적인 것을 찬미하는 일이 아니고 정신화(精神化)에 있다는 것을 알게 될 테니까. '정신화'

라는 것은 즉 '되찾기〔更新〕'이다. 그리고 정신화하고 되찾지 않으면 안 될 것은 오직 그 무겁고 불투명한 세계, 그 일반성의 여러 지대와 잡다한 일화, 또 세계를 좀먹어 들어가면서도 결코 멸망시키지 못하는 '불굴(不屈)의 악'을 가진 다채롭고 구체적인 이 세계뿐이다. 작가는 세계를, 땀을 흘리고 악취 분분하고 일상적인 생경한 채로인 세계를 되찾아, 자유의 기초 위에 독자들의 자유를 향해 그것을 제시한다. 그러므로 이 계급 없는 사회에서 문학이란 세계의 자기 표현일 것이며, 자유로운 행위 속에 매달려 모든 인간의 자유로운 판단에 맡겨진 세계일 것이며, 계급 없는 사회의 반성적인 자기 표현이 될 것이다. 그 사회 구성원이 그때그때 위치를 정하고 자기와 자기 상황을 볼 수 있는 것은 바로 작품을 통해서이다. 그러나 초상화는 그 모델에게 변화를 가하는 것이므로, 끌어넣고 단순한 표상도 이미 변화를 유인하는 미끼이며, 또 그 요구의 총체 속에 넣고 본 예술작품은 단순한 현재의 서술이 아니고 미래라는 이름으로 하는 현재의 심판이고, 결국 모든 책은 호소를 내포하므로 그러한 자기 표현이 벌써 자기 초월인 것이다. 우주는 단순한 소모 때문에 부정되는 것이 아니라 거기에 사는 사람들의 희망과 고통에 의하여 부정된다. 이렇듯 구체적인 문학은 여건(與件)에서 짚어내는 힘으로서 '부정성'의 종합이라 할 수 있고, 질서의 소묘로서, '계획'의 종합일 것이다. 또 그것은 축제이고, 거기에 비치는 모든 것을 불사르는 불길의 거울이며, '너그러움', 곧 자유로운 발명이며 증여이기도 할 것이다. 그렇지만 문학이 자유의 서로 보충적인 이 두 가지 양상을 결부시킬 수 있어야 한다면 모든 것을 말할 수 있는 자유를 작가에게 주는 것만으로도 충분치 못하다. 작가는 모든 것을 변혁하는 자유를 가진 독자를 위하여 쓰지 않으면 안 되는 것이다. 그것은 계급의 철폐뿐만 아니라 모든 독재성의 폐지와 모든 틀의 끊임없는 경신을 의미하며, 질서가 굳기 시작하자 그 질서를 끊임없이 뒤집어엎는 것을 의미한다. 요컨대 문학은 그 본질상 끊임없이 혁명 상태에 있는 사회의 주체성이다. 그러한 사회에서 문학은 말과 행동의 이율배반을 초극할 수 있을 것이다. 그리고 어떠한 경우에도 문학이 하나의 행위와 동화되지는 않을 것이다. 작가가 독자에게 작용한다는 것은 거짓이다. 작가는 다만 독자에게 호소할 뿐이고, 작품이 어떤 효과를 가질 수 있기 위해서는 독자가 무조건적인 자유 결정으로서 작가의 작품을 경신해야만 하는 것이다. 그러나 끊임없이 자기를 경신하고, 각자를 판단하고 변명하는 사회에서는 저작이 행위의 본질적인 요건이 될 수 있다. 다시 말하면 반성적인 의식의 계기일 수가 있다는 것이다.

이리하여 계급도, 독재도, 안일도 없는 사회에서 문학은 완전히 자기 자신을 의식하기에 이를 것이다. 그리하여 문학은 형식과 내용, 독자와 주제가 동일하다는 것을 이해하고 언론의 형식적인 자유와 행위의 실질적인 자유가 서로 보충하여 완성하는 것이고, 그 가운데 하나를 요구하기 위해서는 다른 하나를 이용하지 않으면 안 된다는 것을 깨달을 것이며, 또 문학이 사회적 요구를 가장 깊이 표시할 때에 문학은 인간의 주체성을 가장 잘 표현하는 것이고, 이것을 뒤집어 말해도 역시 진리라는 것을 이해할 것이며, 또는 문학의 기능은 구체적 · 보편적인 것에 대해서 구체적 · 보편적인 것을 표시하는 것이어서, 문학의 목적은 그것으로써 사람들의 자유에 호소하고 인간적인 자유의 지배를 실현하며 유지하는 것이라는 사실도 이해될 것이다. 물론 그것은 이상향을 그리는, 꿈과도 같은 이야기다. 그런 사회를 생각할 수는 있지만 그러한 사회를 실현하기 위한 아무런 실제적인 수단도 우리는 가지고 있지 않다. 그러한 사회란 대체 어떠한 조건하에서 문학의 관념이 충족하고 순수하게 나타날 것인가를 우리에게 예측할 수 있게 하는 것이다. 하기야 오늘날 그러한 조건은 충족되어 있지 않은 것은 사실이다. 그럼에도 불구하고 우리는 오늘날 글을 써야 한다. 그러나 문학의 변증법을 우리는 산문과 저작의 본질을 엿볼 수 있는 점까지 밀고 나간 이상, 아마도 우리는 지금이야말로 우리들에게 절박하고 유일한 질문에 대한 대답을 시도할 수 있을 것이다. 1947년에 있어서 작가의 상황은 어떠한 것이며, 그의 독자는 누구이며, 그의 신화는 어떠한 것인가? 작가는 무엇을 쓸 수가 있고, 쓰기를 바라며, 또 쓰지 않으면 안 되는가? 이러한 문제들에 관해서.

역 자 의 말

　이 책은 사르트르의 논문집 『*Situations*』(1948, Gallimard) 세 권 중 제2권에 수록된 문학론을 옮긴 것이다.

　본지 '문학이란 무엇인가?'라는 총제(總題) 밑에 4편의 논문이 들어 있지만, 사르트르의 실존주의적 문학원론(實存主義的 文學原論)이라고도 할 만한 앞의 세 편만을 취하고, 마지막 한 편은 1947년이라는 특정한 시기와 상황에 적용한 것이므로 이를 생략하였다. 따라서 여기 수록된 것이야말로 사르트르의 '문학원론'이라고 보아도 무방할 것으로 안다.

　사르트르 철학에 대한 찬반은 사람에 따라 구구할 테지만, 여하튼 문학의 근본 문제를 확고한 신념하에 이처럼 철저하게 파고들어, 이렇듯 예리한 분석을 가한 평론은 보기 드물 것이다. 반면에 극도로 치밀한 논리와 독자의 사색을 강요하는 글이어서 때로는 지나치게 난해하다는 흠도 숨길 수 없다. 깊이 생각하며 정독하는 독자에게는 그만큼 큰 소득을 기대하여도 실망함이 없을 것이다.

역자